Styggt Jobbat

*Står man i vägen för sig själv är det ingen idé att
be någon annan flytta sig*

G A Lorén

STYGGT JOBBAT

Omslagsbild och design: ***G A Lorén***

Förlag: BoD – Books on Demand, Stockholm, Sverige
Tryck: BoD – Books on Demand, Norderstedt, Tysk-land

ISBN: 978-91-7699-817-5

Innehåll

Herden är min herre

Jag vände paketet och tittade på baksidan som om jag hoppades att det skulle stå ett meddelande till mig. Men står inga meddelanden till privatdeckare på paket med tamponger.

Jag fattade ingenting. Just som jag skulle kasta det i papperskorgen och avfärda det hela som ett misstag eller ett dåligt skämt hörde jag att lägenhetsdörren öppnades. Jag behövde inte gissa vem det var. Det finns två personer som går rakt in i mitt hem utan att vänta på att jag skall öppna. Den ene har åtminstone vett på att ringa på dörrklockan innan han går in, den andra var den som stod på tröskeln till mitt deckarkontor en stund senare och stirrade på paketet i min hand. Tokskrattet som bröt ut när hon såg vad det var tänker jag inte beskriva. Jag har försökt beskriva det i termer av blod som fryser till is och skenande hästflockar som vildsint gnäggande rasar utför stup, men ord blir bara bleka återsken av det ljudet. Hon sträckte sig över skrivbordet och ryckte paketet ur min hand.

"Jag har alltid misstänkt att du bär på perversa böjelser men det här hade jag inte väntat. Vad skall du göra med dem?"

Jag förklarade att paketet hade kommit med posten och att det måste vara ett misstag och att någon annan skulle ha det. En kvinna i fertil ålder lade jag till i tillrättavisande ton och skakade på huvudet åt hennes muntra lekfullhet när hon öppnade paketet och drog ut ett handskrivet papper. Jag hade inte tänkt på att öppna det och titta inuti. Män i yngre medelåldern öppnar inte paket med tamponger om man inte är det Jenny antydde. Pervers. Hennes läppar drogs till nästa glada grin medan hon läste.

"Tack för presenten. Ann. Och tack för senast."

Det gick upp ett ljus. Ann var en kvinna jag träffat vid en bardisk och som jag blivit ganska förtjust i. Inte för att jag brukar ha något för att bli förtjust i trevliga damer. De få som lägger märke till mig brukar göra det med ett muntert leende. Men inte så muntert som det Jenny presterade här och nu. Jag hade bjudit Ann på några drinkar och vi hade utväxlat telefonnummer och adresser. Hon hade berättat att hon hade födelsedag några dagar senare. För att hon inte skulle glömma mig bestämde jag att skicka en present. Medan jag berättade detta för Jenny såg jag att leendet dog ut och ersattes av en bedrövad min. Hon drog en djup suck.

"Låt mig gissa. Du köpte ett par svarta sexiga trosor?"

Jag skakade på huvudet. Även åt de följande förslagen som handlade om strumpbyxor och behå. Jenny har inga höga tankar om mig som kännare av kvinnosläktet. Den attityden baseras på en och annan groda ur det förflutna, men den här gången var jag stolt över mitt val och förstod inte rekylen i form av paketet med tamponger. Men det gjorde Jenny när jag berättade vad jag köpt. Hon himlade med ögonen.

"Snälla Freddy, säg att jag hörde fel. Jag tyckte precis du sade att du ansträngde din observationsförmåga till det yttersta, såg att hon hade hår på benen och köpte en rakhyvel?"

"Ingen vanlig rakhyvel. En speciell rakhyvel för damer." Jag gjorde en förklarande gest. "Det visste du inte att det fanns."

Den uppfattningen baserar jag på att Jenny inte har synligt hår utom där det skall finnas. Hon tittade tyst och länge på mig. Inte vänligt och uppskattande som man kunde vänta sig när storebror informerar om ett okänt utbud av varor. Men det var inte okänt för henne.

"Jodå. Jag har till och med hört talas om tamponger. Synd att hon inte återgäldade den charmanta gesten med ett kastreringsverktyg. En tång för den händige hemmafixaren. Alla tjejer har både önskad och oönskad hårväxt och alla har en rakhyvel eller en rakapparat för kvinnor. Bodytrimmer eller ladyshaver." Hon gav mig blicken som säger *vilken planet har du varit på de sista trettio åren*. "En apparat de köper själva. Inte minst med tanke på bikinilinjen. Vem köper dina rakhyvlar?"

Ljuset slocknade. Vad är bikinilinjen? Medan jag bet ihop käkarna för att hålla tillbaka en svagsint kliché om skillnader mellan könen räddades jag av dörrklockan. Två korta och en lång innan dörren öppnades och skor torkades av på dörrmattan.

Jens var väntad precis som Jenny. Det var fredag eftermiddag och dags för en drink innan vi gick till puben för att ta en drink innan vi gick till en restaurant för att äta en bit och ta en drink. En drink innan vi går ut för att ta en drink låter inte genomtänkt men det ingår i vår konstiga tradition. När jag tänker efter är det Jens som har börjat med det. Kanske något han tagit med från hemstaden Köpenhamn.

Fast jag tror inte att alla danskar tar en drink innan de går ut för att ta en drink. Jag försökte blunda med öronen när Jenny berättade om min senaste saltomortal men det gick inte att stänga ute skrattsalvorna. Jens är också duktig på att skratta. Om det funnits en duettkonst för skrattare hade de två kunnat bilda ett oslagbart team. Jag tyckte inte det fanns något att skratta åt och försökte se likgiltig ut. När de vände sig åt mitt håll och såg mitt krampaktiga uttryck nådde skrattet sitt crescendo. Jens lugnade sig först.

"Tack skall du ha, Freddy. Det var ett tag sedan vi fick nya tillskott till samlingen. Den här kommer att bli uppskattad."

10

'Samlingen' är anekdoter om mina klavertramp i den kinkiga disciplinen 'närma sig det motsatta könet'. Kollektionen har med tiden blivit ganska diger och historierna kryddas och förbättras varje gång de återges. Det sker för det mesta på puben i sällskap av lagom skojfriska åhörare. Jag orkar inte ens le åt skröpligheterna längre men jag håller god min. Och jag har aldrig lyckats få en kvinna intresserad. Inte på det riktiga sättet.

För att slippa lyssna till tröttsamma axplock reste jag mig och gick till barskåpet. Jag har lärt mig att om inte jag hämtar dryckerna själv gör Jenny eller Jens det. Och då blir det inte Grant's eller Lauder's. Då plockar man ogenerat fram en Jack Daniel's eller en Balvenie. Jag är whiskyfantast och tycker om att ha en liten kollektion hemma. Ett litet kylskåp med frysfack är snyggt inbyggt i ett fint gammalt skåp av valnöt så jag har allt på plats i deckarkontoret som egentligen är tänkt att vara vardagsrum i min tvåa. Men alla rum är stora i de gamla stenhusen i Vasastaden.

Innehållet i ungkarlens kylskåp brukar vara en sorglig syn. En falukorv, en burk apelsinmarmelad, kladdigt smör på ett tefat, ett paket mjölk som passerade utgångsdatum för en vecka sedan, en plastburk med något som kan vara leverpastej eller resterna av en fläskkorv. För övrigt tomt.

Så ser det inte ut hos mig. Kylskåpet i köket är fullt av läckerheter. Kräftstjärtar i currymajonnäs, vitlöksmarinerade oliver, ibland en stek som jag skär i bitar och doppar i en läcker dip. Och brödet är inte gammalt och torrt, utan färska baguetter som jag gärna stryker persiljesmör på. Och på översta hyllan några sillburkar, lite löjrom och annan fiskrom i burk. Rökt eller gravad lax och en burk hovmästarsås hör också till standardsortimentet.

Det låter som om jag är en frossare med ett midjeomfång som en knubbsäl, men jag är lång och smal som en stör. Hör till den sorten som kan äta hur mycket som helst utan att det syns på kropp eller i ansikte. Orättvist, tycker Jens som springer i Slottsskogens branta backar två gånger i veckan för att hålla vikten. Jenny äter oavbrutet under hela sin vakna tid. Ändå har hon figur som en elitgymnast. Samma gener som storebror. Fast där börjar och slutar likheterna.

Kylskåpet i deckarkontoret är lite sparsammare. Tilltugget är mer åt det knapriga hållet även om det kan finnas snacks med stenbitsrom, räkor och hackad rödlök på ett fat. Jag har tagit bort alla hyllor utom en så att flaskorna kan stå upp. En av kunderna i min lilla importfirma reser ofta till Tyskland eller Holland och frågar alltid om jag vill ha någonting. Och det vill jag. Men jag är finsmakare när det gäller sprit också så den samlingen skäms inte heller för sig. Men selektionen som jag kallar dyrgriparna är till för kunder som beställer varor för minst femtusen kronor. Då kan det även hända att jag tullar på mitt champagneförråd. Jag importerar onödiga prylar som in-

12

gen behöver men köper ändå. Och jag säljer till presentaffärer runt om i regionen.

När spriten var fördelad i eleganta kristallglas som jag fått i present av en annan kund såg jag att Jens hade dagens GP med sig. Eller hörde att han hade tidningen med sig. Han prasslade högt och smällde med sidorna så att det inte gick att föra ett samtal. När han hittat vad han letade efter lade han den framför Jenny. Hon kastade en blick på en bild av en liten träsnipa och sken upp som om någon meddelat att hon vunnit på lotteri.

Jag sneglade också och kände att mitt hjärta tog ett skutt. Det var utan tvekan vår gamla snipa som vi tuffat runt med på somrarna under vår uppväxt. Eller pappas gamla snipa. Den såldes när jag var tjugotvå och Jenny tolv.

Vi fick nästan tårar i ögonen när minnena staplades i våra huvuden. Jens hade också varit med några gånger. Han hade just flyttat till Göteborg och vi hade träffats av en tillfällighet. Eller stött på varandra kanske är en bättre beskrivning. Han dunsade emot min bil när han fickparkerade på Vasagatan. Jag stod bredvid med bilnyckeln i hand och tittade på. Jag hade just parkerat själv. Naturligtvis väntade jag mig en ursäkt men han tyckte inte det var något att fästa sig vid utan traskade bortåt gatan så att jag fick ropa tillbaka honom. När jag påpekade att han gjort en buckla lade han sig på knä och plirade en lång stund i olika vinklar innan han reste sig och borstade av händerna.

"Minsann om du inte har rätt."

Det var allt. Inget ojojoj, det var inte meningen. Här har du mitt namn och telefonnummer så skall vi ordna det med mitt försäkringsbolag. Istället frågade han om jag hade lust att göra honom sällskap på en bit mat. Jag blev så paff att jag tackade ja. Senare skulle jag lära mig att det beteendet var Jens Laurits Jensen i ett nötskal. Allting tas ner till de rätta proportionerna vilket är detsamma som Jens proportioner. Och ärligt talat, bucklan var knappt synlig och det är inte årets modell jag kör omkring i. På den tiden lika lite som nu. En bil skall vara väl inkörd när man köper den. Numera har jag en rejäl minibuss med gott om utrymme för varorna. Fungerar bra som deckarbil också. Ibland undrar jag om det är deckarjobbet eller importfirman som är bisysslan. Men jag vet att det smäller högre att presentera sig som deckare än handlare i diversebranschen. Åtminstone på puben.

Artikeln som bilden illustrerade handlade om att en man skjutits i båten när den varit förtöjd vid en liten holme i norra delen av södra skärgården. Jag nickade igenkännande när jag läste namnet på ön. Där hade vi ofta varit och badat i en liten vik. Det fanns bara en plats där en så stor båt kunde lägga till så det måste varit där den hade legat. Bilden av klippan där jag hoppat i land så många gånger med fånglinan i handen formades på näthinnan. Det kändes både kusligt och spännande att vår gamla snipa varit scen för en så dramatisk händelse. Och det på en plats vi kände så väl. Som om vi var delaktiga. Jenny kom också ihåg.

"Det var där jag lärde mig simma."

Jag läste vidare i artikeln. Det handlade om ett drama mellan två män av vilka den ene var kidnappad och den andre kidnapparen. Det var kidnapparen som blivit skjuten. Det stod inte hur det gått till. Däremot kunde jag utläsa av bilden var båten befann sig nu. Det var i en mindre småbåtshamn mellan Nya Varvet och gamla KA4. Jag fick en idé. Varför inte svänga dit och titta på den. Återuppliva gamla minnen. Jenny blev eld och lågor och vi bestämde att åka ut nästa dag. Jens ville också hänga med. Det var slutet av oktober och inte många båtar som låg kvar i sjön.

Vi skålade för den gamla trotjänaren och började förlora oss i minnen som berättades med känslosamma stämmor. Åtminstone var min röst känslosam. Det gick över när Jenny berättade en historia om när hon som tolvåring fått sin första bikini. Det innebar att hon för första gången haft anledning att bekymra sig för sin bikinilinje. Sade hon och tittade försmädligt på mig. Inte på Jens som log med hela ansiktet.

Jag kanske skall berätta att Jenny har lagt an på Jens sedan hon var tretton och att hon aldrig ger upp. Han är sju år äldre. Idag är hon trettiotre. Ingen av dem har fast sällskap. Båda ser bra ut och har lätt att hitta sängkamrater men de flörtar aldrig med utomstående i varandras närvaro. I synnerhet Jenny bevakar Jens som en katta som

15

försvarar sin unge. Konstigt förhållande tycker jag men jag är bara töntige Freddy som inte fattar. Men jag fattade vad bikinilinjen är och samtidigt förstod jag att detta var ett nytt exempel på taktik från hennes sida. Åtminstone förstod jag det när hon frågade om Jens hade lust att hjälpa henne nästa gång så att linjen blev rak och välansad. Det är så svårt att se vad man håller på med där nere. Jens blir aldrig generad och han tappar aldrig fattningen. Inte ens när dubbelmeningen blir så tydlig som i det här fallet. Men jag som är hennes bror blir förlägen. Jag skyndade mig att återgå till det andra ämnet.

"Kommer ni ihåg snubben som köpte båten. Han var tysk och hade ett konstigt efternamn. Men han hette Max i förnamn."

Ingen kom ihåg det utom jag och ingen tyckte det var viktigt. Men vi behövde inte komma ihåg. Jenny läste vidare i artikeln.

"Schaefer. Mannen som blev skjuten heter så. Måste vara han som köpte båten." Hon stavade namnet långsamt och övertydligt och satte ögonen på mig. "Konstigt namn?"

Jag kom ihåg när jag hörde det och förklarade att det inte är konstigt om man är hund men ganska märkligt om man är en mänsklig varelse. Jens kunde naturligtvis inte hålla sig utan spånade en stund om märklig varelse och mänsklig varelse och undrade vilken sort jag räknade mig till. Jag förtydligade suckande att det vore konstigt att heta Pudel eller Tax och hörde själv att det blev tydligt på gränsen till löjligt. Eller över den gränsen förstod jag när båda tittade på mig på det där sättet jag inte tycker om. Som om jag var nyss utsläppt från psyket. Magister Jens tog över pekpinnen som de två brukar bolla mellan sig när de pratar med mig.

"Schaefer är ett vanligt namn i Tyskland och själva ordet betyder herde. Schäferhund är herdens hund. Schaefer kommer av ordet Schaaf som betyder får."

Efter ordet *får* gjorde han en lång insinuant paus och tittade på mitt ansikte som antog ett fåraktigt uttryck. Jag kunde betrakta skiftningen i spegeln som hänger bredvid min platt-tv. Försöket att skyla över med ett leende förstärkte den imbecilla minen. När pausen gjort sin tjänst påminde han mig om att han en gång räknat upp ett antal tyska prepositioner; an, auf, hinter, in, neben, über, unter, vor und zwischen och frågat mig vad jag förknippade dem med. Jag kom ihåg vad orden betyder *(på, bakom, in, bredvid, över, under, framför och mellan)* och föreslog beskrivning av erotisk film. Det var fel. Prepositioner som styr dativ skulle det vara. Jag nämner det här för att markera att mina kunskaper i tyska inte platsar i elitklassen. För just det språket skulle komma att studsa mot mina trumhinnor ett tag framöver. På ett oväntat angenämt sätt. Åtminstone var de som talade språket angenäma. För övrigt är Jens lärare i matematik och fysik och inte i tyska.

Härifrån till veligheten

Ingen tycker om att bli påmind om sin obetydlighet. Jag är för all del så van vid att uppfattas som obetydlig att jag inte lägger märke till om man lägger märke till mig. Så van att det har blivit fundamentet i min deckarfilosofi. Mannen som jobbar i det tysta.

Men ibland blir det lite för tyst. Som när vi rullade mot Nya Varvet i min minibuss och jag påminde mina passagerare om hur jag som fjortonåring blivit beundrad för min skicklighet vid tilläggningar i trånga lägen. Hur jag hade trixat med backläge och roder så att gamla sjömän på bryggorna hade nickat uppskattande. Det var när jag beskrev en särskilt svår manöver i hård sidvind och några centimeter mellan bogen och en pollare som jag avbröts av en snarkning. Jens snarkning. Jag kastade en blick på honom. Han satt till höger om Jenny som satt närmast mig i mitten på bänken. Jag kunde inte undvika att titta på henne också. Hon snarkade inte men hon sov med öppen mun och vilade huvudet mot Jens axel. Jag vet att den sortens beteende ingår i deras humorshow och ryckte på axlarna.

Men när jag parkerat vid bryggorna i småbåtshamnen och öppnade dörren visade det sig att de verkligen hade somnat. Och det sved. Jag hade föredragit humorshow. Jag fick smälla ordentligt i dörren för att väcka dem. För att ge tillbaka låtsades jag inte ha märkt att de sov. Men det hade jag inget för. Tydligen hade deras hörselorgan ändå registrerat mina ord för Jens tackade mumlande för berättelsen och undrade varför jag inte fortsatt och berättat att det var särskilt svårt att manövrera en lång spetsgattad båt med underdimensionerat roder. När han sade det erinrade jag mig att jag kanske hade nämnt mina bravader med snipan vid något tidigare tillfälle.

En isande vind drog in från älven som är som bredast just här där den rinner ut i Kattegatt. Eller är det Skagerack. Har aldrig lärt mig var gränserna går. Pappa brukade säga att norr om Göteborg är det Skagerack och söderut är det Kattegatt.

Vi drog ihop jackorna vid halsen. Jenny knöt en jättelång halsduk utanpå jackans krage och ett extra varv så att den täckte mun och näsa. Jens halade fram en stickad mössa som han drog ner över öronen. Det var bara jag som inte varit så förutseende att jag tagit med mig värmande plagg. Idén att gå ut på bryggorna kändes inte lika lockande som under gårdagens nostalgitripp. Vi skymtade snipan som låg ensam vid en av de yttersta bryggorna. Nästan alla andra båtar låg på land med presenningar över. På avstånd såg marinan ut som ett tältläger för titaner. Vi trängde ihop oss bakom en byggnad som hyste en färgbutik och en liten servering. Till vår förvåning var serveringen öppen fast det var sent på säsongen. Vi bestämde att börja vår nostalgiska återblick med kaffe och wienerbröd.

En ensam man satt vid ett bord och stirrade med dyster blick på en anteckningsbok som låg upp-slagen framför honom. En kopp kaffe såg ut att ha stått där hela förmiddagen. En kanelbulle låg orörd på ett fat. Mina ögonbryn åkte i höjden när jag kände igen honom. Det var kommissarie Robertsons parhäst Bronsberg, mannen som är lika duktig som jag på att passera obemärkt i sociala sammanhang. Han kastade en likgiltig blick på oss men uttrycket ändrades när han upptäckte söta Jenny. Hon tog av sig halsduken när vi kom in i värmen. De hade träffats tidigare men då alltid i närvaro av Robertson. När den store kommissarien är i närheten tycks alla andra försvinna, förintade av hans massiva auktoritet. Den enda som aldrig försvinner i sällskap av män är Jenny. Hon ler sitt bedövande leende och alla isar är brutna. Det fungerade till och med på buttre Bronsberg. Han log och nickade när hon satte sig mitt emot honom. Jens satte sig också. Jag förstod att det föll på min lott att hämta kaffe och wienerbröd till alla.

När jag slagit mig ner vid samma bord och fördelat kopparna ställde Bronsberg den naturliga frågan. Vad gör Freddy Larsson och hans deckarfirma på en sådan här plats vid den här tiden på året? Jag förklarade sammanhanget och förlängde med en likadan fråga till honom. Han gjorde en trött gest.

"Den här förbaskade historien lämnar mig inte i fred. Det är något som inte stämmer men jag kan inte sätta fingret på det."

Jens såg också hans bekymrade uttryck. Jens är en skarp iakttagare. Inte lika skarp som jag men han läser in saker i människors beteende som ingen annan ser. Han är dessutom mästare på att få folk att berätta. Just nu förstod jag inte hans taktik men jag skulle göra det en stund senare. Om han hade frågat rakt ut vad som hade hänt i båten ute vid ön hade Bronsberg låtsat att han inte hörde. Så brukar han göra när amatörer lägger sig i polisarbete. Så den glade dansken låtsades att han kände till hela ärendet i detalj.

"Det är inte konstigt att du är konfunderad. Jag har också undrat över ett och annat."

Där tystnade han och såg lika bekymrad ut som Bronsberg. Jag undrade om han verkligen tagit reda på vad som hänt. Man vet aldrig med Jens. Han kan ringa mordroteln och slänga ur sig att han har information i ett ärende men att han inte vet om den är relevant och till vem han skall vända sig med sitt tips. Och så får han hela historien serverad. Om jag försöker mig på sådana trick tvingas jag lyssna till en knarrig stämma som säger att han inte kan lämna ut information av utredningstekniska skäl. Ungefär som poliser brukar säga när de blir intervjuade i TV.

Bronsberg nickade en lång stund innan han började redogöra för hela händelseförloppet. Han pratade så lågt och långsamt att man fick hålla tillbaka en impuls att knäppa med fingrarna för att höja volymen och öka tempot. Jag fick en känsla av att han egentligen inte ville berätta men att det som tyngde honom var av den sorten som måste ut och i brist på bättre fick vi duga som bollplank.

Vi fick veta att de två ute i båten var gamla bekanta. Den skjutne mannen Max Schaefer hade kidnappat den andre personen John vid hans kontor någonstans i centrum, tvingat in honom i sin bil under pistolhot och kört ut till marinan och båten. Därifrån ut till ön. Från båten hade affärsmannen John hållit kontakt med sin fru via sin mobil och polisen hade lyssnat. Samtalen hade dikterats av Max som suttit bredvid sin fånge och riktat en pistol mot honom. Samtalen påstods vara en del av Schaefers taktik. John hade bland annat sagt till sin fru att inte betala några pengar till 'den smutsige lille banditen'.

Vid skymningen hade en polisstyrka smugit sig närmare per båt i skydd av småöarna intill ön där båten låg. Från en större ö i närheten hade man kunnat se männen med ljusförstärkta kikare. Det fanns en film där man kunde följa upplösningen av dramat. När en polisbåt hade rundat en udde och kommit inom synhåll hade John övermannat

Max och tagit ifrån honom pistolen varvid den hade avfyrats av misstag.

Vi nickade eftertänksamt. Jag förstod inte vad som inte stämde. Berättelsen lät trovärdig. Ett brottsoffer hade lyckats övermanna en brottsling och i tumultet hade en kula avlossats och förövaren hade dött. Kristallklart om ni frågar mig. Jag noterade att Jenny inte heller såg ut att förstå. Hon svalde ner en tugga av sitt wienerbröd.

"Det låter dramatiskt men vad är det som inte stämmer?"

Bronsberg tog en klunk kaffe. Det såg inte ens ljummet ut.

"På filmbilderna kan man inte se deras händer. Bara huvudena."

Där tystnade han igen. Okej, tänkte jag. Man ser inte händerna. Vad är det med det? Han fortsatte på samma monotona sätt.

"Jag hade gärna velat se hur John tog pistolen från Max. Vi hittade ingen pistol. John påstod att han kastat den i sjön men det är grunt och sandbotten där båten låg och våra dykare letade länge." Han gjorde en paus och tittade frånvarande rakt fram. "Det konstiga är att Max satt alldeles stilla hela tiden. Ingen kamp för att ta tillbaka pistolen."

Alltså tror du inte på historien, tänkte jag. Men hur skulle det annars gått till om allt skedde inför polisens vakande öga? Jens drog i en örsnibb.

"Fanns det något utpressningsbrev och vad är motivet?"

"Det finns ett klantigt brev med klistrade tidningsurklipp som i en dålig film."

"Vad står det i brevet?"

Han svarade inte på frågan men berättade att det inte var det enda som störde honom. Tonen John hade använt när han talade i telefon med sin fru var inte den samtalston man använder när man har en revolver riktad mot sig. Bland annat att han hade kallat Max för ett smutsigt litet svin. Allt detta hade Max lyssnat till utan att reagera. Det blev tyst igen. Jenny harklade sig.

"Han kanske var så inställd på att bli skjuten att han inte brydde sig om vad han sade eller vem som lyssnade."

Jag tänkte att en människa som är så tuff är inte inställd på att dö. Om man väntar på att bli avrättad blir man apatisk i min föreställningsvärld. Bronsberg fortsatte med en stämma som tycktes bli tröttare för varje ny mening.

"Lösensumman Max krävde i brevet var två miljoner i kontanter och John hade pengarna med sig i en väska."

Där tystnade han igen. Jag förstod att han gjorde en paus varje gång han kom till detaljer som inte var logiska i hans tänkesätt. Jag reagerade också. Om Max hade tvingat in John i en bil och ut till båten så verkade det som om det inte funnits tid att skaffa fram två miljoner i kontanter. Jag tittade på det bedrövade ansiktet.

"Men nu har pengarna kommit tillbaka till rätte ägaren?"

Det var ingen bra gissning. Bronsbergs axlar åkte upp och ner i en resignerad rörelse.

"John påstår att Max tog väskan ifrån honom och gömde den ombord på båten. "Han gjorde en paus och skakade länge på huvudet. "Vi har letat igenom båten i dagar men det finns ingen väska. Och hur skulle Max kunna gömma undan ett så stort föremål som en väska när John satt bredvid och tittade på?"

Nu blev vi också misstänksamma. Jenny såg ut som ett frågetecken.

"Så pengarna är borta?"

Inget svar. Bara ytterligare en resignerad axelryckning. Vi satt tysta en lång stund och begrundade det märkliga påståendet. Jens suckade.

"Pistolen borta. Väskan borta. Pengarna borta. Vad säger Robertson?"

"Det är det som är det allra märkligaste. Han sväljer historien med hull och hår."

Det lät verkligen märkligt. Vi kände Robertson som den ständigt ifrågasättande tjänstemannen med ett batteri av frågor färdiga att fyras av när minsta misstanke förelåg. Även om det fanns logiska förklaringar brukade han ifrågasätta tills allt var kristallklart. I det här fallet tycktes mängder av frågor hänga obesvarade i luften. Inte konstigt att Bronsberg tyckte att någonting var oklart. När Jens frågade vad John sagt under förhöret berättade Bronsberg att Robertson skickat ut honom från förhörsrummet under förevändning att vissa personer fick man ut mer av om man är ensam med dem. Hade aldrig hänt förut fastän de två hade jobbat ihop i sju år. Jens ställde tillbaka sin kopp efter en klunk.

"Var pistolen laglig?"

"Det finns en pistol registrerad på Max. Han är reservofficer."

Jens tittade skeptiskt på polismannen.

"Jag är också reservofficer och har en tjänstepistol. Men inte hemma. Den kvitteras ut vid övningar eller om det skulle bli skarpt läge."

Bronsberg nickade.

"Max pistol försvann vid en övning. Den rapporterades stulen och har aldrig återfunnits. Jag gissar att det är den pistolen vi letar efter ute vid ön."

Fejkad stöld? Jens är reservofficer i danska kustartilleriet. Jag frågade om Max var reservare i Tyskland och fick veta att han varit svensk medborgare i många år. Kapten i reserven i svenska marinen.

Bronsberg tittade på klockan och reste sig. En kort nick avslutade vår lilla sammankomst. Han reste sig och tittade på mig med oväntad skärpa.

"Om en man befinner sig i hotat läge i tre dagar, vad händer då med hans ansikte?"

Jag ryckte på axlarna. Vad händer med ansiktet? Om man får en kula i ansiktet händer väl just det. Ser nog inte vackert ut. Men Bermeer hade inte fått någon kula i sitt ansikte. Artikeln hade nämnt att Max fått en i tinningen. Bronsberg flyttade blicken till Jens som nickade fundersamt.

27

"Just det, Jensen. Han är orakad. Tre dagars skäggstubb. Bermeer var slät som en barnrumpa när vi körde honom tillbaka efter dramat. Max såg ut som en igelkott på hakan."

Han nickade igen och gick mot dörren. Vi följde honom med blicken när han passerade fönstret vi satt vid. En svart Volvo var parkerad bakom en båt under en jättelik presenning. Stort som ett hus och byggt som ett hus. Vi hade inte lagt märke till bilen när vi gick in i kaféet.

Vi var tysta en lång stund efter att bilen försvunnit ur sikte. Mina funderingar gällde om vi blivit inblandade i fallet genom våra kopplingar till snipan. Jens funderingar gällde inte om vi var inblandade utan hur vi skulle lägga upp en strategi och ta itu med mysteriet. Jenny var genast med på noterna. Jens noter. Jag är ansvarig för deckarverksamheten och har en mer krass syn på saker och ting. Freddys Agentur drivs på samma premisser som min andra firma. Lönsamhet först. Och det får man inte utan kunder eller uppdragsgivare. En bil stannade utanför fönstret. En sportig Mercedes av senaste modell. En lika sportig kvinna steg ur och tittade sig omkring. Hennes utseende var av sorten som kunde göra Jenny avundsjuk. Kläderna såg lika dyra ut som bilen fast det bara var en kavaj, en polotröja och ett par byxor. Som om hon klivit ur en katalog för marknadens mest exklusiva artiklar. Hon tittade sig villrådigt omkring innan hon stegade mot kaféet. Hon gick som en mannekäng på en catwalk. Jenny rör sig på ett helt annat sätt. Flickaktigt och sexigt på samma gång.

Jag kastade en blick på Jenny och noterade att hon såg en konkurrent. Hennes blick var både granskande och beundrande. Jenny har mer än utseende, hon har en kolossal utstrålning för att vara en så liten tjej. I ett sällskap på puben kan det finnas hur många snygga tjejer som helst; det är alltid Jenny som drar blickarna till sig.

Den här kvinnan spelade också i elitserien kunde vi konstatera när hon kom in i lokalen. Skorna var vinröda med ett litet guldfärgat metallmärke som antagligen meddelade att produkten inte var avsedd för vanliga plånböcker. Hela hennes person utstrålade klass.

Hon gick fram till disken. Den unge mannen stod och pysslade med varorna i glasskåpet. Han tittade upp och log vänligt. Hennes röst var formell och passade inte till det eleganta intrycket. Som om hon talade till ett auditorium. Hon frågade efter en båt som nyligen varit inblandad i ett brott. Den skulle finnas i den här hamnen. Den unge mannen ryckte på axlarna. Han hade aldrig hört talas om saken eller båten. Hans utseende och brytning skvallrade om ursprung långt från Göteborg. Jens kunde naturligtvis inte hålla sig. Han började med en harkling som fick kvinnan att vända sig mot honom.

"Ursäkta, jag tror att jag vet vilken båt du talar om. Den ligger förtöjd vid en av de yttre bryggorna."

Kvinnan beställde kaffe och kanelbulle och gick och satte sig på den plats Bronsberg hade lämnat. Hon verkade inte förstå att man skulle ta med sig beställningen från disken. Den unge mannen kom en stund senare med kopp och fat. Han nämnde en summa som kvinnan med en viss förvåning bläddrade upp ur sin plånbok. När den unge mannen gått ryckte hon ursäktande på axlarna.

"Där jag bor betalar man efter att man druckit sitt kaffe."

Hon talade med Göteborgsk accent så vi förstod inte vad hon menade. I Göteborg betalar man vid disk innan man sätter sig på ett kafé. Utom på de riktigt exklusiva ställena. Vi behövde inte fråga. Hon bytte tonläge till mjuk och personlig och plötsligt passade rösten till utseende och beteende.

"Jag är född och uppvuxen i Göteborg men jag bor sedan många år i Hamburg. Min mamma är tysk och pappa är svensk."

Jens tittade nyfiket på henne.

"Är det din pappa som blev kidnappad?

Hon nickade kort. Vi förstod hennes trauma och satt tysta en lång stund. Jenny bröt tystnaden.

"Så du har kommit för att titta på båten?"

"Jag har sett den förut men då tillhörde den inte mig. Nu känns det kusligt på något sätt. Som om det svävar andar över den."

Hon berättade att Max varit barnlös och ogift och att han testamenterat all sin kvarlåtenskap till henne. Han var en gammal vän till familjen. Kvarlåtenskapen bestod av båten. Hon presenterade sig som Lilian Bermeer.

Det blev tyst igen medan tankarna malde informationen. Hon var alltså nuvarande ägare till båten. Jag hörde mig berätta om min och Jennys koppling till båten och erbjöd mig att göra henne sällskap ut till den lilla skönheten.

Det är en vacker båt med smäckra linjer. Skrov av ek och däck av Oregon pine. Jens och Jennys nickar meddelade att de inte tänkte låta mig vara ensam med skönheten. Det vill säga skönheten från Hamburg. En stund senare traskade vi ut mot snipan alla fyra. Lilian berättade att hon inte fått någon nyckel till båten, bara en platt metallbit med en konstig pinne. Hon räckte den till mig när vi stannat vid båten. Jenny hoppade ner på däck och drog upp dragkedjorna till kapellet, rullade upp och knöt fast det så att det blev en lucka vi kunde kliva in genom. Jag höll upp metallpinnen.

"Det här är startnyckeln till motorn. Man sticker in den i ett hål på instrumentpanelen, vrider till ett läge och trycker på startknappen. Om man har tur går motorn igång." Jag blinkade. "Det är ingen Mercedes."

Jens hjälpte henne ombord och ner i den rymliga sittbrunnen där dramat hade utspelats. Jag tittade mig omkring och kände nostalgiska vågor skölja igenom mitt inre. Bänkar av massivt trä runt hela sittbrunnen erbjöd sittplats för upp till tio personer. Under bänkarna fanns stuvutrymmen. Den lilla ratten av mahogny var placerad till vänster om dörrarna till ruffen. En fyrkantig låda mellan bänkarna fyllde dubbel funktion som motorhuv och kaffebord. Bredvid den stack backslaget upp. En metallstång med tre lägen. Fram, back och friläge. Till höger hängde en modern eldsläckare. Det var det enda föremålet jag inte kände igen. Instrumentpanelen bestod av en temperaturmätare, en batteriindikator och ett handgasreglage.

Jag stack in nyckeln och vred till startläge. Till min förvåning visade indikatorn att batteriet var laddat. Det hade gått tre veckor sedan incidenten vid ön. En blick på Jenny sade att hennes tankar också gett sig ut på en sentimental resa. Jens öppnade de smala dubbeldörrarna till ruffen och ålade sig ner. En skjutlucka hjälpte till att vidga öppningen. Vi andra följde efter.

Jag visade utrymmet för Lilian som om jag försökte sälja båten till henne. Ett litet utrymme med en dörr tjänstgjorde som toalett. Därinne fanns en toalettstol av campingmodell och ett litet fat att tvätta händerna i. Inget rinnande vatten men en tillbringare av blått porslin. Både fatet och tillbringaren var nedsänkta i passande hål på en liten hylla. Allt tillverkat av min pappa. Ett annat krypin utan dörr var ett litet pentry med gasolkök. Det fanns två bekväma britsar i ruffen. Dessutom gick det att bädda för två i sittbrunnen. Sovplats för fyra personer. Små runda fönster och ett skylight släppte in dagsljuset. Hade det inte varit så råkallt hade vi nog tyckt att det var mysigt. Dynorna vi satt på kändes fuktiga.

Lilian såg varken oroad eller nöjd ut. Snarare likgiltig. Jag gissade att i hennes kretsar i Hamburg var det inte små träsnipor man gav sig ut på havet med. Jens slog ut med handen i en frågande gest.

"Vad tror du om den här kidnappningen?"

Hon ryckte på axlarna.

"Jag vet inte vad jag skall tro. Jag har väldigt svårt att föreställa mig Max som brottsling. Han var alltid snäll mot mig när jag var barn och köpte presenter. Jag har kvar ett guldsmycke med en guldkedja han köpte i dopgåva. När jag konfirmerades fick jag en medaljong men den är borta."

Ett guldsmycke till en baby? Lät märkligt i mina öron med tanke på att gåvan kom från en icke familjemedlem. Men jag är inte tillräckligt insatt i seder och bruk vid högtider. Min dopgåva var en liten sked med namnet ingraverat. Nysilver. Som jag hade kvar. Men det var ett praktiskt föremål som användes flitigt under min barndom. Jag tittade på en liten gasolkamin som stod på durken längst förut. Den hade inte funnits där under vår tid. Jens fick också syn på den. Han stack in handen bakom den för att känna efter om det fanns en gasoltub. Jag skakade på huvudet. Hur kunde han tro att det fanns gasol kvar och hur fungerade kaminen?

Innan jag hann ställa frågorna i sarkastisk ton hade han pillat på några reglage och tryckt upprepade gånger på något som jag förstod var en gnisttändare. En stund senare spred kaminen skön värme i det lilla utrymmet. Jag hade inte lagt märke till att Jenny burit en termos med sig från kaféet. Hon hade naturligtvis fjäskat till sig den från killen på kaféet. Full med rykande hett kaffe. Några pappmuggar i en påse och ett antal havrekakor hade hon också fått med sig. Några minuter senare satt vi med varsin mugg kaffe och tyckte att ruffen var alldeles förbaskat mysig. Jag värmde både gom och mage med en klunk av den heta drycken. Lilian tittade plötsligt på mig. Hon hade stora blå ögon med långa ögonfransar.

"Vad sysslar du med, Freddy?"

Jag var inte van vid att vackra kvinnor som Lilian ställde personliga frågor om min tråkiga person och fick harkla mig en stund. Jo, jag var van vid att den andra vackra kvinnan i sällskapet ställde frågor men inte på det artigt nyfikna sättet. Jag berättade med viss stolthet att jag var företagare och att jag drev en detektivbyrå samtidigt. Jag hörde att det lät som om jag var en väldigt upptagen och energisk person. Jenny var förstås tvungen att lägga sig i.

"Importerar du inte grejer från Hamburg, Freddy?"

Jag nickade tveksamt. Jennys frågor låter alltid ironiska även om de är helt oskyldiga. Åtminsto-

34

ne när hon frågar mig. Lilian tittade väldigt nyfiket den här gången.

"Vad heter firman?"

Till min förtrytelse kom jag inte på namnet fastän jag klickat på logotypen så sent som i morse. Jag kände hur krampen spred sig från huvudet ner till tungan och hur den till slut låste käkarna. Jag var glad att jag inte kunde se mig själv i det ögonblicket. Lilian log förstående men hennes fråga var inte förstående. Eller den var alldeles för förstående.

"Försöker du dölja någonting för mig, Freddy? Importerar du filmer för slutna sällskap?"

Jens skratt skar som knivar i öronen. För sanningen är att jag en gång i tiden hade gjort just det. Men det hade jag slutat med. Lönar sig inte längre. Jens fyllde i.

"Freddys försök att dölja saker brukar sluta med att det står skrivet i pannan på honom. Men den här gången har han inget att dölja. Han importerar tomtar och ölglas och löjliga porslinsfigurer." Till min ytterligare förtrytelse nämnde han namnet på firman. "Inget skumrask, bara larvigt."

Lilian log roat. Det var tydligt att hon tyckte om den danske vännen. Nästa fråga ställdes till honom.

"Och vad sysslar Jensen med?"

Jag såg en chans att ge tillbaka.

"Jensen sysslar med det tråkigaste en människa kan syssla med näst politik. Han är lärare i matematik."

Lilian höll inte med. Det var tydligt att hon stötte på Jens och lika tydligt att han inte hade något emot det.

"Det låter inte tråkigt. Jag är vice vd i min pappas firma och sysslar mycket med siffror. Jag tycker det är morsomt."

Sådärja. En stöt till. 'Morsomt' lät inställsamt på gränsen till påfluget. Åtminstone i mina öron. Jag kastade en blick på Jenny. Hon log fortfarande men det var inte det charmiga leende hon kunde plocka fram vid behov. Lilian vände sig till henne med en snabb huvudvridning.

"Du är det sötaste jag sett i hela mitt liv. Får jag fråga vad du sysslar med?"

Komplimangen lockade fram det bedövande leendet. Jenny är nog den sötaste och charmigaste datakonsult man kan stöta på. Och det är många som stöter på henne. Inte minst på puben. Men hon släpper bara de snygga och trevliga pojkarna inpå livet. Sådana som Jens. När hon berättar om sitt yrke brukar folk höja på ögonbrynen. Men inte Lilian. Hon ställde initierade frågor och berättade vilka dataprogram hon själv arbetade med i sin verksamhet. Jens och jag satt tysta och lyssnade. Det slog mig att det här var omvända världen. Två tjejer satt och pratade om mjukvara och två killar satt intill och fattade ingenting. Jo, Jens fattade nog men han såg lika uttråkad ut som jag. Jag undrade om det är så det är att vara tjej och lyssna till nördarna vid bardisken. Fast det är nog ingen könsrelaterad fråga idag. Tjejerna har kommit ikapp på alla områden.

Det blev en paus och Jens passade på att återföra samtalet till det jordnära ämne som fört oss till den här platsen. Han gjorde en loj gest.

"Polisen nämnde en väska som har försvunnit. Vet du någonting om den?"

Hon studerade honom innan hon svarade.

"Mamma nämnde vid ett tillfälle att en väska försvunnit ur en garderob. Men hon visste inte vad den innehöll. Dessutom är hon vimsig och vet inte vad hon pratar om."

Jens gjorde om sin gest.

"Din far hade en ganska hård ton mot Max ute i båten. Var inte det lite våghalsigt med tanke på pistolen?"

"De känner varandra sedan trettio år. Pappa är stenhård, både som människa och affärsman. Max var mycket vekare."

Jag hörde en tvekande ton som om hon ville säga något mer men ångrade sig. Jenny gjorde samma observation.

"Polisen måste ha lyssnat på alla samtalen."

"Ja."

Vi hörde den tvekande tonen igen. Lilian ryckte på axlarna.

"Pappa påstår att det var en del av Max taktik."

Det kom ingen förklaring till vad taktiken i så fall gick ut på. Jag tänkte på Bronsbergs reflektion att om jag vetat att polisen lyssnade och jag hade en pistol riktad mot mig hade jag valt mina ord med stor försiktighet. Jenny ställde nästa naturliga fråga.

"Vilket motiv kunde Max ha för sin aktion?"

"Pengar. Han hade ruinerat sig på aktier. Förlorat två miljoner över en natt. Ryktet gjorde gällande att han fick tipset av pappa."

Jens ryckte på axlarna.

"Så han ville ha tillbaka sina pengar?"

"Pappa köpte samma aktier för samma summa men han sålde i tid. Verkligen i tid. Kursen rasade dagen efter han sålt. Det sägs att hans försäljning bidrog till paniken."

Kommentaren satte igång våra spekulationer. Om man vill ruinera någon på aktier var det beteendet naturligtvis effektivt. Först köpa en större post och sedan sälja för att kursen skulle rasa. Jag insåg att mina kunskaper om aktiemarknaden var alldeles för bristfälliga för en djupare analys.

Dessutom behövdes ett motiv. Pengar och lurendrejeri kunde för all del duga som utpressningsmotiv men knappast som anledning att mörda någon. Å andra sidan påstods dödsskjutningen vara en olyckshändelse. Jag kände att det började gå runt i huvudet och beslöt att släppa ämnet. Dessutom visste vi för lite om själva kidnappningen och det var inte Lilian vi skulle fråga om detaljerna. Hon var part i målet och vi behövde fakta från någon neutral person, som Bronsberg eller Robertson. En av frågorna som dansade runt i mitt huvud var hur man bevisar bedrägeri om bedragaren hade köpt samma aktier? Smart och förutseende skulle han säkert hävda om saken kom upp till diskussion eller om det blev rättssak. Jens har handlat en del med aktier men han sade ingenting. Det hade han säkert gjort om inte Lilian varit närvarande. Men allt detta hade ingenting med den försvunna väskan att göra. Fanns det överhuvudtaget en väska och innehöll den i så fall pengar? När hade aktiebedrägeriet ägt rum? Lilian tog en klunk av sitt kaffe och jag log vänligt mot henne.

"Har du någon som sköter om båten?"

Hennes ögonbryn åkte i höjden.

"Sköter om? Vad är det som skall skötas? Ligger den inte bra här?"

Jag förklarade att mindre båtar måste läggas upp på land över vintern, täckas över med en presenning och skrapas och målas innan det är dags för sjösättning. Motorn måste tappas på gammal olja och ny måste fyllas på. Jag såg att hennes humör sattes ner under samtalets gång. Men det var bara den bistra verkligheten. Jag fick en idé. Det var trots allt en medlem av den besuttna klassen vi talade med.

"Jag kan ta hand om det praktiska om du vill. Se till att den kommer upp på land. Gubbarna på varvet lyfter upp den och täcker med presenning. Men någon måste vara med. Köra in båten till rampen där den lyfts upp och hjälpa till att palla upp den." Jag gjorde en paus och försökte se bedrövad ut. "Men det är inte gratis."

Hon nickade ivrigt. Inte åt det avslutande tillägget utan åt mitt erbjudande att ta hand om saken åt henne.

"Tack, snälla Freddy. Jag har ingen möjlighet att vara här. Jobbet i Hamburg kräver min ständiga närvaro." Hon log ett bedårande leende. Hon hade lika vackra tänder som Jenny. "Hur mycket talar vi om i kostnader? Jag kan deponera en summa på ditt konto om du ger mig numret."

Jag förklarade att det var enklare om jag lade ut så länge och sparade kvitton och fakturor. Jag lade till att bästa tiden att sälja var på våren. Det piggade upp henne ytterligare.

"Hur mycket får man för en sådan här båt? Vill du köpa den så får du ett bra pris. Med tanke på dina sentimentala kopplingar till den."

Hoppsan! Nu gick det lite för fort. Sentimentala kopplingar? Jag hade inga kopplingar annat än att min far hade ägt snipan och vi hade tillbringat somrarna i den. Men det var minnen, inga kopplingar. Jag förklarade att jag inte hade tid, mina verksamheter krävde för mycket. Och båtar av det här slaget betingar inga högre priser numera. Med undantag av ett litet antal entusiaster är det inte många stressade nutidsmänniskor som kan tänka sig att lägga all fritid under flera vårveckor på skrapning och målning. Jag trodde inte att hon skulle få mer än tiotusen för båten. När jag sagt det hörde jag en menande harkling. Jennys till allmän förvåning.

"Du får sjutusen."

Jag trodde inte mina öron. Vad tusan skulle Jenny med snipan till? Hon hade inte en aning om vad skrapa och lacka innebar. När hon var barn hade hon bara sprungit i vägen för pappa och mig och stört oss med dumma frågor. En gång hade hon hjälpt till att fernissa men lagt på alldeles för tjockt så att vi fått ta bort det med blåslampa när det torkat.

Lilian tittade länge på henne som om hennes tankar hamnat på samma spår som mina. Till min överraskning nickade hon samförstånd och de två kom överens om att träffas på banken för att skriva köpekontrakt. De till och med skakade hand som om båda var väldigt angelägna att komma till ett avslut. Därefter tittade Lilian på sitt armbandsur och ursäktade sig. Jens hjälpte henne ut ur båten och upp på bryggan. När han en stund senare satte sig bredvid Jenny igen började han med att titta på mig på det obehagliga sättet.

"Det var väl synd att det gick åt pipan?"

"Vad gick åt pipan?"

"Ditt försök att använda snipan för att lägga an på Lilian gick åt pipan. Jenny spräckte din planering." Han flyttade blicken till Jenny. "Och vad håller du på med? Hörde du inte vad Freddy sade om allt arbete en sådan här båt kräver?"

Jenny såg lycklig ut.

"Jag tycker ni skall tänka på att ni sitter i min båt. Och jag vet precis vad jag gör."

Det hade under tiden blivit så varmt i kajutan att Jens var tvungen att stänga av gasolkaminen.

Fyra personers kroppsvärme hade hjälpt till. Vi satte ögonen på Jenny. Jag anklagande, Jens frågande. Hon såg lika lycklig ut. Hon blinkade till och med åt mig.

"Kommer du ihåg att det finns ett lönnfack under en av bänkarna i sittbrunnen?"

Jag kom ihåg det. Men jag förstod inte vad det hade för relevans i det här ärendet. Hon fyllde i med att väskan kunde ligga där. Jag protesterade.

"Hur skulle det gått till? Det tar flera minuter att packa undan grejerna som står ovanpå lönnfacket. Det är förvaringsplats för färgburkar, trasor, penslar, terpentin och allt möjligt skräp. Bermeer satt hela tiden och tittade på. Fanns ingen möjlighet att smuggla ner den där."

Sådana argument biter inte på Jenny. Hon berättade att hon inte trodde på historien. Vi bad henne förklara.

"Ingen sköter en kidnappning så klantigt. Brevet som påstås finnas var också klantigt sammansatt, sade Bronsberg. Det ligger något annat bakom."

Jens huvud skakade sakta men han kommenterade inte. Det brukar betyda att han håller med henne eller att han väntar på att det skall komma ett korn som leder tankarna i rätt riktning. Hon fortsatte obekymrat.

"Jag tror att pengarna finns ombord men att de fanns där hela tiden. Och att hela kidnappningshistorien är fejkad."

"Fejkad av vem?

"Av JB."

"JB?"

"John Bermeer."

En kort nick bekräftade att JB var hennes nya namn på mannen. I min värld är JB en god whisky. Jag bad om en förklaring till teorin men hon hade inte tänkt färdigt ännu. Jens och jag tittade på varandra. Min hand svepte runt som om jag samlade mig för att ge någon en smäll på käften.

"Du köper en båt för sjutusen för att du tror att det ligger en portfölj med pengar i ett lönnfack. Men när du skall förklara hur du har kommit fram till den slutsatsen har du inte tänkt färdigt. Är du medveten om allt jobb och allt ansvar du tagit på dig?"

"För en liten stund sedan hörde jag någon ta på sig det jobbet. Visserligen med ett fånigt smil och en baktanke. Men jobbet tog han glatt på sig."

Nu blev jag förtörnad. Konspiratösen Jenny var i sitt esse. Min hand slutade svepa och stannade i ett stopptecken.

"Ett ögonblick! Det erbjudande gällde en annan ägare. En vacker kvinna…"

"Och nu gäller det en annan ägare och en annan vacker kvinna. Vad är det för skillnad?"

"All skillnad som finns. Lilian var i en svår situation och jag erbjöd mig att hjälpa henne utan baktankar. Som vän till vän."

"Jag är mer än vän, jag är din syster. Det är din skyldighet att hjälpa mig."

Jag undrade hur det här hade gått till och övergick till det mumlande jag är känd för. Men det var så tyst i båten att inte en stavelse gick förlorad. I synnerhet s:et i 'förbaskade tjej' hördes förfärande tydligt.

Jenny reste sig och gick ut ur kajutan till sittbrunnen. Vi följde tveksamt efter. Efter en stunds plirande och räknande lyfte hon upp en av sittbänkarna. Under den var det mycket riktigt fullt av burkar, flaskor, penslar, trasor, repstumpar och allt gammalt skräp man kan vänta sig ombord på en träbåt. Jag bestämde mig för att inte röra en finger för att hjälpa till. Jens ställde motvilligt burkarna Jenny räckte honom på ett av de andra bänklocken.

När allt var upplockat tittade vi ner i utrymmet. Inget annat än en smutsig, tättslutande plywoodskiva fanns att se. Jenny försökte få in en nagel för att lyfta den. Det gick inte. Då tittade hon på mig och gav mig den där blicken som sade det hon sagt med rösten för en stund sedan. Det är din skyldighet att hjälpa din syster. Med en suck tog jag fram min fickkniv och pillade in bladet i den enda lilla springa som fanns. Jag kom till och med ihåg att det var så vi hade lyft upp skivan förr i tiden. Men vi hade aldrig förvarat någonting där nere. Bara plockat undan skivan när vi arbetade med båten på vårarna.

Jag hade väntat mig att det enda vi skulle se var insidan av skrovet och de kraftiga spanten jag hade målat så många gånger med tjock orange färg. Men mina ögon spärrades upp när jag stirrade på en portfölj av den typ min farfar hade haft sina papper i, svart läder med tungt lock, två extrafickor framtill. Jag tog upp den, lade den på en bänk och undvek att titta på Jenny. Det behövdes inte. Hennes triumf kändes i luften. När jag skulle öppna den gamla väskan höll hon upp en hand.

"Ett ögonblick! Den tillhör mig och får inte öppnas av någon annan än mig."

Jag skakade på huvudet.

"Den tillhör eller tillhörde Max Schaefer. Nuvarande ägare är Lilian Bermeer eller hennes far. Men den måste överlämnas till polisen. Den är bevismaterial i ett mordfall."

"Vet jag ingenting om. Jag har köpt en båt och allt som finns ombord tillhör mig."

Hon tryckte på de gamla spännena, fällde upp locket och blev lika tagen som Jens och jag. Chockad är kanske en bättre beskrivning.

Det var inte två miljoner kronor; väskan var full med Eurosedlar. Vi räknade inte pengarna men vi hade hört två miljoner svenska kronor nämnas så ofta att vi tog den summan för given. Magister Jens bestämde dagskursen för Euron till ett rimligt antal svenska kronor och räknade fram summan tvåhundratrettiotusen. Vi stirrade på portföljen som förvandlades till något hotfullt under den tysta proceduren. Jenny stängde väskan och kramade handtaget av läder som om hon skyddade den från oss.

Det kändes plötsligt kallt igen. Vi återvände till ruffen och tände gasolkaminen. Jag log inåtvänt åt mina tidigare funderingar om vi var inblandade i fallet eller inte. Nu var vi inblandade upp till öronen. Åtminstone var Jenny det som ägare till båten. Hon ställde portföljen bredvid sig på britsen. Jens slog ut med handen.

"Vi har inget val. Vi måste lämna den till Robertson."

Jenny höll naturligtvis inte med.

"Ingen annan än vi vet att portföljen finns och var. Polisen och JB bara spekulerar. Vi tar det lugnt medan vi tänker ut en strategi. Fakta är att ägaren till båten är död." Hon gjorde en paus och log försmädligt åt mitt håll. "Förre ägaren."

Jag invände att förre ägaren var Lilian och tills köpekontraktet var underskrivet tillhörde båten fortfarande henne. Om hon får reda på att portföljen återfunnits i båten är det knappast troligt att hon säljer. Jenny ändrade attityd till rasande tigrinna.

"Hur skulle hon få reda på det?"

Hon lät frågan hänga i luften medan blicken vandrade från mitt ansikte till Jens och tillbaka. Det var ingen vänlig blick.

"Var det någon som hörde vad jag sade?" Ny paus.

Jag är glad att mina tankar inte hördes. De handlade nämligen om döda ägare till båten och inbegrep plötsligt den kommande ägaren som stirrade på mig som en kobra färdig att hugga sina

46

giftiga tänder i allt som rörde sig. Samtidigt visste jag att hon skulle komma till samma insikt som Jens och jag. Det finns inget val. Jag funderade på hennes *ta det lugnt medan vi tänker ut en strategi.* Jens och jag hade tänkt färdigt. För en stund sedan hade jag tänkt konspiratösen när jag menade något annat. Men nu slog det mig att det var en utmärkt benämning på Jenny i sitt esse. Konspiratösen. Jag gjorde en slapp gest.

"En person har redan fått sätta livet till för den här portföljens skull."

Jag såg i ögonvrån att Jens nickade instämmande. Han sade ingenting. Men det gjorde Jenny.

"Den personen förtjänade att dö. Han hotade en annan person till livet och som det utvecklades råkade han bli offret."

Jag tänkte påminna henne om att hon för en stund sedan sagt att hon inte trodde på kidnappningsteorin. Nu lutade hon sig mot den för att bygga under sin egen konspiration. Men jag kände henne så väl att jag visste att det snart skulle komma ett förslag till kompromiss. Hennes konspiratoriska kompromisser brukar inbegripa mig. Hon satte mycket riktigt ögonen på mig. Lite vänligare den här gången.

"Okej, vi gör så här. Du tar hand om portföljen tills vidare, gömmer den väl och när en tid har gått och ingen gjort anspråk på den så tillfaller den oss. Med innehåll."

Jag vet inte om mina protester stod att läsa i mitt uttryck men jag noterade att det ryckte i Jens mungipor. Bara tanken att ingen skulle göra anspråk på två miljoner kronor var grotesk. Jag höll tillbaka sarkasmerna och insåg att det kanske var bäst att jag tog hand om kosingen. De kunde i alla fall inte ligga kvar i båten. Bermeer var på fri fot och det hade stått i tidningarna att pengarna var försvunna. Vem som helst kunde ta sig ombord, rota en stund och hitta portföljen med en smula tur, skicklighet eller med rätt kunskap. Just när jag tänkte det hörde jag någon formulera tanken med nästan exakt samma ord. Inte Jenny konstigt nog, utan Jens. Han fortsatte, obekymrad om att han sådde nya hemska frön i Jennys huvud.

"I så fall är pengarna borta för alltid utom för den som hittade dem."

Han log på det där belåtna sättet som om han sagt något vettigt. Jag protesterade inte eftersom jag var rädd att Jenny skulle ändra sig angående mitt ansvar för portföljen. Jag insåg samtidigt att jag var den som försvarade rättvisan, inte mot okända banditer utan mot mina närmaste vänner. Fast innerst inne försvarade jag dem mot sig själva. Pengarna i portföljen var brännheta. Jag slog in på ett annat spår.

"Om pengarna inte är utpressningspengar var kommer de då ifrån? Det måste finnas kvitton på banktransaktioner. Ingen kan ta ut så mycket pengar utan att det finns noterat."

Jenny räckte mig portföljen med ett leende.

"Okej, boss. Då har du en uppgift. Ta reda på JBs banktransaktioner över de senaste två åren.

Men gå försiktigt tillväga. Om han får reda på att du snokar i hans privata finanser kan det gå för dig som för Max."

Jag ryckte på axlarna när jag förstod att hennes tankar hamnat på samma spår som mina. Bermeer var inget tilltänkt offer som kommit undan med hjärtat i halsgropen. Han var farlig. Jag tänkte inte rota i hans bankaffärer. Jens stängde av kaminen och reste sig.

"Jag börjar bli hungrig. Någon som vill hänga med och ta en hamburgare? Max gjorde reklam för en smaskig skapelse som jag gärna vill prova."

"Max?

"Restaurangkedjan heter så."

Jenny log sitt sardoniska leende.

"Freddy skulle gärna vilja ta en hamburgare. Men hon heter inte Max."

Jag svarade inte men arrangerade mitt ansikte till ett uttryck jag tränat in framför spegeln. Philip Marlowe brukade se precis så iskall ut när någon försökte sig på lömska tricks. Fast jag menar nog Humphrey Bogart.

Normalt vägrar jag äta hamburgare men just nu var jag så hungrig att jag kunde ätit en råglimpa utan smör. När vi rullade tillbaka mot centrum slog det mig att även om Jenny köpte båten så skulle jag tvingas sköta allt det praktiska kring upptagning och så småningom försäljning. Och jag skulle kanske inte träffa Lilian igen. Om jag inte sökte upp henne. Hon bodde nog på hotell när hon var i Göteborg. Jag hade inget för mig nästa dag så att snoka upp vilket hotell vore kanske ett bra sätt att fördriva tiden. Det slog mig att Jens antydan om snipan som ett svepskäl för att söka upp henne borde fungera bra. Jag kunde uppträda som Jennys ombud i samband med försäljningen.

En annan och mer praktisk aspekt på ärendet slog mig när vi skumpade tillbaka mot centrum i minibussen. Den historia Bermeer diktat upp om att Max tvingat honom att ta ut två miljoner föreföll märkligare ju mer jag funderade på den. Vilken bank i Göteborg kunde hosta upp tvåhundratusem euro på några minuter? I synnerhet som många bankkontor vägrar befatta sig med kontanter nuförtiden. Portföljen hade kanske legat länge i båten.

Jag funderade också på det Jenny sagt att så klantigt sköter ingen en kidnappning. Och då tänkte jag mest på det jag hört om telefonsamtalen. Det framgick inte av Bronsbergs redogörelse om Max hade yttrat sig i telefonen. Jag ville gärna veta om någon hört hans röst och i så fall känt igen den. Men det var kanske oviktigt.

Snyggt förpackat

Det tog några timmar att luska ut var Lilian bodde. Jag började med de dyraste hotellen och fick inte napp förrän på det nionde stället. Flickan i receptionen berättade att familjen Bermeer alltid hyrde samma svit. Näst översta våningen. Två rum med utsikt över älven. Hon nämnde ett pris som nästan gav mig skrämselhicka. Men familjen hade rabatt eftersom de var gamla trogna kunder.

Jag hade presenterat mig som vän till familjen och sagt att jag ville överraska dem med en flaska champagne i elegant presentförpackning. För att ge ett trovärdigt intryck bad jag henne överlämna den vid tillfälle. Då sade hon att jag kunde göra det själv eftersom en av kvinnorna i familjen befann sig i rummet.

När jag en stund senare knackade på dörren slog det mig att detta var det modigaste jag någonsin gjort när det gällde att ta kontakt med en kvinna. Ja, det låter lite torftigt men det är sant att jag aldrig varit ihop med en representant för det som kallas det täcka könet. När jag var yngre trodde jag att jag hörde fel och att det skulle vara det käcka könet med undermeningen att tjejer är käcka och trevliga medan killar är trista.

Men jag har inte varit ihop med någon från det käcka könet heller. Det har varit nära några gånger men alltid gått åt pipan i det akuta skedet. En gång låg jag till och med naken mellan särade ben när en annan kvinna plötsligt stod på tröskeln och stirrade på oss. Jag lär aldrig komma över den frustrationen. Jens och Jenny tycker att jag är den klantigaste Casanova som någonsin uppträtt på planeten men de tror ändå att jag har erfarenhet. De skulle inte tro mig om jag berättade sanningen. Det är anekdoternas fel. Eller förtjänst. Hellre klantig och utskrattad än att valsa runt på pubarna som en fyrtiotreårig oskuld. Historien med rakhyveln och tampongerna är inte mitt värsta tramp i klaveret. Långt därifrån.

Den här gången tänkte jag inte ens tanken att det skulle bli något trevligt besök i sovrummet. Tilltaget att söka upp henne med en flaska champagne var så dristigt att jag redan kände mig nöjd med min dag. När jag lyssnade till trippande steg innanför dörren slog det mig också att beteendet kanske kunde uppfattas som fräckt. Champagnen hade bara varit ett redskap för att lura receptionisten men nu var den plötsligt ett vapen att förföra en skönhet. Förföra en skönhet? Jag har ingen aning om hur det går till och kände hur svetten bröt fram när dörren öppnades. Min känsla gick från svagsint till imbecill.

När dörren öppnades och jag stirrade på den vackra kvinnan kände jag att förlamningen spred sig till stämbanden. Men det växlade snabbt till en annan sorts förlamning.

Det var nämligen inte Lilian som stod i dörröppningen och log emot mig. Det var en exakt kopia av skönheten men äldre. Femtiofem, gissade jag i mitt paralyserade tillstånd. Hennes muntra blick vandrade från mitt stupida ansikte till påsen i min hand. Champagnekorken stack upp. Jag hade arrangerat det så för att receptionisten skulle se vad som fanns i påsen. Nu kände jag mig som en gigolo som försöker sig på det billigaste av trick. Hennes tyska brytning var så kraftig att den blev charmig istället för löjlig. Som om hon pratade tyska med svenska ord.

"Får jag gissa att du kommit för att uppvakta min dotter." Hon plutade med läpparna. "Jag är ledsen men hon var tvungen att ge sig iväg till Hamburg för en timma sedan." Hon formade en kyss samtidigt som hon försökte se ledsen ut. Det senare gick inte så bra. "Går det inte lika bra med en stackars ensam kvinna som längtar efter sällskap av en trevlig man."

Hennes frejdiga maner fick min förlamning att släppa. Jag förklarade vem jag var och anledningen till mitt besök. Eller svepskälet. Snipan. Hon kvittrade att hon kände till alla turer kring spektaklet och att hon tyckte det var fruktansvärt

löjligt av vuxna män att bära sig åt på det sättet.
Jag undrade vilket av inslagen som var löjligt
men ställde inte frågan. En svepande gest bjöd
mig att stiga in. Jag gick bakom henne. Hennes
kläder såg lika dyra ut som Lilians men hennes
sätt att röra sig var annorlunda. Sexigt på gränsen
till utmanande. Jag stirrade på en rumpa som
vaggade i takt med rörelserna och höll på att
snubbla på en mattkant när vi kom in i ett rum
med eleganta möbler och en underbar utsikt över
älven.

Hon var klädd i svarta byxor som var så åt-
sittande att intrycket blev strumpbyxor. Men det
här såg ut som något som kostade en normal
månadslön. Passformen var så perfekt att tankar-
na hamnade på catwalk igen. En svepande gest
bjöd mig att sitta i en fruktansvärt modern fåtölj.
Ja, fruktansvärt modern låter inte perfekt men jag
tycker inte om den sortens möbler. Tycker inte
om att ligga när jag sitter.

Hon gick till ett skåp och återvände med två
champagneglas som hon ställde på ett litet bord
innan hon slog sig ner i en likadan fåtölj. För att
ge det rätta intrycket hade jag med mig en liten
mapp med ett papper som skulle föreställa köpe-
kontrakt. Mitt vanliga köpekontrakt när jag
prackar på kunderna lite dyrare prylar. Jag drog
fram papperet och lade det på bordet. Några pap-
perslappar som låg på bordet hamnade under do-
kumentet.

Atmosfären kändes kolossalt lyxigt. Jag brukar för all del frekventera barer även i de flottare hotellen men då är jag för det mesta ensam. Tills Jens och Jenny dyker upp. De snokar alltid reda på var jag befinner mig. Dras som magneter till min sida och väntar på att bli bjudna på drinkar. Men jag går till sådana ställen för att hålla uppe skenet av den ensamme, omutlige deckaren som aldrig sviker en klient.

Hos den här kvinnan kände jag mig konstigt nog inte malplacerad. Borde känt mig som en katt i hundgården eftersom arrangemanget inbegrep en sexig kvinna som sagt att hon längtade efter sällskap av en trevlig man. En trevlig man? Töntige Freddy från Vasastaden spelade plötsligt i en högre division. Jag log och nickade. Vad förväntades jag göra nu? Javisst, öppna champagnen. Jag halade upp flaskan ur påsen och ställde den på bordet. Jag vet inte mycket om champagne men kunden som handlar åt mig i Tyskland gör tydligen det. Åtminstone att döma av kvinnans reaktion. Hon hade presenterat sig som Maud Bermeer. Jag undrade om det passade sig att jag kallade henne Maud med tanke på tyskarnas strikta sätt att titulera varandra. Jag beslöt att vänta tills hon tilltalade mig. Visserligen tilltalade hon mig väldigt mycket redan nu men det var i ordets andra betydelse. Blicken hon gav mig när vi höjde glasen för en skål var så inbjudande att till och med jag fattade att hon inte bara var intresserad av mig som någon att skåla med. Hon tittade så länge på mitt ansikte att jag förvånade mig själv genom att inte vika undan med blicken. Istället föreslog jag en skål för alla vackra kvinnor från Hamburg.

Det var en god champagne. Jag hade tagit den ur mitt kylskåp några timmar tidigare och tydligen hade den eleganta påsen en kylbevarande effekt för temperaturen var så vitt jag kunde bedöma perfekt. Jens brukar påpeka att kylskåpskall är för kallt för vita viner så jag gissade att den här hade antagit godkänd temperatur medan jag körde omkring med den på jakt efter rätt hotell. Jag ställde tillbaka glaset på borde efter en klunk och log uppskattande. Hon höll sitt glas i handen. Jag insåg att jag måste låtsas ha ett ärende.

"Berättade Lilian att hon sålt båten? Det är därför jag är här. För att diskutera detaljerna. Jag är ombud för köparen."

Hon svepte i sig resten av champagnen i glaset innan hon höll fram det för påfyllning.

"Lilian sade att det var en kvinna som ville köpa båten. En underbar söt liten varelse med ett leende som kunde smälta granit. Hon är svag för läckra kvinnor."

Jag kände att jag behövde svälja men att någonting tog emot. Var Lilian lesbisk? En skönhet som stöter på en annan skönhet? Men Jenny var inte lesbisk. Jag hoppades att jag hade missuppfattat. Lilian hade klart och tydligt stött på Jens. Bisexuell? Nej, jag ville inte tänka den tanken heller.

"Det är min syster Jenny som vill köpa. Båten tillhörde vår far en gång i tiden och det är sentimentala skäl som ligger bakom."

Nu såg hon ledsen ut igen. Hon var duktig på att se ledsen ut.

"Men det blir ingen affär. När Lilian berättade för polisen att hon ville sälja sade de att båten är beslagtagen i ett kriminalfall. De måste behålla den för vidare undersökning. Ingen får gå ombord. Men den är inte låst. Kanske kan den säljas när de är klara."

Inte låst? Hur visste hon det? Jag försökte också se ledsen ut men tror inte att det lyckades. Mina drag tenderar att gå mot Sankt Bernhardshund när jag anstränger mig. Polisen trodde alltså att väskan fanns ombord. Det hade de för all del rätt i. Den fanns – eller hade funnits – ombord. Den befann sig numera i en garderob i Freddy Larssons lägenhet. Och eftersom Jenny inte längre kunde kalla sig ägare till båten hade vi inte gjort ett fynd som kunde bortförklaras. Vi hade stulit ett brännhett objekt från en båt som var beslagtagen av polisen i ett brännhett kriminalfall. Och det var förbjudet att gå ombord.

Jag såg Robertson framför mig när han spände ögonen i mig och Jenny och förklarade att det är förbjudet att gå ombord på alla båtar som ägaren inte gett tillstånd att äntra. Inte ens Jennys leende skulle klara henne ur en sådan knipa. Min gest talade om att jag fattat galoppen.

"Okej, då skall jag berätta det för Jenny."

Det slog mig också att om polisen ville behålla båten i ett halvår hade de ansvaret för att den togs upp och täcktes med presenning. Men det bekymrade mig inte just nu. Jag kunde inte göra annat än att spela mitt spel. Ändå tyckte jag att det var konstigt. Skulle polisen behålla båten tills de hittade pengarna? Det skulle i dagsläget innebära för alltid.

"Vad tror du om den här affären? Finns det någon väska med pengar?

"Oh ja, den finns."

Hur kan du vara så säker på det, tänkte jag, men jag behövde inte fråga. Hon gjorde en hjälplös gest.

"Jag har sett den. John förvarade den i ett skåp i vårt hem i Hamburg. Men jag brydde mig aldrig om att titta i den."

Den avslutande frasen kom tveksamt och klipptes av med ett generat leende. Jag tittade på hennes vackra profil när hon vände ansiktet mot fönstret. Hon var inte bra på att laborera med sanningen. För det var det hon gjorde. Känslan förstärktes när hon satte ett finger mot munnen som ett litet barn som inser att det gjort något dumt. Men hon var inte heller sorten som förlorade sig i abstrakta funderingar någon längre stund. Hon sken strax upp igen. Trots det lät bytet av samtalsämne krystat.

"Vad har du för planer med Lilian? Hon är inte lättflörtad skall du veta."

58

Jag hörde mig stammande förklara att jag inte hade några planer alls och att jag förstod att Lilians krav på män var något annat än Freddy Larsson. Hon svepte i sig det andra glaset och blinkade samtidigt som hon höll fram glaset för ny påfyllning. Jag hade bara smuttat på mitt första glas.

"Jag menar inte att hon tänker gifta sig med dig men hon har aptit på män och hon är svag för din sort. De killar hon träffar i Hamburg är alla pappas pojkar med mycket pengar och ett självförtroende som väldigt lätt pöser över. Hon tycker precis som jag om män med lite ödmjukhet."

Precis som jag. Flörtade hon med mig, Göteborgs ledande tönt i disciplinen. Men det var kanske det hon försökte säga. Eller redan hade sagt. *Jag tycker om killar som inte är stöddiga och självsäkra.* Jag höll funderingarna för mig själv eftersom jag insåg att detta var ett bra tillfälle att ställa några frågor som jag gärna ville ha svar på. Maud var spontan och pratade gärna och jag är känd som ett bra bollplank. Inte för att jag är duktig på att lyssna utan för att jag har så svårt att komma på något att säga att folk babblar på för att fylla pauserna. Men jag måste leda samtalet in på rätt spår.

"Kände du Max Schaefer?"

Det var en dum fråga. Lilian hade berättat att Max var en gammal vän till familjen och Bronsberg hade nämnt att John och Max var gamla vänner. Det hade till och med stått i tidningarna.

Jag borde sagt 'hur väl kände du Max?' Men det hade också varit en överloppsgärning. Ämnet Max satte igång hennes tunga som om jag hade tryckt på en knapp. Jag fick veta att Max hade varit en uppskattad vän som alltid varit med på bjudningar och att han varit uppskattad bland damerna för att han såg bra ut och visste hur man för sig i sällskap. Hon tömde sitt glas igen och jag skyndade mig att fylla det som om jag smorde en motor. Alkoholen började göra sig påmind i hennes tal. Max blev Macksch och snipan blev schnipan. Men det var kanske mer tysk brytning än sluddrande. Hon spann vidare på temat fruntimmerskarl och berättade att Max dessutom var en bra älskare. Nu gjorde hon gesten med fingret mot läpparna igen och lade till att det var hörsägen.

"Du vet att kvinnor pratar mer öppenhjärtligt om intima saker än män."

Jag nickade som om jag visste allt om den saken. Då lade hon till att hon trodde att jag också var en bra älskare. Jag stirrade dumt. Om jag sade att det var det allmänna omdömet skulle hon nog klassa mig som en av de självsäkra. Om jag sade att jag aldrig varit tillsammans med en kvinna skulle hon inte tro mig. Medelålders oskuld finns nog inte i Mauds värld. Så det gick som det brukar. Jag sade ingenting. Hon log som om min tystnad var en bekräftelse på hennes gissning.

"Han hade fräckheten att DNA-testa Lilian och sig själv. Som om jag hade varit otrogen. Så var det inte alls. Det hände innan vi gift oss."

Jag förstod ingenting. Hade Max testat sig själv och Lilian? Och vad var det som hände innan vem hade gift sig? Var hon med barn med Max när hon sade ja till Bermeer vid altaret? Och det tyckte hon inte var att vara otrogen för att avlandet skett innan hon sade ja? Moral och anständighet tycktes inte vara huvudnummer i hennes uppfattning om det parbildande spelet. Jag visste naturligtvis inte vad jag skulle säga nu heller. Fast några ord slank ur mig ändå.

"Himla fräckt gjort."

Där tog det slut. Jag ville lägga till att sådana tilltag borde beivras men tungan rörde sig inte. Hon nickade beskäftigt.

"Men han fick vad han förtjänade. Väskan."

Nu fattade jag ännu mindre. Jag tänkte på vad Jens skulle sagt i en motsvarande situation. *Ursäkta, jag förstår inte. Kan du förklara?* Hon fortsatte som om allting var kristallklart.

"Tvåhundratusen euro är en massa pengar. Men nu är de borta."

Nej, de är inte borta, tänkte jag. Bara gömda. Jag tänkte på vad Lilian sagt om sin mor. Vimsig. Jag höll med. Inte bara det. Hon gjorde mig vimsig också. Fast det brukar inte vara så svårt. Den sista skvätten ur flaskan försvann ner i hennes glas. Hon höll upp det som om hon pratade med den gulaktiga vätskan.

"Lilian är enda avtagare. För John är det livsviktigt att hon ärver sin far." Den champagnedrickande damens blick försvann i fjärran. "Men hon har redan ärvt sin far."

Jag har tidigare nämnt min förmåga att försvinna ur folks medvetande fast de tittar på mig och pratar med mig. Men det här var kusligt. Virrhjärnan stirrade ut genom fönstret men de vackra blå ögonen såg ingenting. *Hon har redan ärvt sin far?* Jag kom på mig med att fundera på vad jag visste om demenssjukdomar. Hur tidigt kan de sätta in och hur påverkar de hjärnan? Plötsligt satte hon ögonen på mig igen.

"Men det var kriminella pengar."

Jag svalde tungt. Det var inte kriminella pengar, det *är* kriminella pengar. Undanstoppade i min garderob. Jag famlade efter mitt glas och höll på att välta det. Hon återgick till att betrakta glaset i sin hand.

"Max fick dem inte. John fick dem inte. Lilian kan känna sig blåst. Polisen kommer aldrig att få tag i dem."

Jag ryckte på axlarna.

"Hur vet du att väskan är borta?"

Hon tycktes vakna ur sin dvala. Ögonen återfick sin skärpa men hon fortsatte att titta ut genom fönstret. Den glada rösten sjönk till en viskning.

"Jag var ute vid båten igår och skulle hämta den. Jag vet var den låg. Jag var med när Max stoppade dit den." Hon gjorde en paus som tycktes innehålla en hel roman. Den avslutades med en suck. "Jag hoppas den som knyckte den är nöjd. Det var pengar vi skulle ha när vi byggde upp vårt nya liv." Ny melankolisk paus. "I Karibien. Vi hade redan valt en ö."

Jag skruvade på mig. Höll hon på en stund till skulle jag erkänna var pengarna fanns och erbjuda mig att överlämna dem till henne. Å andra sidan var inte hon arvtagerska efter Max Schaefer. Det var Lilian. Och Karibiendrömmen var ändå slagen i spillror. Men hon hade varit älskarinna åt Max. Tanken att snipan fungerat som kärleksnäste flög igenom mitt huvud.

Det hon sagt om att Lilian redan ärvt sin far knackade till i bakhuvudet men jag var alldeles för distraherad för att analysera. Det enda jag kunde tänka var att den erotiska stämningen var bortblåst och att jag borde tacka för mig och lämna henne ensam med sin bedrövelse. Jag hade plötsligt nog med min egen bedrövelse. Eller mitt vankelmod. Hon såg inte ens ledsen ut när jag ursäktade mig med att en kund väntade. Jag svepte ner papperet jag lagt på bordet i den öppna mappen.

När jag susade ner i hissen slog det mig att härvan var full av bedragare. Maud hade bedragit sin man, Max hade bedragit sin gamle vän, John hade bedragit alla inklusive polisen, Jenny och jag hade också bedragit alla genom att lägga beslag på väskan. Robertson hade kanske inte bedragit sin kollega Bronsberg men han hade uppträtt märkligt. När jag stod på trottoaren fortsatte tankegån-

63

gen med en uppräkning av alla som blivit bedragna. Det var i stort sett samma namn med ett undantag. Jenny och jag hade inte blivit bedragna. Ännu. Min blick sökte sig bort mot älven. En blek oktobersol försökte tränga igenom dimman. Danmarksfärjan som stävade ut mot havet såg spöklik ut i diset. Jag kände att jag behövde en bit mat och valde mellan Linnégatan med alla mysiga ställen och Magasinsgatan med ett antal smultronställen för hungriga magar. Det var ungefär lika långt åt båda hållen. Jag klev in i bilen och körde iväg på måfå. Hungern styrde till det närmaste stället som såg anständigt ut. En liten kinesisk restaurang där jag aldrig varit tidigare.

Bekantas bekanta

"JAG TYCKER jag känner igen dig. Gick inte vi i samma klass?"

Jag vet inte hur många gånger jag fått den frågan när jag sätter mig på en barstol och försöker fånga bartenderns uppmärksamhet. Antingen ser jag ut som arketypen för gammal klasskamrat eller det är ett bekvämt sätt att inleda samtal på puben. Jag vet inte säkert för jag inleder aldrig samtal. Behövs inte. Det brukar gå till som det gjorde just nu. Någon annan inleder. Fast det är ovanligt att det är en kvinna som frågar. Den här gången kom frågan precis när bartendern dök upp och höjde ett frågande ögonbryn. Som om det var han och jag som gått i samma klass. Jag hörde mig beställa en fyra gul skabrös med mycket is. Det var Jenny som sagt att just den likören var en bra kontrast till min eviga whisky. Barmannen höjde ögonbrynet ytterligare och upprepade min order i frågande ton. Kvinnan på stolen bredvid harklade sig försiktigt.

"Du menar nog Chartruese. Fast det är mer krut i den gröna."

Jag log så där fånigt som jag är duktig på och harklade mig generat.

"Just det. Vad sade jag?"

Nu harklade bartendern sig och frågade om jag ville ha gul eller grön. En förfärlig massa harklande tänkte jag och ryckte på axlarna. Gul eller grön spelar ingen roll, det är ändå bara likör. Brukar hålla femton, tjugo procent. Barndricka.

Jag beställde en sexa grön Chartreuse, kastade en blick på kvinnans glas, såg att det var tomt och beställde en likadan till henne efter att ha gjort en frågande gest och fått en nick i retur.

När drinkarna stod framför oss upprepade hon frågan om klasskamrat. Jag tittade roat på henne som för att säga att *'Nej, den går jag inte på. Det är bara ett trick för att bli bjuden på en drink. Det har du lyckats med så nu kan vi skippa det.'*

Då sade hon något som fick mig att rycka till och titta noggrannare på henne.

"Freddy Larsson? Burgården? Känner du inte igen mig?"

Burgården är en av stans största skolor, numera kompletterad med en restaurangskola. Det är mer folk där på dagarna än på Gais hemmamatcher.

Hon såg ut att vara i min ålder. Naturligt om vi gått i samma klass som hon påstod. Ganska alldagligt utseende men hon hade ett charmigt leende. Mitt minne bearbetade de gamla skolfoton jag förvarar i en plastficka och tittar igenom då och då. Men jag hade inte känt igen henne om hon hade tagit fram en pistol och riktat mot min tinning och sagt att jag hade fem sekunder på mig att klämma fram hennes namn. Hon höjde glaset och blinkade.

"Lena. Du brukade bjuda upp mig på skoldanserna." Nu blinkade hon igen. Den här gången spjuveraktigt. "Efter att alla andra hade nobbat dig."

Så där ja. Alla andra hade nobbat dig. Det lät som en beskrivning av mitt liv och tillstånd, både under skoltiden och efteråt. Mitt minne arbetade så att det gjorde ont. Hur många Lena hade det funnits i min klass? Jag försökte det äldsta av alla glömda namnknep.

"Jo, nu kommer jag ihåg. Men vad heter du i efternamn?"

Hon log på samma sätt som Jenny brukar le när hon tycker att jag gör mig till åtlöje.

"Johnsson."

Jag låtsades att det gick upp en talgdank.

"Naturligtvis. Eva Johnsson. Hur kunde jag glömma det?"

"Kanske för att jag hette Kindlund innan jag gifte mig. Men förnamnet är fortfarande Lena."

Grattis, Freddy. Tur att Jenny inte är inom hörhåll. Tillskotten till anekdotfloran har blivit lite väl många den sista tiden. Precis när jag tänkt den tanken hörde jag hennes namn nämnas av vänligt leende Lena.

"Hur är det med din söta lilla syster Jenny?"

Nu kom jag ihåg. Jag behövde inte låtsas längre. Lena hade varit en av de storasystrar som hjälpt till att passa Jenny efter mina föräldrars skilsmässa. När vi spelade fotboll hade jag ibland haft med Jenny i barnvagnen och ställt den vid sidan av planen. Det hade alltid funnits storasystrar som tagit hand om henne. Lenas bror hade spelat i samma lag som jag. Jag förklarade att Jenny mådde bra och att hon blev sötare för varje år som gick. Berättade att hon hade ett bra jobb och att hon var lika omtyckt som hon varit när hon satt i barnvagnen och skrattade och klappade händerna. Fast numera omtyckt av ett annat klientel. De snygga pojkarna. Lena lade handen på in arm.

"Hälsa henne från mig är du snäll. Jag älskade det lilla trollet som min egen dotter."

Jag lovade att göra det och frågade samtidigt om hon hade några egna barn. Hon tog en klunk av den giftgröna vätskan och jag gjorde likadant. Jag höll på att spotta ut den när jag kände att det rev i halsen som om jag svalt en kardborre. Hon log retsamt när hon betraktade mig.

"Du dricker inte grön Chartreuse så ofta?" Jag nickade medan tungan for runt för att tvätta gommen. Hon höll upp sitt glas.

"Det är det starkaste man kan köpa lagligt i Sverige. Femtiofem procent. Men den gula är godare och håller bara fyrtio procent."

Jag förbannade mig själv att jag låtit bartendern förvilla mig. Dessutom hade jag beställt en sexa i stället för en fyra som jag tänkt. Freddy i sitt esse.

Hon svarade på frågan jag ställt innan smakprovet.

"Nej, jag har inga barn. Karriären fick gå före. Men nu ångrar jag mig. Hade gärna haft ett par ungar."

Jag försökte trösta med att det inte var försent. Många kvinnor fick barn efter att de fyllt fyrtio nu för tiden. Hon svarade inte utan tittade melankoliskt på sitt glas. Jag beslöt att ämnet inte var mitt bästa och övergick till något jag behärskade bättre.

"Och vad jobbar du med?"

Hon svarade inte nu heller men det berodde på att en storväxt mansperson dök upp bakom oss och pockade på hennes uppmärksamhet. Jag vände mig inte om eftersom jag tog för givet att det var hennes man. Inte för att jag sagt eller gjort något otillbörligt men jag får alltid dåligt samvete när jag sitter i barer och bjuder okända damer på drink och okända män ställer sig bakom oss. Oftast är männen hur trevliga som helst och tackar mig för att jag hållit deras kvinna sällskap. Som om jag skyddat dem från andra personer. I de ögonblicken får jag en känsla av att jag uppfattas som det mest harmlösa Göteborg kan prestera när det gäller konkurrens om damerna.

Men den här personen var varken hennes man eller okänd för mig. Jag stirrade häpen på honom när han klättrade upp på stolen bredvid mig så att jag hamnade mellan honom och Lena. Hon gjorde en gest.

"Får jag presentera min chef, kommissarie Robertson."

Min chef? Jag log ännu fånigare än när jag trasslat ihop hennes namn. Robertson log inte.

"Jenny berättade att jag kunde hitta dig här."

Han tycker om att antyda att Freddy Larsson hittar man på barer. Jag log tveksamt. Han fortsatte på sitt lugna sätt men jag läste in en ironisk ton.

"Lena sade att ni gått i samma skola."

Där tystnade han. Jag skruvade oroligt på mig och satte nästa klunk i halsen. Medan jag hostade och harklade mig slog det mig att anledningen att söka upp mig kunde inte vara att prata om min och Lenas skoltid. Och jag önskade att Jenny lät bli att upplysa den store polismannen om vilken pub jag råkade befinna mig på för tillfället. Robertson har också ett gott öga till min syster. Hon brukar bedöva honom med leendet och charmen när de träffas. Han kallade till sig bartendern och beställde en kopp kaffe. När bartendern traskade iväg för att utföra ordern satte han blicken tungt på mitt skuldmedvetna ansikte.

"Jag hörde att du antastat Maud Bermeer på hennes hotellrum."

Där slutade han. Hade jag inte känt mig skuldmedveten innan så gjorde jag det nu. Antastat? Jag förklarade att jag besökt henne för att diskutera Jennys köp av snipan. Han tittade inte på mig.

"Med en flaska champagne?"

Jag svarade inte. Han berättade det jag redan visste, att snipan var beslagtagen och det på goda grunder. En väska med pengar hade försvunnit under ett kidnappningsdrama och båten var förmodat gömställe. Jag hörde mig fråga hur en så liten båt kunde gömma ett så stort föremål utan att polisen hittade det. Till min förvåning svarade Lena.

"Vi tror att någon varit ute vid båten och hittat väskan. Vi har en man därute hela tiden men det blev ett glapp i bevakningen när Bronsberg åkte iväg utan att avlösningen hunnit dit. En halvtimma var ingen där. Han berättade att han träffat dig och Jenny därute."

Jag tyckte det kändes som om jag berättade för hundrade gången om Jennys och min koppling till snipan. Robertson föll in.

"Maud var också ute men hon hade ingenting med sig när hon gick därifrån. På förfrågan från vår spanare svarade hon att Max varit hennes älskare och att de använt båten som kärleksnäste under somrarna. Hon var bara där av sentimentala skäl."

Jag såg häpen ut. Visserligen hade jag fått intrycket att Maud var en spontan människa men att berätta att hon varit otrogen för en helt främmande man var ändå lite för starkt. Jag framförde åsikten med en loj gest. Lena svarade igen.

"Hon berättade inte för en man." Hon pekade med tummen mot sig själv. "Kvinnor pratar öppnare med kvinnor. Dessutom kände hon sig tvungen att legitimera sin närvaro."

Jag ryckte på axlarna. Naturligtvis kunde jag inte berätta den verkliga anledningen till hennes besök. Då skulle Robertson bli misstänksam och tro att jag visste mer än jag ville ge sken av. Bilden av väskan i min garderob dansade på näthinnan medan jag hörde mig säga att Jennys och mitt besök också varit av det nostalgiska slaget.

Orsaken till deras spaning på snipan var förstås att de gissade att det som hänt skulle kunna hända. Vi hade haft en otrolig tur som kunnat traska iväg med väskan utan att en civilklädd polis hade bett att få titta i den. Jag nämnde som i förbigående att vi träffat Lilian, nuvarande ägare till båten och att vi gått ut och satt oss en stund för att prata. Där slutade jag och log på mitt vanliga fåniga sätt. Han nämnde att han pratat med Lilian och jag förstod att hennes samtidiga närvaro ombord var anledningen till att vi inte var misstänkta trots glappet i bevakningen den timmen vi varit där. Tur igen. Jag undrade hur länge den turen skulle hålla i sig. Tydligen hade inte skönheten nämnt att vi stannat kvar efter att hon gått sin väg. Om Robertson fick reda på det skulle han genast ställa intrikata frågor. Hans kaffe anlände och han värmde sig med en klunk.

"Du råkade inte erbjuda dig att ta hand om båten? Se till att den kom upp på land?"

Jag nickade och hoppades att han inte skulle komma med samma insinuationer som Jens. Så naturligtvis gjorde han det men utan det försmädliga leende som hade beledsagat min danske väns spydigheter.

"Står det erbjudandet kvar?"

Jag förklarade stammande att det hade varit min avsikt hjälpa henne eftersom hon inte bodde i Göteborg och inte tycktes känna till vad som krävs av en båtägare. Jag lade till att jag nu förstod att polisen inte ville att jag blandade mig i. Lena tog en klunk av sin gröna vätska.

"Under förutsättning att du inte tuffar över till Skagen så möter det inga hinder." Hon gav mig en snabb sidoblick. "Men båten måste vara tillgänglig för polisundersökning med kort varsel. Det gör inget om den ligger på land."

Jag sneglade på Robertson. Granitansiktet avslöjade ingenting. Jag slog ut med handen.

"Jenny ville köpa båten av Lilian men det gick inte eftersom den var beslagtagen i ett polisärende."

Jag lät kommentaren hänga i luften. Det vore rätt åt Jenny att få punga ut med sjutusen för en båt som redan hade fyllt det syfte hon avsett. Lena tog ett djupt andetag.

"Även om Jenny köper båten gäller samma sak. Involverad i polisärende. Hon kan inte göra vad hon vill med den. Faktiskt kan hon inte göra något annat än det du erbjöd dig att göra. Ta upp den på land."

Jag nickade uppgivet. Spelar ingen roll vem som äger båten, jag skulle sköta upptagningen och offra en dag av min just nu dyrbara tid. Leveranserna inför jul var nära förestående. Vi satt tysta en stund. Lena och jag smakade försiktigt på den starka vätskan, Robertson drack kaffe. Jag fick en känsla av att de hade något på hjärtat som var svårt att klämma fram. Åtminstone gav den store kommissarien det intrycket. Jag funderade på det Bronsberg sagt om att han blivit utskickad under förhöret med Bermeer.

"Okej för min del. Jag sköter uppläggningen och skickar räkningen till den rätte ägaren."

Det blev tyst en stund. Jag såg i ögonvrån att Lena sökte min blick. Jag nickade uppmuntrande. Hon lade handen på min arm. Hennes uttryck pendlade mellan allvarlig och ledsen.

"Du kommer inte på våra klassträffar. Alla är där utom du."

Klassträffar? När jag tänkte efter brukade jag få ett brev med inbjudan till Kristinas Jaktslott vid foten av Otterhällan eller Villa Bel Parque i slottsskogen eller någon annan lokal där gamla klasskamrater kunde träffas och frossa i minnen. Men jag hade aldrig haft en tanke på att delta. Trodde inte att någon skulle märka om jag var där eller inte. Jag hade gjort lika lite väsen av mig i skolan som i mitt vuxna liv.

"Jag är nog inte tillräckligt lyckad för sådana tillställningar."

Jag tittade på Robertson som om jag bad om ursäkt för att jag inte var tillräckligt lyckad. Granitansiktet kunde tolkas på hur många sätt som helst. Jag valde medhåll. *Du är inte särskilt lyckad*. Medhåll låter som om han skulle ha sympati för mitt självutplånande resonemang men det var inte så jag tänkte. Robertsons människosyn är alldeles för krass. Finns inget utrymme för utsvävningar som empati och sympati. Lena gjorde en uppmuntrande gest.

"Dumheter. Du är både deckare och framgångsrik företagare. Inte många som slår det på våra träffar. De flesta har vanliga jobb, elektriker, rörmokare, lastbilschaufför, lärare, ingenjör. En och annan har det som jag. Sitter på kontor och har tråkigt. Men jag får i alla fall lite avbrott i tristessen när jag får följa med ut på fältet som nu."

Avbrott i tristessen för att träffa triste Freddy. Jag visste inte hur jag skulle tolka kommentaren. Robertson ställde tillbaka sin kopp efter en klunk.

"Lena har gått långa vägen via patrullering, brottsplatsundersökning, bedrägeriroteln, förhörsledning och några år på kansliet. Nu vill hon pröva på mordroteln."

Det lät inte det minsta trist. Tvärtom skulle många avundas henne ett så omväxlande yrkesliv. Jag hörde mig lyckönska henne till det nya valet medan jag iakttog hur hon öppnade en burk med mediciner. Locket hade fastnat så jag erbjöd mig att vrida upp det. Medan jag höll på med det hörde jag en välkänd röst bakom min axel.

"Oj! Då har vi äntligen hittat ett nytt användningsområde för männen. Då är vi uppe i två."

Robertson sken upp. Det gör han alltid när Jenny dyker upp.

"Och vilket är det andra?"

Alla skrattade när Jenny gjorde en hjälplös gest i stället för att svara. Lena sken också upp när hon förstod att detta var hennes lilla charmtroll från tonårstiden. De två presenterades och en stund pratades det livligt om uppväxten i Majorna och vad som hänt sedan dess. När ämnet var uttömt blev det en liten paus. Jag hade tänkt flika in en fråga om vad som dragit Jenny till den här platsen när hon fick syn på mitt glas.

"Vad dricker du?"

Lena höjde sitt eget glas och blinkade.

"Skabrös. Eller var det pompös? Vad var det du beställde, Freddy?"

Jenny grabbade tag i mitt glas, drack en djup klunk och gjorde en likadan grimas som jag gjort en stund tidigare. Därefter fick hon hela historien om min misslyckade beställning berättad med fnittrig röst av Lena. Jag trodde inte att kommissarieaspiranter på mordroteln fick uppträda så flickaktigt. Jag hoppades att hon inte skulle dra namndebaclet också. Robertson återkallade oss till ordningen med en myndig harkling.

"Det går bra att köpa snipan men den måste vara tillgänglig för polisundersökning."

Jenny berättade att hon tappat intresset för båten efter alla polisiära turer. Hon hade trott att polisen var färdig med sina undersökningar. Det var inte roligt att äga en båt som när som helst kunde fyllas med uniformer som rotade i hennes egendom. Lena återgick också till sin officiella roll.

"Jag tror inte du behöver vara orolig för det. Vi jobbar med helt andra spår nu. Ingen spaning på båten längre."

Jag bad till gud att Jenny inte skulle nämna portföljen. Det hade nämligen slagit mig att ingen hade nämnt att pengarna fanns i en portfölj. Det hade bara talats om en väska. Eller funderats på väska. Kunde vara allt från en plastkasse till en kabinväska. Men Jenny kände tydligen också att ämnet var hett och släppte det med en loj gest. Poliserna tittade på sina klockor, ursäktade sig och traskade mot utgången.

När de försvunnit kastade jag en förargad blick på Jenny som ålade sig upp på stolen som Lena lämnat.

"Snart har Robertson hittat mig på varenda barstol i den här stan. Jag vore tacksam om du lät bli att tala om att jag sitter i baren."

"Han frågar inte om du sitter i baren. Han frågar vilken bar du sitter i."

Ännu värre. Men det var försent att göra något åt den saken. Mitt rykte var grundmurat tack vare Jens och Jenny. Jag tillbringar inte mer tid på barer än de flesta i min samhällsställning. Många ungkarlar går ut och tar en drink för att få lite sällskap och byta miljö. Och jag blir aldrig berusad. Jag tittade på henne med skarp blick.

"Har du tänkt färdigt angående portföljen?"

"Ja. Den stannar där den är tills vidare. Har du tittat i den?"

"Varför skulle jag titta i den? Jag vet hur pengar ser ut."

Hon svepte i sig resten av likören i mitt glas. Isen hade smält och gjort den drickbar. Hade det varit whisky hade jag protesterat med indignerad stämma men den här vätskan var jag glad att slippa. Hon gled av stolen.

"Då kilar vi hem till dig och tar en titt. Jag såg din cykel utanför. Kände igen den på alla kedjorna och vajrarna. Den som försöker stjäla den måste släpa med sig byggnaden också."

Jag kallade till mig bartendern och betalade. En stund senare rullade vi på smågator genom Vasastan. Där jag bor finns en innergård där man kan ställa ifrån sig cyklarna. Även där låser jag cykeln ordentligt med vajer i cykelstället. Min filosofi är att det tar trettio sekunder att låsa cykeln men det tar veckor av besvär med polisanmälan och kontroverser med försäkringsbolag när den är borta. Och du ser den aldrig igen.

Ovälkommet besök

Garderober torde vara de mest fantasilösa gömställen som finns. Det första en inbrottstjuv tittar i när han letar efter större föremål måste vara garderober. Det första polisen tittar i när de gör en husrannsakan måste också vara garderober. Detta var tankar som flög igenom skallen när jag låste upp sjutillhållarlåset i min lägenhetsdörr. Anledningen var att låset bara var låst en gång. Jag vrider alltid två gånger när jag går hemifrån. Jag tittade först generat sedan misstänksamt på Jenny som stod bredvid mig i trappuppgången. Hon har en nyckel till min lägenhet. Misstänksamt för att hon hade den där likgiltiga minen som antyder rackartyg. Misstanken förstärktes när jag muttrade något om vriden och icke vriden och det inte kom en spydig kommentar om senila gubbar. När vi traskade in i hallen och hängde av oss jackorna var hon fortfarande tyst på det irriterande talande sättet.

Garderoben där jag gömt portföljen är den mest undangömda i lägenheten. Den syns inte bakom sovrumsdörren som alltid är öppen. Bor man ensam behöver man inte stänga dörrar. Jag traskade dit med Jenny i hälarna, öppnade garderobsdörren och böjde mig för att dra fram väskan.

I garderoben förvarar jag mina två kostymer och mina två överrockar. De fyra plaggen fyller hela utrymmet. På hyllan upptill ligger en keps och en hatt. Jag famlade en stund i nedre delen av utrymmet. Ingen portfölj. Några par skor och ett par vinterkängor stod i vägen. Jag hade ställt väskan bakom dem. Jag kände hur paniken bröt fram i form av svett i pannan. Hade någon fått nys om pengarna och tagit sig in i lägenheten? Tankarna återvände till ämnet sjutillhållarlås. Låst en gång i stället för två. Någon med nyckel hade tagit sig in. Bara en person förutom hyresvärden och jag själv hade nyckel till lägenheten. Den personen stod bakom mig just nu. Jag erinrade mig det likgiltiga uttrycket när jag vred om nyckeln och bestämde mig för att spela min roll i hennes fars. Jag reste mig och borstade av händerna.

"Bra, då vet vi det."

Hon föll genast in med lätt förskräckelse i stämman.

"Vet vad?"

"Att den som har väskan nu har gått på en dundernit. Det finns bara gamla tidningar i den. Pengarna har jag lagt på ett annat ställe."

Hennes reaktion blev ungefär den jag väntat. Hon sprang fram till min jättestora säng, kastade sig på golvet och tittade under den. Efter en stunds pillande hamnade en spännrem på golvet och därefter portföljen. Hon lade den på sängen och öppnade hysteriskt de gamla tröga klicklåsen.

Jag gick lugnt fram och ställde mig bredvid henne när buntarna med sedlar radades upp på sängöverkastet. Den blick hon gav mig när väskan var tom hörde inte till de mest kärleksfulla jag fått men jag hade nått mitt syfte. Jag slog ut med handen.

"Då kan vi ju passa på att räkna medan de ligger här."

Det hade hon inget emot. Prasslet av sedlar är som romantisk musik för henne. En lång stund senare kunde vi konstatera att summan var tvåhundratrettiotusen Euro. Hela sängen var täckt av sedlar. Det slog mig att små och stora valörer var blandade huller om buller och att de var slarvigt hopbuntade med tunna gummiband. Vi sorterade så att varje bunt innehöll samma valör och lade tillbaka dem i väskan. När jag hade handen långt ner i botten av portföljen stötte fingrarna emot ett litet hårt föremål. Jag drog upp det och betraktade en liten medaljong utan kedja. Den såg ganska billig ut. Jenny bad att få titta på det.

"Kommer du ihåg att Lilian nämnde en medaljong hon fått av Max i konfirmationspresent?"

Jag nickade och ryckte på axlarna.

"Hon sade att den försvunnit."

"Om vi utgår från att detta är Bermeers väska verkar det väldigt konstigt att den finns här. Skulle han ha stulit medaljongen från sin dotter?"

"Max måste ha fått tag i den. Eller det är en annan medaljong."

Vi beslöt att lägga tillbaka den. När jag trevade runt en sista gång i innersta facket hittade jag en sak till. Ett handskrivet papper. Texten var skriven med blyerstpenna i en gammaldags handstil och papperet var ganska smutsigt. Såg ut att ha legat och skavt mot den ruggade insidan av lädret i åratal. Medan jag plirade för att tyda texten tog Jenny det ifrån mig och höll det så att ljuset från fönstret föll på det. Hon stavade sig igenom med viss svårighet. Handstilen hörde inte till den sorten som min gamla lärare hade godkänt. Det var bara två rader. *Det gamla skrinet leder dig rätt. Puss och kram. Pappa.*

Vi tittade på varandra. Jenny föreslog att det inte hade något med fallet att göra. Papperet såg ut att vara från en annan tid. Linjerat på ett sätt som inte påminde om moderna ark eller sidor man river ur kollegieblock. Mer som gammaldags brevpapper. Det var vikt två gånger så att det fick plats i en skjortficka eller en större plånbok. När vi skulle lägga tillbaka det noterade vi att det stod något på baksidan. Textat eller ritat med samma trubbiga penna. Vi gissade efter en stunds stirrande på varandras förvånade ansikten att det var resultat av DNA-tester. Två initialer med cirklar runt och två smileys också med cirklar. Pennstreck och pilar mellan cirklarna verkade indikera släktskap eller samband. Initialerna stämde inte med de personer vi hade i tankarna. MAB och

LBS. En smiley såg glad ut, den andra ledsen. Jag var inte i form för kryptering och föreslog att vi lade tillbaka alltihop i väskan. Det ringde på dörrklockan. Inte Jens välkända signal utan en längre. När jag stängde väskan läste jag John Bermeer på insidan av locket. Jag reste mig och traskade ut till hallen.

Jag har ofta blivit förvånad när jag stirrat på oväntade besökare i min dörröppning men sällan så förvånad som nu. Eller chockad är kanske en bättre beskrivning. Fast jag aldrig hade träffat personen tvekade jag inte en sekund när jag fastställde identiteten. Inte minst för att jag läst hans namn några sekunder tidigare. Konstigt nog sprack inte rösten när jag tog till orda efter en lång stirrande paus men det kanske berodde på att jag inte sade någonting annat än *jaa* i utdragen frågande ton. Mannen log och tog av sig glasögonen. Hans ansikte såg vänligare ut utan glasögon. Hans röst var kultiverad och myndig på samma gång.

"Mitt namn är John Bermeer." Han sträckte fram handen. "Har jag äran att tala med privatdetektiv Freddy Larsson?"

Jag nickade mekaniskt och gjorde en gest in mot hallen. Han tog av överrocken och gav mig den utan att titta på mig. Som om jag var rockvaktmästare på en restaurang. Jag hängde den på en galge och gick före honom in till deckarkontoret. Han tittade sig omkring och sade något om att de gamla stenhusen hade sin charm. Jag noterade att dörren till sovrummet var stängd. Jenny hade förstås lyssnat och förstått att detta inte bara var oväntat besök, det var i högsta grad ovälkommet. Bermeer slog sig ner i soffan och log vänligt igen. Min nervositet kröp under skinnet men rösten var fortfarande stadig när jag frågade om jag fick bjuda på ett glas vin. Han tackade ja. Medan jag hämtade glas och flaska berättade han att han hittat mig på webben och att han letade efter just en privatdeckare som kunde hjälpa honom med ett känsligt ärende. Inte ett ord om att han visste vem jag var genom hans fru eller hans dotter eller att han visste att jag hade god kunskap om båten. Men jag anade att han fått mitt namn genom sin familj. Resten gick att googla sig fram till på min hemsida. Jag slog mig ner i fåtöljen mittemot soffan och försökte se obesvärad ut när jag höjde mitt glas och skålade försiktigt. Han smakade på vinet och ställde glaset på bordet innan han tog en position som meddelade att nu börjar förhandlingarna. Hans röst var klar och distinkt fastän han talade lågt. Jag visste att Jenny lyssnade med öronen mot sovrumsdörren.

”Det är en ganska intrikat historia. Alltihop beror på ett fatalt missförstånd. En gammal vän till mig fick för sig att jag lurat honom att satsa på aktier som förlorade i värde.”

Hans redogörelse var koncis och utan sidospår. För att hämnas hade vännen stulit en väska med pengar som Bermeer förvarade i sitt hem i Hamburg. Väskan hade innehållit ganska precis den summa vännen ansåg sig ha förlorat i spekulationer. Jag hoppades att min skepsis inte avslöjades av mitt uttryck. Om portföljen stulits i hans hem, vilken portfölj talade vi om då? Var portföljen i mitt sovrum den stulna eller en annan? Hela spektaklet i båten handlade om pengar som vännen tvingat till sig genom hot. Som om hans läst mina tankar fortsatte han där de tog slut.

"Min vän nästlade in sig hos min fru och fabricerade en historia om att han blivit lovad kompensation av mig för sin förlust. Det är naturligtvis nonsens. Om jag skulle kompensera varje dåre som ruinerar sig på börsen skulle mitt företag ha gått i konkurs för länge sedan. Det handlar om ren och skär stöld, inget annat." Han gjorde en paus och log igen. "Det är där du kommer in i bilden. Jag tror att han transporterade pengarna till Göteborg och gömde dem någonstans. Det finns en båt, en gammal träsnipa som han älskade över allt annat här på jorden. Han tillbringade hela sommarhalvåret i den och kände naturligtvis skärgården som sin egen ficka. Jag tror att han gömde pengarna i båten och att någon stulit dem därifrån."

Jag tittade dumt på honom. Vad väntade han att jag skulle säga? Om jag medgav att jag kände till båten väl skulle han förstås räkna mig till de misstänkta. Om jag berättade att jag träffat både hans fru och hans dotter skulle han undra varför jag inte sagt det med en gång. Så jag sade ingenting men noterade att hans blick förändrats från vänlig till granskande som om han väntade på ett svar eller någon reaktion. Han tog en klunk av vinet och ett djupt andetag.

"Det finns även ett papper jag väldigt gärna vill ha tillbaka."

Jag såg min chans. Papperet hade jag för en liten stund sedan hållit i min hand. Det kunde jag i sinom tid överräcka med en plausibel förklaring.

"Så ni vill engagera mig för att hitta pengarna och papperet. Hur vet jag att det är rätt papper?"

"Jag vet inte vad som står på papperet utom att det är personuppgifter som inte får komma någon utom mig till del. Jag får faktiskt be dig att inte läsa det eller visa det för någon annan än mig."

"Men jag måste veta att det är rätt papper."

"Papperet finns där pengarna finns."

Det här var ögonblicket när jag borde hala fram min anteckningsbok och bläddra medan jag anlade den likgiltiga min jag tränat in framför spegeln. Göra några anteckningar och stoppa tillbaka den. Så naturligtvis kunde jag inte hitta den. Jag hade min säckiga kavaj på mig och där brukar den finnas. Det enda jag hittade var en näsduk som jag halade fram och låtsades snyta mig i.

"Förlåt." Jag log dumt. "Har ni letat i båten?"

"Båten är beslagtagen av polisen eftersom den var inblandad i ett annat ärende. De har letat igenom den men inte hittat några pengar. De har haft bevakning på den men det gav ingenting."

"Det innebär att jag inte kan gå ombord."

Han gav mig en blick jag tolkade som insinuant eller överlägsen.

"Sådana problem trodde jag privatdeckare kunde lösa på ett smidigt sätt."

Nu log jag ännu dummare.

"Självklart. Jag ville bara förvissa mig om förutsättningarna."

Det blev tyst en stund igen. Vi smakade på vinet och tittade fundersamt rakt fram. Jag såg min spegelbild i en glasyta på väggen och konstaterade att jag faktiskt påminde om en privatdeckare. Men det kunde bero på att jag just nu arbetade som privatdeckare och satt och pratade fall med en klient. Han log plötsligt igen kunde jag se i spegeln.

"Det är en ansenlig summa vi pratar om. Om du fixar fram den tillsammans med papperet väntar en ansenlig belöning. Har du medhjälpare?"

"Nej, jag jobbar ensam."

Här tänkte jag säga något om den ensamme jägaren som aldrig sviker en klient men som tur var låste sig tungan. Sådant säger man inte till män av Bermeers sort. Han reste sig och räckte mig ett kort. Jag fumlade fram mitt eget kort ur plånboken och räckte honom. Samtidigt ramlade anteckningsboken ur plånboken och hamnade på soffbordet. Jag låtsades inte om den. När han tog på sig överrocken kände jag mig manad att säga någonting.

"Om jag hittar den, hur vet jag att det är rätt portfölj?"

Det blixtrade till i hans ögon.

"Det vet du när du hittar den." Han blinkade innan han öppnade dörren till trappuppgången. "Kom ihåg, en rejäl belöning väntar." Han tog fram en tjock plånbok och bläddrade i sedelfacket en stund innan han räckte över en bunt till mig. "Här är till omkostnader under tiden. Jag väntar rapport när det händer något och var tredje dag om det inte händer något."

När jag stängde dörren kände jag hur det bubblade inom mig. Det kändes som om uppdraget förvandlats från något skumt till hederligt deckararbete. Den känslan skulle inte vara länge. Jag hörde dörren till sovrummet öppnas. En stund senare stod Jenny bredvid mig och tittade på sedlarna i min hand. Anblicken av pengar ger hennes ögon en speciell lyster.

"Vad är det? Gav han dig pengar för att du har lagt beslag på hans pengar?"

Jag hann inte berätta om min triumf förrän dörrklockan gav ifrån sig den välkända signalen som annonserade Jens ankomst. Passade mig bra att berätta för båda vad jag åstadkommit. Vi bänkade oss kring vinflaskan. Jens berättade att han nästan blivit nersprungen av en man med grym blick när han gått in i porten. Jag förstod inte grym blick men berättade vad som hänt den senaste halvtimmen på deckarkontoret. Jenny fyllde i med egna iakttagelser. Jag avslutade med att jag frågat Bermeer hur jag skulle känna igen portföljen när jag hittade den. Båda två tittade på mig på det där sättet som antyder förrymt psykfall. Jenny hade inte hört vad som sades i hallen.

"Sade han portfölj?"

Jag ryckte på axlarna och funderade en stund. Det var jag som sagt portfölj.

"Pengarna ligger i en portfölj. Varför skulle jag inte säga det?"

Medan jag pratade gick det upp ett ljus. Jens drog en djup suck.

"Förstår du vad det innebär? Han vet att du vet att pengarna ligger i en portfölj. Ingen har sagt portfölj. Bara väska med pengar." Han gjorde en obehaglig paus. "Bara den som har hittat portföljen och sett pengarna känner till det."

Jag klamrade mig fast vid närmaste halmstrå.

"Han reagerade inte när jag sade det. Inte en min."

Nu suckade Jenny. En ännu längre och djupare suck än den Jens presterat. Hon tog bunten med pengar som jag lagt på bordet och räknade dem förstrött.

"Det innebär bara att han registrerade fakta. Du har pengarna. Då kan vi se fram emot följande scenario. Bermeer anlitar någon för att ta sig in i din lägenhet. Kanske polisen med en husrannsakan. Det är faktiskt hans pengar. Robertson hittar portföljen med hjälp av hundar som nosar fram den."

Här tystnade hon och tittade på Jens. Han skakade på huvudet

"Nej, jag tror inte det går till så. Han kan ha svårt att förklara pengarna. Jag tror han kommer själv när han är säker på att du är ensam. Med en pistol i handen. Vi talar om en människa som redan har utfört ett brutalt mord. Bermeer behöver ingen hjälp för att utföra sina uppdrag."

Jag kan inte påstå att deras fantasibilder piggade upp mig. Jens upprepade det han sagt om grym blick. Bermeer hade inte sett grym ut när han sade adjö till mig. Det blev tyst en stund. Jag försökte le men kände att mungiporna inte ville vara med. Jenny fattade sitt vinglas och höjde det som om hon utbringade en gravskål.

"Ansenlig belöning?"

Hon tömde glaset. Jens fyllde det igen tillsammans med sitt eget. Han pratade under tiden.

"Bermeer vet att du har pengarna. Han betraktar dig som en tjuv." Nu gjorde han den obehagliga pausen igen.

"Ge en bandit en ansenlig belöning?"

Jag insåg att de hade en poäng. Jag var inte längre en figur i marginalen. Jag var huvudperson i dramat. Tillsammans med Jenny som hittat pengarna. Men det visste inte Bermeer. Jag smakade fundersamt på mitt vin.

"Han väntar rapport var tredje dag. Jag får tänka ut något som avför mig från misstankarna. Berätta sanningen till exempel. Den som har pengarna heter Jennifer Larsson och bor på Majorsgatan. Jag vet inte var hon har gömt pengarna."

Jenny ryckte på axlarna.

"Ingen dum idé. När han kommer på besök berättar jag var pengarna verkligen finns. Hos Fredrik Larsson, pajasdeckaren i Vasastaden. Han vet var du bor."

Jens suckade igen.

"Ni förstår inte vad det handlar om. Så här ligger det till. När han har pengarna i sin hand räknar han ut att den som hittat dem också har läst papperet som Freddy lovade att inte läsa. Det papperet kan vara motivet till mordet på Max. Eller klarare uttryckt, alla som känner till papperet är presumtiva måltavlor för vår vän. Ni två vet vad som står på det papperet."

Jag tyckte inte om hans sätt att uttrycka sig och förklarade att papperet bara innehållit några obegripliga rader och initialer som inte stämde med någon av de inblandade. Plus en glad och en ledsen smiley. Han skakade långsamt på huvudet.

"Inte obegripligt för den som kan tyda texten. Vad stod det exakt?"

Jag slog ut med handen.

"Om vi talar om det så är du också med i skaran som ligger risigt till."

"Du har glömt vad det stod?"

Han sökte Jennys blick och höjde ögonbrynen frågande. Hon slog också ut med handen.

"Det lilla skrinet leder dig rätt. Puss och Kram. Pappa."

Jens tittade länge på henne. Man kunde nästan se hur hans matematiska hjärna arbetade.

"Vilket skrin?"

Jag föreslog att det kunde vara vilket skrin som helst. Ett smyckeskrin i Hamburg där han lagt något som kanske ledde henne till ett bankkonto i Schweiz. Ointressant för oss. Jenny höll inte med.

"Om han är rädd att papperet kommer i orätta händer för den sakens skull kan han bara flytta pengarna till ett annat konto. Jag tror att det handlar om cirklarna och pilarna. Att budskapet finns där."

Jag erinrade mig att vimsiga Maud sagt någonting om att Lilian är enda arvinge till framgångsrika företaget. Jag kom till och med ihåg hennes ord. *Lilian är enda arvtagare. Det är väldigt angeläget för John att hon ärver sin far. Men hon har redan ärvt sin far.* Båda tittade på mig med undrande miner när jag återgav samtalet. Jens var tvungen att hälla i sig allt vin i glaset medan hans hjärna malde de nya uppgifterna.

"Vad tusan betyder det? Hon har ärvt Max, inte Bermeer."

Slantarna började dansa i våra huvuden på jakt efter en springa att ramla ner i. Jenny stjälpte också i sig sitt vin. Medan jag hämtade en ny flaska hörde jag henne knäppa med fingrarna.

"Maud vet förstås vem som är biologisk far till Lilian. Om John känner till papperet vet han också och för honom är det livsviktigt att Lilian inte får reda på det. Tänk er om hans företag hamnar i händerna på Max dotter och hon får reda på sanningen. Då är Johns hela livsverk förfelat."

Jag öppnade den nya flaskan och fyllde glasen till en tredjedel. Kultiverat, har jag lärt mig. Jens betraktade tilltaget med missmodig min. När jag ställde buteljen på bordet tog han den och fyllde sitt och Jennys glas till två tredjedelar. Men inte mitt. De höjde sina glas och skålade. Med varandra, inte med mig. Det är sådana små föreställningar som kryddar anekdoterna på puben. Jens såg fortfarande skeptisk ut när han ställde tillbaka glaset.

"För John är det viktigaste att hålla vetskapen från Lilian. Men varför skriva ett brev och placera det tillsammans med pengarna? Han kan inte utesluta att Lilian får syn på det vid något tillfälle."

Jenny knäppte med fingrarna igen. Hon är duktig på det. Smäller som en smällkaramell när det är julgransplundring.

"Puss och kram. Pappa. Står det på papperet. *"* Hennes stora ögon flackade mellan våra ansikten. *"Hon har redan ärvt sin pappa.* Sade Maud." Blicken fastnade på mitt ansikte. "Det är Max som är pappa i det sammanhanget och han vill att Lilian skall få reda på det rätta förhållandet. Krumelurerna är ledtrådar till faderskapet. LBS kan vara Lilian Bermeer-Schaefer. MAB kan vara Mauds initialer som ogift."

Vi lutade oss tillbaka och funderade igen. Om det stämde så handlade ärendet plötsligt om en vendetta mellan en bedragen äkta man och en hämndlysten älskare. Det förringade inte handlingarna – mordet och stölden av pengarna – men det visade vad Bermeer var kapabel till för att hålla skenet uppe. Och nu var vi inblandade upp till öronen. Huvudpersonen Bermeer väntar på en rapport från den andre huvudpersonen Freddy deckare. Robertson betraktade antagligen fallet som avslutat med undantag av den försvunna väskan. Lilian visste ingenting men hon hoppades naturligtvis att pengarna skulle hamna hos henne i sinom tid. Maud kanske också betraktade det hela som avslutat och sig själv som den stora förloraren. Jag kastade en blick på bunten med pengar på bordet. Jag hade inte räknat dem men det var i alla fall pengar som tillhörde mig. Ärligt förtjänta om jag lyckades pressa fram en rapport. Jag fick en idé och tittade förstulet på Jenny. Nej, hon skulle inte gå med på det. Jag ryckte på axlarna igen, tog en klunk vin och undrade hur det kändes att få en kula mellan ögonen.

Väska på resa

Som vanligt var jag för tidig. Nästan en timma före avtalad tid konstaterade jag efter en blick på klockan. Jag hade fått inbjudan per e-post några timmar tidigare. Lilian ville träffa mig på hotellet för att diskutera snipan. Det var allt som stod i mejlet. Diskutera snipan. Vad fanns att diskutera? Jag hade tagit på mig att lägga upp den, lägga ut för uppläggningen och presentera en räkning för omkostnader plus mitt blygsamma arvode. Det var redan överenskommet. Men det fanns annat än snipan att diskutera skulle jag få lära mig.

Jag tittade mig omkring när jag strosade genom den kombinerade restaurangen och baren. Utsikten genom de stora fönstren var magnifik. Älven speglade den bleka novembersolen som började sjunka ute vid Vinga. Älvsborgbrons silhuett i centrum av blickfånget såg mäktig ut. Intrycket blev ett vykort från den stora hamnstaden. Jag bestämde mig för en av de vita fåtöljerna närmast fönstren så att jag kunde njuta av utsikten. Miljön var perfekt för en drink med lite tilltugg. Jag beställde en Gimlet när servitören dök upp.

Precis så här hade jag tänkt mig deckarens tillvaro när jag startade min verksamhet. Den ensamme jägaren som drar sig undan till en vrå där han kan bearbeta problemen med sitt knivskarpa intellekt och smutta på en Gimlet medan han väntar på sin klient, en urtjusig kvinna. Jag log belåtet och lät blicken glida runt. Det skulle jag inte ha gjort. Talträngde Ture satt nämligen mitt i mitt synfält och lät sin blick glida runt. Den fastnade naturligtvis på mitt belåtna ansikte. Eller den hade varit placerad där sedan jag satte mig. Han trodde nog att mitt leende var en signal att jag sökte kontakt. Känslan förstärktes när han höjde sitt glas och log vänligt. Vi var ensamma i den här delen av restaurangen. Han satt inom hörhåll för vanlig samtalston.

Som vanligt när den pratglada sorten träffar mig på krogen skippas alla inledande trevare som 'trevligt ställe' eller 'fin utsikt' eller 'har du prövat deras räktoast'. Han såg fryntlig ut. Lite åt Sten-Åke Cederhöks håll, rund och glad. Jag kom att tänka på något jag hört under dagen. Ett litet korn som stannat i minnet. Hellre överviktig än skitviktig. Ganska träffande beskrivning på mannen. Jag anade inte att jag skulle få anledning att ändra till både överviktig och skitviktig. Jag besvarade hans skål och väntade på den inledande kommentaren. Han till och med lät som Cederhök. Men han var inte glad.

"Har du hund?"

Jag får medge att det inte var det ämnet jag hade väntat mig. Jag skakade på huvudet och gjorde en gest som kunde tolkas som att jag inte hade hund men också som att jag inte förstod vad han var ute efter. Kanske ville han pracka på mig en hund. Han gjorde också en gest.

"Har du katt?"

Jag förklarade att jag varken hade hund eller katt och att jag inte tänkte skaffa någon. Svaret tycktes komma som en lättnad. Han bytte fåtölj och hamnade en meter närmare mig. Rösten sjönk till förtroligt tonläge.

"Vad tycker du om hundar? Är det intelligenta djur?"

Hans ton antydde att han inte hade några högre tankar om människans bästa vän. Jag medgav att ämnet inte brukade sysselsätta min analytiska förmåga. Men det hade sysselsatt honom desto mer förstod jag när han fortsatte. Jag fick en känsla att det huvudsakliga syftet med hans besök på krogar och andra offentliga ställen var att leta upp offer för att kunna ventilera sin hundhatarfilosofi.

"Har du undrat varför hundar anses intelligentare än katter fast det är uppenbart att katten är tio gånger smartare än den smartaste hund som någonsin har funnits."

Jag hade inte funderat på den saken heller. Aldrig haft någon anledning. Han lutade sig tillbaka i fåtöljen.

"Vet du vad jag tror? Jag tror att folk tycker så för att hunden är så jävla lik människan. En lydig idiot som gör vad den blir tillsagd." Han gjorde en paus och nickade beskäftigt. "Ta korvtricket."

Jag sade inget men jag tror att mitt uttryck meddelade att jag inte kände till korvtricket. Hans uttryck sade mig att han tänkt ur korvtricket själv och att han var väldigt stolt över det.

"Om du håller korv i handen och snurrar den framför ögonen på en hund så snurrar hunden också om den tror att den får korven. Du kan snurra korven hundra gånger och hunden snurrar varje gång med flåsande tunga. Jag slår vad om att du tröttnar på att snurra korven innan hunden tröttnar på att snurra runt på golvet."

Han skålade igen och vi tog varsin klunk. Jag hade inte druckit Gimlet på många år och upptäckte att det inte var lika gott som i mitt minne. Han drack vitt vin.

"Hur intelligent är det? Roligt kanske, men smart? Inte särskilt."

Jag nickade instämmande. Det lät inte så smart. Jag tänkte invända att hundar är individer precis som människor och att alla kanske inte snurrar lika lydigt men då hade han nog blivit sur och inte kommit fram till poängen med sitt korvtrick. Han var tyst så länge att jag började fundera på om det korkade snurrandet var hela poängen. Just som jag undrade om han ville att jag skulle skratta och säga att det var en skojig och tänkvärd historia fortsatte han.

"Vad händer om du gör så med en katt? Jo, det skall jag tala om för dig. Den sitter lugnt och stilla och betraktar dig med en blick som säger 'du kan lika gärna ge mig den nu. Jag vet vad du håller på med och jag har ungefär tusen gånger så mycket tålamod som du.' Så du ger den korven och är lika bortgjord som den snurrande hunden."

Jag log och skrockade lågt. Min mormor hade haft en katt som vi barn gärna hade kelat med. Det jag hade noterat vad det gällde den katten var att om den inte ville göra det du ville att den skulle göra så gjorde den inte det. Men då är vi tillbaka till individer. Alla katter kan ju inte vara likadana. Jag hoppades att han inte skulle fortsätta och dra ramsan om hundar som gräver i rabatter, bajsar på trottoarer, skäller på allt och alla och biter folk i benen. Så naturligtvis gjorde han det. Det vill säga han bet mig inte i benet men han drog ramsan. Hade jag inte väntat på Lilian hade jag nog tittat på klockan och kört den sociala historiens mest beprövade ursäkt för att lämna ett sällskap *"nej, men herre gud, är den så mycket! Då måste jag rusa!"*. Jag sneglade ändå på mitt armbandsur och såg att det var en halvtimma kvar till räddningen.

Men jag blev ändå räddad. Av en välbekant stämma precis bakom min rygg. Fast räddad är nog en omskrivning av mina känslor.

"Varför berättade du inte att du skulle gå hit och träffa Lilian? Vi jobbar också med fallet. Du är just en snygg chef."

Jag tittade häpen på Jenny och lika häpet på Jens som stod bakom henne. Häpenheten övergick till indignation.

"Hur vet ni vem jag skall träffa?"

De dunsade ner i fåtöljerna kring det lilla bordet där jag satt. Cederhök förstod att det var ett privat möte och drog sig undan med sitt glas till den plats där han suttit tidigare. Jenny log försmädligt.

"Din inkorg är ganska tråkig. Lika tråkig som skickade mejl. Skriver du inga intressanta brev till tjejer du gillar?"

"Min inkorg? Läser du min e-mail? Du kan inte öppna min dator utan lösenordet."

"Jag läser på min dator, inte din."

Jag försökte ignorera Jens flin men han satt mittemot mig så det gick inte så bra.

"Du läser min e-post på din dator?"

Inget svar. Medan jag arbetade mig upp till nästa fas av indignation kom jag att tänka på att jag en gång gett henne lösenordet till mitt konto på webben. Men det var för att hon skulle hjälpa mig med en topp i orderingången. Svara på mejl från kunderna. Sköta kontakter som hon är duktig på. Jag suckade när jag insåg att alltihop var mitt eget fel.

Och min inkorg är nog en av landets tråkigaste. Order, faktura, påminnelse om förfallodag, ibland från mig, ibland till mig. Det senare är nog det vanligaste. Deckarverksamheten sköter jag per telefon. Jag bestämde mig för att byta lösenord på e-postkontot nästa gång jag satte mig vid lap-toppen. Jens tittade sig omkring.

"Inget dåligt ställe för ett halvtaskigt privatöga. Vem betalar?"

Nittioåtta procent av våra gemensamma krog-besök betalas av mig. Jens och Jenny tror att jag kan dra av det på representationskontot och att de därmed betalar själva genom sina skatter. Men då känner de inte skattemyndigheterna. Men den här gången skulle inte jag betala. Hoppades jag.

"Jag är inbjuden gäst. Vem betalar era drinkar?"

Jenny log leendet som meddelar att hon aldrig betalar sina drinkar när det finns män med plånböcker i närheten.

"Du är skyldig mig två tusen."

Jag förstod att hon kokat ihop någonting som involverade min plånbok. Hon är mästare på det. Jag gjorde en överlägsen gest.

"Jag är inte skyldig dig någonting. Varför skulle jag vara det?"

"Arvode."

"Arvode för vad? Jag har inte gett dig något uppdrag."

Servitören anlände och jag hörde Jens beställa en Gin och tonic till sig själv och en white lady till Jenny. Jenny som alltid är hungrig passade på att beställa en räksmörgås. Nästa fas var inte oväntat en humorshow. De började prata med varandra som om jag inte fanns. Känslan av att inte finnas i andras medvetande är jag så van vid att det inte bekom mig men jag kunde inte undgå att höra vad de sade. Inte minst för att orden var indirekt menade för mina öron. Jenny lutade sig fram i sin fåtölj och sänkte rösten.

"Nämnde jag att de gick i samma skola ända upp i gymnasiet? Umgicks varje dag under hela uppväxten."

Jens ögon smalnade. Det var så tydligt att de spelade ett rollspel att det blev löjligt. Som om de läste replikerna ur ett manus. Jenny tittade sig omkring som om hon misstänkte tjuvlyssnare. Den hundhatande mannen hade försjunkit i sina egna tankar. Troligen funderade han på ett sätt att förgifta hundar. *Gick i samma skola* ledde mina tankar till Robertsons nya parhäst Lena som jag träffat vid en bardisk.

Men Lena hade inte med detta att göra. Jag förstod att min roll som ofrivillig publik ingick i Jennys föreställning. Hon tittade fortfarande inte på mig, bara på Jens.

"Sedan sade han något som fick mig att spetsa öronen."

Hon flyttade sig ännu närmare honom och sänkte rösten så att jag inte hörde vad hon sade. Men det viskande sättet att tala och de spelande ögonen var också besked till mig. Jag skulle just säga att de gjorde sig till åtlöje när hon plötsligt vände sig till mig och höjde rösten till normal samtalston.

"Men det är väl inget som intresserar dig, chefen?

"Vad intresserar inte mig?"

"Att ärendet baseras på ett jävigt förhållande."

"Ett jävligt förhållande?"

"Jävligt blir det bara om du blandar dig i. Jag sade jävig. Det betyder otillbörligt vänskapsförhållande i rättssak."

"Jag vet vad jäv är. Vem är jävig?"

Hon vände sig till Jens igen.

"Vad tror du? Om han blir åtalad kan han då hävda jäv och klara sig?"

Servitören anlände med deras drinkar och den maffigaste räkmacka jag någonsin sett. Jens smakade på sin gin och tonic.

"Det kan han säkert. Vi talar om en av de skarpaste hjärnor vi träffat på." Han gjorde en paus och tittade plötsligt på mig. "Kanske två av de skarpaste huvudena vi känner till."

Jag höjde ögonbrynen. Var det möjligt att Jens till slut var beredd att erkänna att mitt intellekt var ett av de skarpaste han kände till? Det lät inte sannolikt men jag tänkte inte låta falsk blygsamhet förstöra känslan.

"Och vem är den andre?"

Nu tittade de på varandra igen och tog varsitt djupt andetag. Jenny fuktade läpparna med sin white lady. Räkmackan rörde hon inte. Kniv och gaffel följde med. Annars hade det inte gått att äta den.

"Du tror att vi pratar om dig som ett skarpt huvud? Har du förresten lämnat din rapport?"

Rapport?Jag hade inte lämnat någon rapport. Hennes ovana att byta samtalsämne mitt i en mening har alltid irriterat mig. Hon sänkte rösten igen och vände sig till Jens.

"Undrar om Lilian känner honom privat? Kom vi fram till hur gammal hon är?"

Jens drog en hand fundersamt över hakan.

"Sade hon att hon var född i Hamburg eller Göteborg?"

Vi blev alla lika överraskade när en vacker kvinna dök upp som en skugga och sjönk ner som en katt i fåtöljen Cederhök hade lämnat. Hon log vackert och kultiverat mot Jens. Jag noterade ett kuvert i hennes hand. Efter att ha viftat med det lade hon det på bordet.

"Hon sade att hon var född i Göteborg men flyttade till Hamburg i tonåren. Hon är tjugonio. Och vem känner hon privat?"

Jenny log sitt bedövande leende.

"Tjugonio har jag varit de senaste fyra åren. Men i morse gav jag upp. Det var då jag upptäckte den första rynkan."

Lilian kunde inte ta ögonen från charmtrollet. Jag kom ihåg Mauds antydan att hennes dotter inte var ointresserad av vackra kvinnor. Hade jag inte varit social analfabet hade jag nog påstått att Lilian såg förälskad ut. Hon lät förälskad också.

"Om du får en rynka blir du bara ännu charmigare." Hon log som om det pågick en tävling i disciplinen *det mest bedövande leendet*. "Men du har inga rynkor."

Servitören kom nästan springande. Lilian torde vara en av etablissemangets mest kända och viktiga kunder. Hennes leende och nick betydde standardbeställning. Han försvann genast för att utföra ordern. Blicken flyttades till mitt undrande och beundrande ansikte.

"Trevligt att du tog med dina vänner."

Jag förklarade att jag inte tagit med någon men att min charmerande syster inte drog sig för att läsa min e-post. Jenny avbröt genast och inflikade att hon var helt ointresserad av planetsystemets tråkigaste e-postlåda men att hon hade i uppdrag att sköta min affärskorrespondens eftersom jag inte kan stava. De två log mot varandra på det där sättet som idiotförklarar mansläktet i allmänhet och de närvarande männen i synnerhet. Men Jens låter sig inte påverkas av sådant. Han smakade på sin gin och tonic igen. Jag gissade att han precis som jag beställt något som passade in i den eleganta miljön snarare än vad han egentligen ville ha. Jag hade aldrig sett honom dricka gin och tonic förut. Hans blick sökte och fann Lilians.

"Men det stod inget om ärendets natur. Jenny och jag försöker också räta ut frågetecken."

Lilians drink anlände. Den var röd och full med isbitar. Ett sugrör stack upp ur sörjan. Hon stoppade in det mellan sina läppar och sög i sig en munfull. Precis som Maud under mitt besök ställde hon inte glaset på bordet utan höll det i handen.

"Jodå. Det stod att vi skulle diskutera snipan. Det har nämligen hänt någonting som ställer allt på huvudet."

Alla utom Lilian gled fram i fåtöljerna. Minerna ändrades från artigt nyfikna till koncentrerade. Utom Jens som såg förvånansvärt likgiltig ut. Nästan utstuderat. Jag kände mig manad att bryta tystnaden som uppstått efter det dramatiska uttalandet.

"Jag har lovat att ta upp snipan och sköta allt det praktiska. Det erbjudandet står kvar."

Lilian log nästan överseende den här gången. Jag hade missat poängen som vanligt.

"Ni vet att det finns ett lönnfack i båten."

Vi nickade tveksamt. Detta kändes inte behagligt. Hon fortsatte på samma mjuka sätt.

"Vi trodde inte att Max skulle hinna gömma undan väskan inför ögonen på pappa. Men tydligen gjorde han det på något sätt." Hennes blick vandrade mellan våra ansikten. "Men det är något som inte stämmer."

Jag kände hur nerverna började krypa under skinnet. Portföljen under min säng förvandlades än en gång från tillgång till risk. Jag hade tänkt överlämna den till Bermeer med förklaringen att någon hittat den och överlämnat den mig. När han frågade vem som gjort det skulle jag säga att jag inte visste. Bara att den hade stått utanför min dörr när jag kom hem. När jag gick igenom scenariot i mina tankar hörde jag hur urbota korkat det lät. Om någon hittar en väska med tvåhundratusen euro går man till polisen, till ägaren om man vet vem det är, eller man behåller pengarna.

Man går inte till Freddy Larsson och ställer väskan obevakad utanför hans dörr.

Jag tittade urskuldande på Jens som om han läste mina tankar och tackade både sin och min skapare att jag inte haft tillfälle att säga eller göra någonting i ärendet. Jens vägrar acceptera att han och jag skulle ha tillverkats av samma skapare. Påstår att det finns en särskild skapare för sådana som jag. Det håller jag med om men då menar vi inte samma sak. Han såg fortfarande helt oberörd ut fastän luften vibrerade av spänning. Lilian vände sig till Jenny.

"Polisen hittade lönnfacket och väskan med pengarna."

Hade inte fåtöljen varit så bred och stadig hade jag nog ramlat ur den. Polisen hittade väskan? Jag tittade också på Jenny. Hon såg lika häpen ut som jag och lugnade sig med en djup klunk av sin white lady.

"Hur fick polisen reda på lönnfacket?"

"Någon tipsade. Mansröst med kraftig brytning. Antagligen tysk. Samtalet spårades till en mobil som någon blivit av med på en pub för en månad sedan. Ägaren anmälde den som borttappad när polisen hörde av sig. Han är inte misstänkt."

Jag kände hur det började snurra. Väskan befann sig i mitt sovrum, fastsatt under sängen med en spännrem. Min flackande blick hamnade på Jens ansikte igen. Han rörde fortfarande inte en min. Visserligen är han känd för att aldrig tappa fattningen men att visa lite upprördhet inför de sensationella påståendena är inte detsamma som att tappa fattningen. Min egen fattning hade nog aldrig varit så tappad. Hur i hela fridens namn hade väskan hamnat i båten? Jag famlade efter min Gimlet och knuffade till glaset innan jag fick fatt i det.

"Finns det mer än en väska?"

Jag hörde att frågan var ogenomtänkt och kunde uppfattas som att jag visste att väskan inte varit i båten hela tiden. Lilian kastade en blick på mig.

"Varför tror du det?"

Jag stammade någonting om att jag bara slängt ur mig frågan för att ha något att säga. Alla tre tittade medlidsamt på mig. Lilian stoppade in sugröret mellan läpparna igen och sörplade i sig några centiliter av sin grumliga vätska.

"Mamma har känt till lönnfacket sedan Max köpte båten. Jag känner till det genom henne. Hon var ute och letade. Fanns ingen väska. Jag var ute och letade. Ingen väska. För tre dagar sedan var vi ute båda två och letade. Plockade upp alla gamla trasor och penslar för tredje gången. Ingen väska." Hon gjorde en paus och tittade på oss alla tre igen. "För två dagar sedan fick polisen tipset, åkte ut direkt och hittade väskan. En gammal portfölj."

Jag tittade på Jenny. Hon såg ut som om hon började återfå medvetandet. Preparerade antagligen frågor som inte skulle avslöja henne som min korkade fråga om en annan väska hade gjort. Men innan hon hann säga något fortsatte Lilian.

"Inte nog med det. När polisen undersökte sedlarna visade det sig att det var falska sedlar som härrörde från en liga som polisen i Hamburg sprängde för två år sedan. Pengarna i portföljen är efterlysta av Interpol sedan dess. Väskan är nu i Hamburg för analys. Tack vare den och pengarna kan man äntligen sätta fast huvudmännen bakom ligan. De har klarat sig i brist på bevis."

Nu såg även Jens lite förvånad ut. Lilian fortsatte med en stämma som lät lite tröttare än för en stund sedan.

"Mysteriet fortsätter. Mamma berättade att Max sagt att det skulle ligga ett dokument i väskan tillsammans med en medaljong som Max gav mig i konfirmationspresent. Hon satt bredvid honom när han skrev en papperslapp efter ett av deras kärleksmöten i båten." Lilian kastade en blick på Jennys orörda räkmacka. "På lappen skrev han 'det lilla skrinet leder dig rätt'. Det fanns även kryptiska bokstäver och siffror som mamma inte förstod. Jag tror att det är resultat av DNA-tester."

Jennys förlamning släppte.

"Så någon var ute och lade väskan i lönnfacket efter att du och Maud varit där?"

"Precis. Någon som hade hittat den för mer än två veckor sedan. Ungefär samtidigt som vi tre träffades i båten."

Jag hoppades att hon inte skulle fråga en gång till vad jag menat med min fråga om det fanns en väska till. Tidpunkterna visade att hon var inne på rätt spår. Men hon fortsatte att överraska.

"Det är medaljongen som är viktigast nu. I den kan det nämligen finnas anvisningar om det Freddy frågade alldeles nyss. En väska till."

Jens ryckte på axlarna.

"Vad är det för ett skrin som leder dig rätt?"

"Jag tror att medaljong är en omskrivning för skrin."

Jens eftertänksamma nickande gav ett intryck av att han inte höll med eller han tyckte det lät konstigt.

"Vad får dig att tro att det finns en väska till?"

"Bara en gissning. Det finns indikationer på att andra pengar har stoppats undan. Riktiga pengar."

"Stoppats undan av vem?"

"Max."

"Vem mer kan känna till de indikationerna?"

"Pappa."

Min paralyserade hjärna började också vakna. Om Max stoppat undan de riktiga pengarna, varför var då väskan full av falska sedlar? Och var fanns medaljongen nu? Jag hade själv lagt tillbaka den i väskan. Och hur hade väskan hamnat i båten. Vem var mannen med den kraftiga tyska brytningen? Var Max inblandad i falskmynteriet? Innan jag hunnit få ordning på tankarna räckte Lilian kuvertet till mig.

"Hälsning från pappa med tack för ett smart jobb."

Jag är glad att jag inte kunde se mitt ansikte i det ögonblicket. Det räckte med att se Jennys spydiga min. Jag tog emot kuvertet och försökte pressa fram ett leende. Tack för ett smart jobb? Jag hade inte gjort någonting. Min blick hamnade på Jens fortfarande likgiltiga ansikte. En nästan omärklig höjning av ögonbrynen såg ut som en omvänd blinkning. Här pågick någonting som jag inte hade en aning om men det var tydligt att jag spelade en ledande roll i farsen. Jag fattade i alla fall att det bästa jag kunde göra var att hålla god min. Min roll var den omutlige deckaren som löser problemen med geniets enkla självklarhet. Jag nickade manligt mot Lilian och stoppade kuvertet i innerfickan. Hon såg mer road än imponerad ut.

"Det du sade om en annan väska, var det verkligen gripet ur luften?"

Jag tittade förvånad på henne.

"Absolut. Jag tyckte bara att det var konstigt att väskan hittades efter det du sade om att du och Maud varit ute."

Någonting knackade hårt på pannbenet. Från insidan. Jag hade kläckt ur mig dumheten om väskan innan Lilian berättat om sitt eget letande. Jag bad en bön att ingen annan observerade lapsusen. En blick på Jennys medlidsamma ansikte bekräftade att så inte var fallet. Lilian såg inte heller övertygad ut.

"Jag har ett nytt uppdrag till dig." Hennes konstpaus skapade en spänning som fick mig att hålla andan. "Hitta den andra väskan."

Förlåt. Hitta väskan? Vilken väska? Till min egen förvåning skar sig inte rösten när jag svarade.

"Okej."

Jag svalde frågan *var finns den?* och ägnade tystnaden åt att rätta till anletsdragen. "Vad har jag att börja med?"

Hon berättade än en gång att medaljongen var nyckeln till gåtan så jag gjorde bäst i att börja med att hitta den. Jag hade på tungan att ställa idiotfrågan *var finns den* igen men lyckades bita mig i tungan. Istället hörde jag mig säga att jag gärna tog på mig uppgiften och att villkoren var desamma som när jag jobbat för hennes far. Rapport även om det inte fanns något att rapportera. Hon nickade bekräftande innan hon tittade på klockan.

"Okej, tack för samtalet. Jag måste tyvärr ge mig iväg. Viktiga förhandlingar."

Hon reste sig på sitt mjuka sätt. Hälften av drinken var kvar i glaset. Till min överraskning vinkade hon mig till sig med ett finger i luften. Jag förstod att hon ville säga något som ingen annan skulle höra och reste mig för att följa henne en bit. Vi stannade vid utgången till restaurangen. Hon sänkte rösten.

"När du hälsade på mamma, såg du om det låg några kontoutdrag på bordet i dagrummet?"

Jag kom ihåg att det legat några papperslappar på bordet men att de låg kvar när jag gick. Jag hade inte fäst någon vikt vid dem. Informationen tycktes inte vara tillfredsställande. Hon plutade med munnen.

"Det är viktiga utdrag som inte får komma i orätta händer."

Jag förklarade att jag förstod men att jag inte visste mer än jag sagt. Hon ryckte på axlarna och kastade en outgrundlig blick på mig innan hon traskade iväg. På väg tillbaka till mina vänner grubblade jag på beteendet. Trodde hon att jag lagt beslag på papperen? Vad skulle jag med dem till?

Jenny tittade roat på mig när jag slog mig ner i fåtöljen igen.

"Bjöd hon dig upp på rummet?"

Jag ignorerade dumheten och de två följande från Jens som handlade om champagne och mjuka sängar. Med utstuderat likgiltig min öppnade jag kuvertet, drog ut en sedelbunt och räknade omsorgsfullt. Tvåtusen kronor för ingenting anser jag är okej. Såvida det inte är jag som betalar. Jag drog fram plånboken för att stoppa ner dem.

Jenny protesterade naturligtvis. Jag erinrade mig att tvåtusen var en summa hon hade nämnt för en stund sedan och att hon pratat om arvode. Jag sträckte mig efter min gimlet, upptäckte att glaset var tomt och tittade mig om efter servitören för att beställa en ny. Eller en whisky för att fira tillskottet i kassan. Jenny vände sig till Jens.

"Så om han åberopar jäv måste de göra om hela rättegången eller frikänna honom."

Jens nickade förnumstigt.

"Såvida ingen ingriper i ett tidigt skede och upplyser åklagaren om förhållandet."

Fastän jag bestämt mig för att ignorera deras löjligheter kände jag att nyfikenheten gjorde sig påmind. Vem pratade de om? Vilka hade gått i samma klass? Servitören anlände och jag beställde en whisky. Samtidigt hörde jag Jenny beställa en White lady till. Samma nota, hade hon mage att lägga till. Mannen tittade frågande på mig. Jag nickade uppgivet utan att tänka på att hennes första drink och den jättelika räkmackan också skulle hamna på den notan. När vi var ensamma igen tittade jag först skarpt på Jenny, sedan lika skarpt på Jens. Budskapet var att nu var det färdigtramsat.

"Hur hamnade väskan i båten igen?"

Frågan var avsedd för Jenny men till min förvåning satte hon ögonen på Jens och upprepade den. För första gången sedan farsen börjat såg han förvånad ut. Inte för att frågan ställdes utan för att den ställdes av Jenny och riktades till honom. Jag insåg att någonting var i kraftig obalans. Ingen svarade. Jag började om och tittade ännu skarpare på Jenny.

"Sist jag såg väskan var den fastsatt under min säng med en spännrem. Jag trodde att den var

114

kvar där. Ingen utom du och jag visste att den fanns där. Spännremmen var förresten din idé."

Hon tittade inte på mig utan satte ögonen på Jens igen.

"Varför lade du tillbaka den i lönnfacket?"

Jens tog en klunk ur sitt glas som för att samla sig. Han satte sina ögon på Jenny.

"Varför fanns den hemma hos mig?"

Nu tittade han på mig. Anklagande.

"Ställde du den i min garderob för att Robertson skulle hitta den där."

Jag trodde inte mina öron. Min bäste vän trodde att jag med berått mod tänkte sätta dit honom. Och vad menade Jenny med att fråga honom varför den lagts tillbaka i båten? Pusselbitarna vägrade att falla på plats. Servitören anlände med våra drinkar men jag lade nästan inte märke till honom. Jenny angrep äntligen sin räkmacka. Min tomma blick hamnade på Jens.

"Sade du att portföljen fanns i din garderob? Hur hamnade den där?"

Jag flyttade blicken till Jenny. Äntligen började det blinka i bakhuvudet. Jenny har nyckel till både min och Jens lägenhet. Jenny visste var portföljen fanns. Hon hade utan att säga något till mig hämtat väskan i mitt sovrum och transporterat den till Jens lägenhet. Utan att säga något till honom heller. Han hade hittat den och trott att jag hade ställt den där för att kriminalisera honom. Men jag har ingen nyckel till hans lägenhet. Jag såg på hans uttryck att hans tankar hamnat på samma

115

bana som mina. Alla blickar placerades på Jenny. Hennes käkar slutade mala. Den oskyldiga blicken lurade ingen. Hon torkade av mungiporna med en pappersservett.

"Det var ju ändå bara falska sedlar."

Min blick flackade en stund innan den fastnade i taket där den mötte Jens. Det vill säga, när jag tittade på honom såg jag att han också himlade med ögonen. Han drog en djup suck.

"Det visste du inte förrän Lilian berättade det."

Jag avbröt innan det kom en ramsa om kvinnlig intuition.

"Så du bröt dig in hos mig, stal tvåhundratusen euro, bröt dig in hos Jens och placerade stöldgodset hos honom..."

"Jag öppnade med nyckel, kallas inte att bryta sig in. Stöldgodset var redan stulet av någon annan..."

Jag avbröt igen.

"...av dig. Vi sade till dig redan i båten att väskan måste lämnas till polisen..."

Det var Jens tur att avbryta.

"...inte vi. *Jag* sade att väskan måste lämnas till polisen."

Där tog det slut. Vi tittade på varandra med dumma uttryck. Jens uttryck var inte dumt men hans flin retade oss. Jag sammanfattade tyst för mig själv medan jag smakade på min whisky. Väskan hade på omvägar hamnat där den skulle varit från början. Hos polisen. Även om det varit äkta pengar hade det varit kriminellt att behålla

116

dem. Eller i synnerhet om det varit äkta pengar. Nästa fråga var om det verkligen fanns en annan väska och hur vi skulle hitta den. Jag märkte inte att jag fallit in i min gamla vana att mumla medan jag tänker. Men det märkte Jens och Jenny. Hon fortsatte där jag tydligen slutat.

"Där har du något att bita i, chefen. Hitta en väska som du inte vet om den finns. Vad var det Lilian sade om medaljongen?"

Jag sträckte mig som om jag haft en stålfjäder istället för ryggrad.

"Medaljongen låg i väskan. Polisen måste ha den. Om de läser instruktionerna kommer de först och lägger beslag på den väskan också."

Jenny svalde ner en tugga av sin macka.

"Äntligen sade du något som stämmer."

Jag såg på hennes min att hon hade tänkt ut något skojigt och frågade vad jag sagt som stämmer.

"Medaljongen låg i väskan."

"Precis vad jag sade. Alltså är den förlorad för oss. Tillsammans med dokumentet om DNA prover."

Hon tittade på mig som om jag inte fattade någonting.

"Medaljongen *låg* i väskan. Observera imperfektum."

Jens började skratta. Inte lågt och skrockande utan så högt att ett sällskap som just slagit sig ner i andra ändan av lokalen vred huvudena och tittade på oss. När munterheten dog ut förstod jag

117

också Jennys budskap. Hon hade lagt beslag på medaljongen. När hon förstod att slanten ramlat ner även i mitt huvud ner drog hon fram ett föremål ur den lilla handväska hon alltid bär med sig. Vi stirrade på amuletten som dinglade i kedjan hon höll mellan tummen och pekfingret. Jag påpekade att nu hade hon stulit ett föremål och att den bestulna en stund tidigare hade frågat efter just det föremålet. Hon log inte när hon vände sig till Jens och återgick till farsen med de jäviga klasskamraterna.

"Tror du att Robertson kommer att anhålla mig? Efter att jag berättat vad jag vet?"

Jens huvud skakade medan leendet blev bredare. Jag suckade och bad dem sluta larva sig. Om de hade något av vikt att meddela överhuvudet för deckarfirman så var det deras skyldighet att göra det. Jag skulle inte sagt överhuvudet. Jenny sträckte fram handen och gned tummen mot pekfingret på det där obehagliga sättet.

"Tvåtusen."

"Tvåtusen vad och för vad?"

"Tvåtusen kronor i arvode för väl utfört arbete. Det är överhuvudets skyldighet att betala sina underhuvuden för att de ser till att ärendet går framåt. Om överhuvudet inte förstår det kanske överhuvudet inte förstår någonting överhuvudtaget."

Jens började skratta igen. Det nyanlända sällskapet måtte tro att vi hade väldigt roligt. De tittade åt vårt håll igen och log. Jag hade gärna upplyst dem om att det inte fanns någonting att skratta åt. Överhuvudtaget. När han tystnat tog jag till orda igen. Den här gången lade jag så mycket allvar i min stämma jag kunde. Tyvärr är min röst sådan att jag låter snäll även när jag är ilsken. Har nog med tempot att göra.

"Om jag får en rapport kanske jag kan överväga åtgärder."

Jennys ögonbryn åkte upp.

"Åtgärder? Att ge mig mina tvåtusen är ingen åtgärd. Kallar du det för åtgärd när dina kunder sätter in pengar på ditt konto?"

Trots det berättade hon hela historien om sitt lyckade detektivarbete. Mest för att hon var så mallig att hon höll på att spricka, gissade jag. Klasskamraterna var Robertson och Bermeer. De hade gått i samma skola till och med gymnasiet då Bermeer fortsatt på handelshögskolan och Robertson börjat på journalisthögskolan innan han bytt till polishögskolan. De hade varit så goda vänner att de vandrat i fjällen tillsammans och liftat Europa runt i senare tonåren. Men deras vägar hade skilts när Bermeer flyttade till Hamburg och startade ett företag i kemibranschen. Anledningen till flytten var att han träffat sin vackra fru Maud som bodde i den staden och inte ville flytta därifrån.

Jag får medge att jag var lite imponerad. Jag frågade hur hon fått fram uppgifterna och fick veta att det kostat henne en tågresa till Vänersborg där kommissarien är född och uppvuxen och en hel dags arbete för att leta upp någon som kände honom. Jag gissade att hon hade bedövat stackaren med sin charm och glittrat med ögonen tills orden runnit ur honom. Informatören visade sig vara en kollega inom polisen som börjat på polishögskolan samtidigt som Robertson. Hennes bedrift bestod i att hon helt sonika gått till polishuset i staden och bett att få tala med en av de äldre poliserna. En av dem hade varit tillgänglig och pratsam på gränsen till familjär. Han hade till och med bett henne hälsa till Robertson nästa gång hon träffade honom. Jag suckade.

"Om du framför den hälsningen kommer Robertson att fråga med vilken rätt du snokar i hans privata angelägenheter?"

"Det är inte förbjudet att fråga var någon är född?"

"Det är säkert olagligt att fråga var kommissarier är födda och dessutom vilka personer de känner sedan skoltiden."

"Jag frågade ingenting. Jag bara berättade att jag kände Robertson. Resten rann ur honom. Vi åt lunch tillsammans."

"Du bjöd honom på lunch för att manipulera honom?"

"Han bjöd mig. Han berättade att han inte träffat Robertson på femton år. De har aldrig umgåtts privat."

Det var lugnande. Min fantasi hade producerat bilder av Robertson som spände ögonen i mig medan han på sitt lugna sätt frågade ut mig om infiltrationen i Vänersborg. Jag drog fram plånboken.

"Vad kostar en tågresa till Vänersborg?"

"Tretusen."

"Det är åtta mil till Vänersborg."

"Biljett plus omkostnader. Taxi till och från centralen i Göteborg. Taxi till och från stationen i Vänersborg. Omkostnader, lunch, kaffe."

"Du blev bjuden på lunch?"

"Jag var tvungen att ha något i magen när jag kom tillbaka till Göteborg. Det är tröttande att bedriva detektivarbete om man är underhuvud och får dra det tunga lasset. Kanske du inte känner till. Överhuvudet."

Om jag någonsin skriver en bok kommer den att handla om Jenny och min plånbok. *Tomt som i huvudet på ett överhuvud* kan den heta. Jag önskade att jag hade lämnat över tvåtusen när hon bad om det och inte gett mig in i en diskussion. Att diskutera med Jenny är dyrt. Jag gav henne sedlarna i kuvertet plus två femhundralappar och nickade mot medaljongen hon fortfarande höll i handen.

"Har du öppnat den?"

"Den går inte att öppna."

Jens och jag tittade på varandra. Han sträckte ut handen och till min förvåning fick han medaljongen. Jenny brukar aldrig lämna ifrån sig någonting utan att förhandla om återlämnandet. Efter en stunds vridande och studerande av baksidan skickade han den vidare till mig. Det fanns inget synligt lås men jag såg att det var ett lock. Jag tog fram min fickkniv och lyckade pilla upp det. Där slutade triumfen. Det fanns ingenting inuti. Den lilla berlocken skickades runt igen utan annat resultat än axelryckningar och uppgivna miner. Jenny såg att några bokstäver var inristade på insidan av locket. Jag hade också sett dem men trott att det var skrapmärken som någon gjort av misstag när han eller hon försökt öppna den med våld. Efter gemensamt plirande lyckades vi tyda linjerna till ett K, en siffra som kunde vara en fyra eller en sjua, ett misslyckat ö och något som såg ut som BV i runskrift. Eller var det sista ett U? Vi kände oss lika kloka som vi såg ut. Jens såg naturligtvis en utmaning. Hans metodiska hjärna började genast bearbeta trådarna.

"Vad vet vi om Max? Han var reservofficer i kustartilleriet. Han kände skärgården som sin egen ficka. Han hade tillgång till båt."

Jag påpekade att jag också kände skärgården väl efter många somrar i pappas snipa. Men vad hade det med hieroglyferna i medaljongen att göra? Kunde lika gärna vara något som hade anknytning till Hamburg. Jens tog fram sin mobil och knappade in uppgifterna i funktionen som heter memo. För att inte hamna i bakvatten tog jag fram min anteckningsbok och skrev ner eller ritade av märkena i metallen. Det kändes uråldrigt att plita i en liten bok men jag är nog uråldrig i många sammanhang. Jag trodde inte för ett ögonblick att märkena hade med väskan eller ens med fallet att göra. Medaljongen lades tillbaka i Jennys väska. Hennes räkmacka var fortfarande bara halväten så hon koncentrerade sig på den. Jag undrade hur kombinationen räkmacka och White lady påverkar smaklökar och matsmältning och fick ett slags svar när hon kallade till sig servitören och beställde mineralvatten.

Medan jag betraktade hennes malande käkar gav sig tankarna ut på en ny resa. Varför hade Lilian berättat om kontoutdragen för mig? Och varför hade hon varit så orolig att de kommit på avvägar? Kontoutdrag kan man alltid begära nya eller man kan gå in på sin internetbank och läsa saldon. Hon hade också sagt något om att de inte fick komma i orätta händer. Vilka händer var orätta? Mina naturligtvis men de hade inte hamnat i mina händer. De hade legat helt öppet på bordet så Maud kände också till dem? Verkade som om hon suttit och läst dem när jag dök upp. Hade de åkt med när jag svepte ner dokumentet i min mapp? I så fall var de inte borta. Jag hade inte öppnat mappen när jag kom hem, bara lagt den någonstans. På skrivbordet eller soffbordet eller i soffan. Jag ryckte till när Jenny satte ögonen på mitt ansikte.

"Vilka kontoutdrag? Vilket dokument? Vilken mapp?"

Jag stirrade häpen tillbaka och insåg att jag hade mumlat igen. Förbaskade ovana. Jag borde gå till en psykiater och lägga mig på soffan en stund för att komma till rätta med det. Jenny stoppade i

123

sig sista tuggan och torkade av munnen. Hennes mineralvatten anlände i samma ögonblick och hon tog genast en munfull. Jag insåg att jag måste berätta hela historien. Det var inte mycket att berätta. Jag svarade egentligen bara på Jennys frågor. När jag slutat tittade Jens eftertänksamt på mig.

"Jag tror att det är kontoutdrag som har med pengarna i väskan att göra."

"De pengarna är falska. Du får inga kontoutdrag på falska pengar."

Han suckade.

"Inte den väskan. Den andra som du tagit på dig att hitta. Där de riktiga pengarna finns."

"Det är bara antagande. Vi vet inte om väskan finns och om den finns vet vi inte om de riktiga pengarna finns i den."

"Om väskan finns så finns pengarna. Det gäller bara att hitta den."

Bara att hitta den. Skrinet leder dig rätt. Tänk om det är ett helt annat skrin än medaljongen som avses. Kvinnor har smyckeskrin. Det finns kassaskrin och skrin från vildmarken. Av Jack London. Jag suckade och ställde tillbaka mitt whiskyglas efter en klunk.

"Var kom de falska pengarna ifrån och hur hamnade de i väskan?"

Jenny himlade med ögonen.

"Pengarna kommer från en falskmyntarliga i Hamburg.

"Det vet vi. Men hur hamnade de i en väska som fanns ombord på Max snipa? Var Max delaktig i falskmynteriet?"

Jag tänkte på det Lilian sagt om Max som en trevlig prick. Trevliga prickar förfalskar inte pengar. Jens såg ut som om han läste mina tankar.

"Han kanske blev utnyttjad. Någon kände till hans båt och bad honom gömma kosingen. Steget mellan falska pengar och falska vänner kan inte vara så långt."

Han gjorde en paus och tittade menande på Jenny innan han flyttade blicken till mitt frågande ansikte. Jenny slog ut med handen i en lika menande gest.

"Jag bad inte någon att lägga de falska pengarna i båten men med facit i hand är jag glad att det skedde." Hon tittade roat på Jens. "Vem tror du att du lurar med tysk brytning. När Robertson lagt ihop två och två räknar han ut att tysk brytning är ett skojigt sätt att dölja dansk brytning."

Jens svarade med ett lika roat uttryck.

"Han kan bryta nacken om han vill. Jag har ingen aning om vem som ringde honom och bröt. Dessutom är det viktiga för honom att portföljen hittades. Resten är ointressant."

Jag var inte säker på det. Den som visste att portföljen återbördats till brottsplatsen kunde tänkas veta mer. Robertson skulle säkert dyka upp med nya delikata frågor. För en gångs skull var det inte jag som var måltavla. Funderingarna ändrade mitt uttryck och plötsligt var vårt hörn av restaurangen fullt av glada nunor. Tills Jenny kastade en blick på mig.

"Passa på och flina. När Bermeer frågar hur pengarna kunde komma tillbaka till snipan kommer du inte att se lika glad ut."

Jens svarade i mitt ställe.

"Om han undrar hur pengarna kom *tillbaka* avslöjar han att han vet att de funnits där hela tiden. Och då kommer Freddy att fråga hur han vet och antyda att gode vännen Robertson också vill ha svar på den frågan. Tillbaka till ruta ett. Eller hur, Freddy?"

Jag rös. När två känner sig anklagade är det ett vanligt knep att skylla på en tredje. Bilden av mig inklämd i ett hörn av kompisarna Bermeer och Robertson vibrerade på näthinnan. Bermeers iskalla grå ögon och kommissariens lugna stadiga blick tävlade om att få mina nerver att krypa ur skinnet. Bilden slutade vibrera när det slog mig att Bermeer hade en hel del att dölja för sin storvuxne vän.

"När jag tänker efter sade Bermeer att det viktigaste för honom var att dokumentet med DNA-uppgifterna inte kom till Lilians kännedom."

Jenny skakade på huvudet.

"Det är bara en handskriven lapp med kryptiska streck och cirklar." Hon klappade sin lilla väska. "Finns också här. Men det måste finnas ett officiellt dokument. DNA kan nog bara polisen ta."

Jens tömde sin gin och tonic och ställde glaset på bordet. Han tittade sig om efter servitören för att beställa nytt. Fast inte gin och tonic den här gången, gissade jag.

"Bara polisen kan tvinga till sig ett DNA av en motvillig person, men ett enkelt DNA test kan vem som helst beställa via webben. Många vill ta reda på hur det står till med påstådda faderskap. Kostar en liten slant men det är varken olagligt eller märkvärdigt. Man tar ett salivprov med en pinne och skickar till labbet."

"Och faderns DNA om han är död?"

"Det stod det ingenting om på sajten jag besökte men det går nog att fixa om det finns kläder kvar. Men då är vi kanske inne på det rättsliga området."

Han gjorde en paus och blinkade.

"Även syskon kan testa sig. Ta reda på om de är hel- eller halvsyskon."

Piken var inte oväntad. Många frågar sig hur jättesöta Jenny och alldaglige Freddy kan vara släkt överhuvudtaget. Jag har till och med fått frågan om Jenny är adopterad. Ingen av oss är lik någon av våra föräldrar. Jag tvingade munnen till ett blekt leende.

"Varför död? När de här testerna gjordes levde alla inblandade. Mest intresserad verkar Max ha varit."

Jenny höll pekfingret mot munnen en stund innan hon svarade.

"Han visste att Lilian är hans biologiska dotter. Arvet är bevis för det. Den intressanta frågan är om Bermeer visste att Max visste. Med tanke på hans desperation gällande dokumentet."

Jag höll inte med om ordvalet desperation men spekulationen ledde tankarna till Max brutala död. Tänk om det var hans vetskap om faderskapet som var det verkliga skälet till utpressningen och att den vetskapen kostat honom livet.

Jag kände att det hettade till i ansiktet och tog en klunk av min whisky. Kanske inte rätt sätt att få det att sluta hetta. Jag framförde mina funderingar men avbröts av servitören som anlände för att höra vad Jens önskade. Han beställde en whisky utan is. Jag upprepade mina ord när den unge mannen traskade iväg för att hämta drinken.

Jens blick försvann ut genom panoramafönstret. Om vi befunnit oss några våningar högre upp hade han kunnat se Danmark i form av Läsö som ligger några sjömil sydväst om Vinga. Jag tror det var den fantasibilden som lockade fram hans drömmande uttryck.

Han kommenterade inte mina tankegångar utan valde ett annat spår. Eller om det var en annan aspekt av samma spår.

"Har ni funderat på vad Bronsberg sade om att Robertson ignorerade rättsläkarens rapport?"

Jag kom ihåg att han sagt att Robertson tyckte den var onödig med tanke på att allting skett inför polisens ögon. Jag ryckte på axlarna och undrade högt vad det fanns att fundera på. Jennys White lady var slut så hon tog en klunk ur min whisky i stället. *Din skyldighet att hjälpa din syster* förlängdes via *din skyldighet att betala dina underhuvuden* till *din skyldighet att hålla din syster med dyra drinkar*. När hon ställde tillbaka glaset var det nästan bara isbitar kvar.

"Det är ju sant. Skottet föll medan polisen tittade på."

Jens var inte nöjd med svaret.

"Bronsberg sade något annat också. Ingen såg deras händer i båten, bara deras huvuden."

"Ett överhuvud och ett underhuvud?"

Jens log och skakade på huvudet samtidigt. Han kände Jenny lika bra som jag.

"Min fråga blir då – höll Max i pistolen innan Bermeer fick tag i den eller hade Bermeer den hela tiden?"

Jens kastade en lysten blick på min whisky. Jag sträckte mig efter den för att rädda sista droppen.

"Frågan är bara av akademiskt intresse. Faktum kvarstår. Max sköts av Bermeer."

"Inte bara akademiskt intresse. Ge mig lite whisky så jag får bort den förbaskade ginsmaken ur munnen."

Tre personer på en fyra whisky. Jag suckade uppgivet när den dyra vätskan försvann i hans tonicdränkta strupe och bestämde mig för revansch när hans whisky anlände. En annan tanke slog mig när min blick också letade sig mot horisonten. Hade inte den större ön Rivö skymt sikten hade man kunnat se den lilla holmen där dramat utspelat sig.

"Nu när polisen hittat väskan är snipan ointressant för dem. Ingen bevakning längre."

De tittade oförstående på mig. Jag halade upp den platta startnyckeln jag fått av Lilian och höll den triumferande i luften.

"Båten är min för tillfället. Jag har lovat att ta upp den på land och täcka med presenning."

Deras uttryck blev inte mindre oförstående. Jag gjorde en gest som var menad att tolkas som att det går inte särskilt snabbt i vissa hjärnor.

"Men innan dess kan vi ta en tur och titta oss omkring på ön. Det verkar som om polisen bara tittade i vattnet efter en pistol."

Jenny var genast med på noterna. För henne och mig innebar ett besök på platsen även en nostalgitripp. Nästa dag var en lördag. Jens knappade fram väderutsikterna på sin smartphone. Sol, tolv grader och vindstilla. Nästan för bra för att vara så sent på året. Jag såg fram emot att navigera den gamla trotjänaren mellan undervattenskär och förrädiska stenar som i gamla tider.

När Jens whisky anlände skålade vi genom att låta hans glas gå runt. Blickarna letade sig ut genom fönstret igen medan minnena staplades i våra huvuden. Jens och jag som inte smaskat i oss räkmackor kände oss hungriga men vi ville inte äta på den här restaurangen. Kändes för lyxigt för våra enkla vanor.

Bland blindskär

Väderleksrapporten stämde perfekt. Morgonsolen letade sig in genom ett fönster som vetter mot den lilla charmiga innergården. En blåmes hackade på en talgboll jag hängt utanför fönstret. En skata kraxade irriterat från sin position i gårdens enda träd, antagligen för att den inte kunde balansera på bollen eller för att den inte unnade mesen sin frukost. Jag var uppe tidigt och gjorde i ordning matsäck. Frallor med skinka och ost och lite paprika. Fyra till var och en. Yoghurt, några äpplen och päron, en stor termos med kaffe och en liten med choklad. Sex wienerbröd och ett paket kex.

Det låter som om jag förberedde seglats till Island men jag vet att uttrycket *sjön suger* inte bara är ett talesätt. Man blir hungrig när man kommer ut på öppet vatten.

Jens bor i Haga och Jenny i Linnestaden. Bekvämt gångavstånd till min adress i Vasastaden. De anlände tillsammans och vi traskade ut till deckarbilen, packade in väskan och oss själva och rullade iväg. Humöret var gott. Jens hade legat vaken några timmar under natten och funderat på strecken i medaljongen. Han hade naturligtvis fortsatt på spåret från dagen innan. K var givet, nästa runa måste vara en fyra. Det fick han till KA4. Hans egen anknytning till danska kustartilleriet ledde hans tankar till gamla KA4. Vi höll med eftersom Max också haft en anknytning till Kustförsvaret. Men varför ö och de sista två bokstäverna BV eller BU. Han trodde mer på BU för att det var svårare att rista ett U än ett V. Där tog det slut.

Jag hade väntat en fortsättning och en djupare analys. Det kom ingen. Han släppte ämnet och började prata om utflykten och hur trevligt det skulle bli att komma ut på havet. Fylla lungorna med salt luft. Visserligen var luften i Göteborg inte lika saltmättad som på den danska västkusten men i brist på bättre fick den duga. Jag parkerade nära bryggorna mellan två stora båtar. Trots solen och avsaknaden av vind hade vi tjocka kläder alla tre. Inte en människa var i sikte. Ägaren till det lilla kaféet verkade ha gett upp för säsongen. Passade oss bra. Båten hade trots allt varit inblandad som brottsplats i ett mordfall ganska nyligen och även om vårt ärende var oskyldigt hade samvetet inget annat för sig än att gnaga i våra huvuden. Jag drog en tjock mössa över huvudet när vi traskade ut på bryggan. Jenny hade sin långa halsduk som hon virade flera varv runt hals och huvud. Jens hade en jacka med kapuschong som han fällde upp och drog ihop med ett snöre. Han såg ut som Amundsen på väg mot Sydpolen.

Nostalgin pumpade i hela kroppen när jag satte mig på den hårda träsitsen vid ratten. Jens sprang omkring på däck och lossade förtöjningar. Jenny lade en vit duk på motorhuven och ställde fat och koppar på lämpliga ställen. När jag undrade varför hon inte tagit med blommor och en vas räckte hon ut tungan åt mig. Batteriet var fortfarande laddat till mer än hälften. Jag öppnade bensinkranen och höll tummarna när jag tryckte på startknappen. Startmotorn lät seg till en början men till min förvåning och glädje gick maskinen igång efter bara tio sekunder. Ljudet från den gamla Albinmotorn var som musik i allas öron. Jens stannade kvar på däck för att bära av mot pollarna, men det hade han inte behövt.

De gamla takterna satt i som om jag manövrerat snipan dagen innan. Efter att ha backat och kört fram några gånger fick jag båten på rätt kurs och stävade ut mot älven där jag lade om kursen. Det var inte mer än trekvarts resa till vår destination. Jag kom väl ihåg genvägen vi brukade ta när vi tuffade den här vägen. Många hade gått på grund när de följt efter oss. Glada amatörer som inte hade sjökort ombord förlitade sig ofta på lotshjälp från andra. Men den hjälpen var inte mycket värd om man inte var stenhårt koncentrerad på framförvarande båts exakta kurs. Stenarna låg tätt och det gällde att hålla nära land på vissa ställen och gå lite längre ut på andra. Jens såg lite orolig ut men för en gångs skull fick han erkänna att det var jag som besatt kunskapen och skickligheten.

När vi kommit ut i en lite större farled lät jag Jenny styra ett tag eftersom jag behövde kolla nivån i bensintanken. Den måste pejlas med en trästicka. Även den manövern kändes så invand att jag tyckte mig förflyttas tjugo år tillbaka i tiden.

Tanken var mer än halvfull vilket betydde trettiofem liter. Jag slog mig ner på bänken som dolde tanken och sade till Jenny vilken kurs hon skulle hålla. Hon nickade och kände sig nog också ganska stolt. Det slog mig att jag var inte bara överhuvud i firman, jag var överstyrman på snipan också. Förr i tiden hade alltid pappa varit med och gett order. Nu bestämde jag. Det slog mig också att när jag gav order i deckararbetet möttes jag ofta av sarkasmer och protester. Här var jag i oinskränkt maktposition.

Trodde jag tills Jens undrade om vi skulle köra båten i sank vid Rivö huvud. Jag satt bakom skottet mellan ruff och sittbrunn och hade inte full koll på riktningen. Jag for upp och spejade vilt. Men det var bara ett exempel på hans humor. Jenny höll kursen precis som hon skulle. Detta var mammas gata även för henne. De log på det där sättet som var menat att ta ner mig på jorden. De hade sett min pompösa min.

Men när vi skulle lägga till var det ingen som ifrågasatte min auktoritet. Visserligen var det kav lugnt men valet av klippa och vinkeln mot den så

134

att vi kunde kliva iland utan att riskera något med hopp och skutt på hala sluttande klippor lockade inte fram någon annan kommentar än *'snyggt jobbat, chefen'* från Jens.

Medan han bekvämt klev iland med fånglinan kastade jag det lilla ankaret så långt akteröver jag kunde och fäste linan i en knap. Jens gjorde fast fånglinan vid en liten platt metallstång som någon slagit i en springa och sedan inte fått loss när han åkte därifrån. Skärgården var full av sådana små förtöjningspinnar. Många låter dem sitta kvar för att använda nästa gång de kommer till samma plats. Risken med det är att någon annan tar med sig pinnen till nästa tilläggsplats. Men då slår man i en ny och med tiden har de blivit så många att folk förlitar sig på att det finns en vid nästa lilla vik.

Jens stannade kvar en stund just vid den stången han förtöjt vid. Han vinkade oss till sig när vi klivit iland. En spricka i berget var så bred att man kunde titta ner i den. Någonting låg där nere. Ett metallföremål anade vi men sprickan var så smal att det inte gick att få ner en hand eller se nere i mörkret. Inte ens Jennys lilla hand med de smala fingrarna fick plats. Dessutom var det så skrovligt att Jens hejdade henne när hon skulle stoppa ner handen.

"Du skrapar sönder handen. Vi fiskar upp den med lite ståltråd."

Jag skickades ner i båten för att hämta ståltråd och hittade en rulle kraftig, lättböjlig tråd. Men det funkade inte heller. Det gick att pilla tråden runt föremålet men när det blev motstånd gled den av. Logikern Jens sade att om den kommit dit måste den gå att få ut. Det fick oss att tänka till. Klippan var ungefär fyra meter tvärsöver och sträckte sig från en liten gräsplätt i viken och försvann ner i vattnet på andra sidan. Jenny traskade runt och tittade in i springan från en annan vinkel. När jag lite sarkastiskt undrade hur föremålet kunde ha ramlat uppåt såg jag från min motsatta vinkel att det försvann. Min överlägsna min ändrades när hon kom tillbaka med en pistol i handen.

"Inte ramlat, chefen. Kastats från sjön in mot land."

Jens höll upp en hand.

"Rör den inte mer än nödvändigt. Fingeravtryck." Han höjde blicken till hennes ansikte.

"Kastats av vem?"

Frågan var ogenomtänkt och fick det svar den förtjänade.

"Knappast av någon som just blivit skjuten med den."

Jag hade en plastpåse i fickan. Jens fattade pistolen som om den varit gjord av venetianskt glas och lade den i påsen. Uppmuntrade av framgången traskade vi runt på den lilla strandremsan och gräsplätten och spanade efter andra fynd. Jag ställde mig så nära vattnet det gick utan att bli våt om fötterna. Jenny ställde sig så nära mig att hennes tjocka jacka skavde mot min arm. Plötsligt hojtade hon till och pekade utåt vattnet. Det var så grunt och klart att alla föremål syntes knivskarpt mot den ljusa sandbottnen. Det som fångat hennes uppmärksamhet var ett svart föremål av en buddhastatys storlek. Ja, en buddhastaty som jag har i mitt vitrinskåp. Ungefär tio centimeter hög. Jag köpte den i en antikaffär i Haga för många år sedan. När jag läser igenom det här hör jag att det låter korkat att jämföra föremålet med min lille Buddha men de påminner om varandra även till formen.

Föremålet var till hälften begravt i sanden. Nästa steg var att fiska upp det. Det var ungefär fyrtio centimeter djupt där det låg och fyra meter ut från land. När jag lyfte blicken märkte jag att både Jens och Jenny tittade på mig. Inte vänligt och uppmuntrande utan med blickar som sade *skall du inte hämta den*. Jag rös.

"Vet ni hur kallt vattnet är?" Inget svar. Bara stumt stirrande. "Ett par minusgrader minst."

Nu tittade de uppgivet på varandra. Jenny nickade ut mot föremålet.

"Det är som dina isbitar, tre plusgrader. Jag kan hålla dina skor så att de inte blir våta av gräset."

Jens erbjöd sig att hålla mina strumpor även om han var medveten om riskerna med en sådan handling. Innan han började spåna om smittsamma svampsjukdomar och tåspetälska tog jag

137

av skorna och ställde dem på gräset. Strumporna lade jag i skorna och rullade upp byxorna till strax under knäna.

Med en beslutsamhet och ett dödsförakt som hade imponerat på vilken soldat som helst i vilket krig som helst traskade jag ut och hämtade föremålet. Det gick så snabbt att jag inte hann känna efter hur kallt det var. Innan jag gick upp ur vattnet sparkade jag till så att det skvätte ända upp i ansiktshöjd. De snabba stegen bakåt roade mig mer än de enstaka dropparna på deras kinder. Jag torkade fötterna med en näsduk och tror att jag lyckades se oberörd på gränsen till likgiltig ut.

Föremålet visade sig vara en rakapparat. Jens som rakar sig elektriskt förklarade att det var en exklusiv modell. Vi funderade på Bronsbergs anmärkning om Bermeers slätrakade ansikte. Robertson skulle få något att fundera på. Bronsberg skulle bli lika nöjd som jag med resultatet av vår improviserade brottsplatsundersökning. Vi klev ombord och bänkade oss runt den dukade motorhuven.

Jag vet inte om kaffe och fralla någonsin har smakat så gott. Vi åt under tystnad och jag kunde se på de belåtna minerna att alla njöt av varje tugga. Yoghurt och frukt var en perfekt avrundning på den lilla måltiden. Jens hade gjort glühwein av rödvin och hållit det varmt i en termos. Små muggar fylldes med den välgörande drycken. Medan vi lät våra belåtna blickar glida runt funderade vi på hur vi skulle få ut det mesta möjliga av triumfen. Jenny föreslog att vi lämnade det åt henne. Det var hon som grävt fram pistolen och det var hon som upptäckt rakapparaten. Jens såg ut som om han inte lyssnade. Han tittade på vapnet i plastpåsen han höll i handen.

"Ser inte ut som en armépistol. Vi har större vapen än det här. Det är en tjugotvåa. Tjejpistol. Känner inte igen fabrikatet."

Jag vet inget annat om handeldvapen än det jag googlat fram i samband med ett annat vapen som hamnade hos mig av misstag. En bekymmerslös klient hade tagit en pistol ifrån sin skjutglade far och inte fattat att det var olagligt att knalla omkring med den i handväskan. Det hade tagit abrupt slut när hon letat efter något annat i sin väska och lagt den laddade pistolen på ett kafébord. Med kallsvetten rinnande i panna hade jag förklarat situationen och erbjudit mig att ta hand om vapnet. Något jag bittert fått ångra.

Men den här pistolen var inte vårt problem. Freddys deckarfirma hade än en gång skaffat fram avgörande information i ett ärende. När vi tuffade tillbaka mot staden var det inte bara mitt ansiktsuttryck som var pompöst.

Dubbla budskap

Man behöver bara lyssna på den som har något att säga. Ett av Jens oräkneliga visdomsord. Problemet som då uppstår är att man måste lyssna på en förfärlig massa nonsens för att få reda på vem som har något att säga. De som pratar mest är sällan de som har tänkt mest. En som verkligen inte funderat på det som rann ur honom var den man i min egen ålder som satt på barstolen bredvid på min stampub. Han tittade inte på mig. Jag fick intrycket att om det suttit en pappersdocka på min stol hade han babb-lat lika friskt. Inledningen fick mig att titta om det satt någon annan inom hörhåll och att det var den personen han vände sig till.

"Varför detta?"

Jag tittade häpen på honom. Jag hade inte sagt ett ord. Inte ens hälsat.

"Förlåt?"

Han nickade bekräftande.

"Precis så reagerade jag när hon sade det."

"Jag förstår inte."

Han tog en klunk öl.

"Jag kan inte berätta det för någon annan än dig. Folk skulle tro att jag är tokig."

Ingen annan än dig. Jag hade aldrig sett honom förut. Han pratade som om vi varit vänner i decennier. Och jag var den ende som inte skulle tro att han är tokig. Jag var redan övertygad om att han var det.

"Berätta vad?"

Jag har aldrig lyssnat på en röst som var så helt utan språkmelodi. Om någon hade bett mig gissa hans ursprung hade gissningen kunnat bli vad som helst från Trelleborg till Karesuando. Fast i Karesuando har man normalt en fin språkmelodi. Men det finns nog trötta talare där också. Han tittade stelt rakt fram.

"Vorfor detta. Precis så lät det när hon presenterade sig."

"Vem presenterade sig?"

"Tjejen som satt på din stol för tio minuter sedan."

"Varför detta?"

Jag gjorde en lång paus för att frågetecknet skulle bli tydligt. Han fattade inte. Den monotona rösten lät nästan komisk.

"Hon var väl ute efter att bli bjuden på en drink."

"Jag menar varför sade hon varför detta?"

"Hon hette så."

"Man kan inte heta varför detta."

"Varför inte."

Jag ryckte på axlarna. Han drev med mig. Om en stund skulle han gapskratta och knuffa till mig med armbågen. Jag skulle titta på mitt ansikte i barspegeln och undra varför detta alltid händer mig. Knäppskallarnas favorit. Måste ha med mitt trötta utseende att göra. De tror att de piggar upp mig. Jag beslöt att spinna på just det temat.

"Hon skojade nog med dig."

"Vill man gärna tro men hon var inte sorten som skojar med okända män. Såg ut som hon kom från Nya Guinea. Eller gamla Guinea."

Afrikansk eller indonesisk, gissade jag. Lite oprecist. Papuaner ser inte ut som afrikaner.

"Det kanske är ett vanligt namn i hennes land?"

Jag hade slunkit in för att jag bestämt träff med Jens och Jenny. Jag ville lägga upp en strategi inför mötet med Robertson när vi presenterade våra fynd. Låter kanske som en överloppsgärning men det hade slagit mig att både Bermeer och Lilian väntade på rapporter.

Jag skulle förstås inte nämna pistolen för dem men i alla fall berätta att jag arbetade på uppdraget. Mest för att jag tänkte på mitt arvode. I min plan ingick att nämna att vi hade en teori om var väskan fanns men att vi måste ha mer kött på benen innan vi kunde presentera den. Det var Jens prat om kustartilleriet som fått mig att fundera. Bokstaven ö på medaljongen hade lett tankarna till Känsö där gamla KA4 hållit till och som fortfarande var militärt. Vi hade tuffat förbi den ön säkert hundra gånger under min uppväxt men aldrig varit iland eftersom det råder landstigningsförbud. Om det stämde att den ön var platsen vi sökte var det bara BU eller BV som inte hade fått sin förklaring.

Jag hade funderingar kring det också men nu hade mannen med 'varför detta' stört min koncentration. Jag försökte samla mig. Vid den här tiden på året borde ön vara obemannad. Om det fanns någon substans i min tankegång hade vi inte många dagar på oss att agera.

Och jag hade något ännu intressantare att visa upp. När jag tittat i mappen jag haft med till Maud hade jag hittat kontoutdragen Lilian talat om. Tydligen hade de åkt med när jag svepte ner mitt dokument. Det var intressanta siffror. Inte minst datumuppgifterna. Talet om att pengarna härrörde från åratal av insättningar stämde inte. Kosingen hade plockats ut i början av oktober. Sammanlagt fyra uttag. Summan var precis den vi hittat i portföljen men här gången talade vi om riktiga pengar. Tvåhundratrettiotusen euro. Om Robertson fick tag i de uppgifterna och noterade tidpunkterna skulle han nog börja fundera på vad hans gode vän Bermeer egentligen sysslade med. Inte konstigt att finansmannen var angelägen att gula väskan hittades och att den lämnades till honom. Inte bara för att han ville ha pengarna utan för att fyndet kunde ställa till det ordentligt för honom.

Barmannen Jimmy dök upp och ställde en whisky framför mig. Jag hade inte beställt något. Jag nickade mot glaset.

"Varför detta?"

Nu hörde jag skrattet jag väntat på från mannen bredvid mig. Han hade beställt en whisky till mig för att få höra mig säga de nu tröttsamma orden. En del gör vad som helst för att locka fram ett skratt. Jimmy log och nickade.

"Hon gick för tjugo minuter sedan."

"Förlåt?"

Jag kände mig som en papegoja som upprepade vad andra sade. Jimmy lutade händerna mot bardisken. Han artikulerade så tydligt att jag tyckte jag kunde se bokstäverna.

"Vonfor Deta. Hon heter så. En snygg tjej. Men jag vill inte ha henne här. Hon raggar kunder."

Han tittade upp och nickade mot någon bakom min rygg.

"Fast inte så snygg som den här. Välkommen, Jenny."

Min syster klättrade upp på stolen bredvid, vinglade lite grann och höll på att dra mig av min stol när hon grabbade tag i min arm för att återfå balansen. Hon kastade en blick på min nye bekantskap och nickade en kort hälsning. Han tittade intresserat på henne men sade ingenting. Jenny är så van vid de blickarna att hon tar dem för givna när hon kommer in i en lokal. Hon beställde en whisky sour. När Jimmy gick för att hämta den gav hon mig en frågande blick.

"Vad sade Robertson när du gav honom pistolen och rakapparaten?"

"Jag har inte gett honom dem ännu. Ville höra med dig och Jens först."

"Höra vad? Undanhållande av bevismaterial i mordfall är olagligt."

"Jag har inte undanhållit någonting. Det är bara en viss fördröjning."

"Det finns säkert en lag som säger hur lång tid man har på sig innan det kallas undanhållande." Hon tittade på klockan. "Tjugofyra timmar skulle jag tro. Nu har det gått tjugofem."

Innan jag hann svara placerades en näve på bardisken mellan mig och Jenny. Jens gjorde ett tecken till Jimmy som betydde standardbeställning. I hans fall danskt öl. Vi var väl kända alla tre.

"Har du lämnat grejerna till Robertson?"

Jag förklarade att jag inte gjort det eftersom jag ville diskutera saken med mina medhjälpare. Jens nickade uppskattande.

"Bra. Jag tror nämligen att det är bättre om vi vänder oss till Bronsberg. Med tanke på Bermeers och Robertsons vänskapliga förhållande."

Det var precis så jag hade tänkt. Jenny tänkte inte alls så.

"Om Robertson får för sig att vi springer bakom ryggen på honom kan han börja trassla till det. Han misstänker att vi tagit portföljen från båten men att vi av någon anledning lade tillbaka den. Som det är nu bryr han sig bara om att den hittades men om vi hittar på några hyss kan han få för sig att syna våra förehavanden. Kanske ta fingeravtryck och DNA på portföljen."

Det hade vi inte tänkt på. Jag såg på Jens att hans fantasi också gjorde bilder av Robertsons förhörsrum och av den bistre kommissarien på sitt mest sarkastiska humör. Han slog ut med handen.

"Hur skall vi gå tillväga då? Prylarna måste överlämnas."

Jenny erbjöd sig att sköta själva överlämnandet. Hon hade bäst hand med Robertson. Jag föreslog att hon och jag gick tillsammans.

Till min förvåning accepterade hon och vi bestämde nästa dag som var en måndag. När det var avgjort drog hon fram ett annat brännhett föremål och lade det i handflatan med baksidan synlig. Medaljongen.

Guinea kallade till sig Jimmy för att betala. Han hade tappat intresset för Jenny när kavaljererna radade upp sig. Jennys drink och Jens öl anlände samtidigt. När de smakat på vätskorna halade hon fram en lupp ur en ficka, plirade först själv på bokstäverna och siffrorna och skickade sedan föremålen vidare. Jag förstod inte luppen; bokstäverna och siffrorna var synliga för blotta ögat. Men Jens nickade uppskattande när han studerat dem genom linsen.

"Det var intressant. Då är det KBU det skall stå. Som om Max rättat sig själv."

Jag fick luppen och medaljongen och kunde konstatera att efter sista stora repan i metallen fanns pyttesmå bokstäver. Jag gissade att skribenten lärt sig styra det spetsiga föremålet han repade med. Jag fick det också till KBU. Men där slutade

147

min analys. Jenny fick tillbaka sina saker och stoppade ner dem i sin väska.

"Vad får ni ut av det?"

Hon satte ögonen på mig. Jag ryckte på axlarna. KBU kunde betyda vad som helst. Jens rynkade ögonbrynen. Systematikern älskar att sätta tänderna i olösliga problem.

"Vi måste ha två saker i åtanke. Detta är ett meddelande till Lilian. Max har anknytning till kustartilleriet."

Okej, från Max till Lilian. Vad skulle vi dra för slutsatser av det? Medan vi satt tysta och funderade kom jag att tänka på att jag också hade heta föremål att visa upp. Kontoutdragen. Jag förklarade hur de hamnat hos mig medan jag radade upp dem på bardisken. De nästan slog ihop huvudena när de läste. Jenny tittade på mig igen när hon tagit in uppgifterna.

"Sade inte någon att det handlade om pengar som plockats ut under många år? De här pengarna togs ut i början av oktober. Samma summa som de falska. Tvåhundratrettiotusen euro."

Jens nickade bekräftande.

"Dramat utspelades den tjugonde november." Han tystnade och tittade rakt fram en stund. "Då kan man undra vilket samband det finns mellan de falska och de riktiga pengarna. Varför behöver en rik affärsman med massor av bankkonton kontanter?"

Jenny vaknade till liv på allvar.

148

"Vem behöver stora summor i kontanter idag? Förutom kriminella kan jag inte tänka mig någon."

Jag kunde inte tänka mig att Bermeer utsatte sig för risken att bli inblandad i kriminella affärer. Däremot var det tydligt att Max hade kontakter med den undre världen. Jag suckade djupt.

"Om du av någon anledning vill skaffa fram en viss summa pengar i falska sedlar, vem vänder du dig till då?"

Jens ansikte var ett stort frågetecken.

"Det vet du bara om du har en fot inne i den kriminella världen eller känner någon som har det."

Jenny tittade fundersamt på honom.

"Varför vill någon ha samma summa i falska och riktiga pengar? Och varför i två väskor? Både Max och Bermeer kände till båda väskorna."

Jag nickade mot kontoutdragen innan jag samlade ihop dem och stoppade dem i fickan.

"Alla fyra visste. Lilian frågade efter de här kontoutdragen. Maud hade dem liggande på sitt bord. Men bara Max visste var väskorna finns."

Jens tog en djup klunk öl.

"Det är den springande punkten, Sherlock. De riktiga pengarna kom från Bermeer, de falska kan vi bara gissa att de kom från Max. Om det stämmer hade Max kriminella kontakter och Bermeer måste ha vetat att han kände den sortens personer."

Jennys huvud skakade sakta.

"De falska pengarna låg bara och skräpade i båten. Vad skulle de användas till? Det verkar ologiskt att ha samma summa i två väskor."

Jens satte ögonen på henne.

"Ännu intressantare, vem skulle använda dem?"

Jag höll med båda. Det var lika intressant vad pengarna skulle användas till som av vem. Men vår uppgift var att hitta den andra väskan. Jag återförde samtalet till de kryptiska uppgifterna som var ristade i medaljongen.

"Vad tusan är KBU? Kan det vara något militärt? I så fall vad? Och varför ö?"

Jenny såg plötsligt fundersam ut. Hon var tyst en stund medan pekfingret vilade mot hennes läppar.

"Glömmer vi inte en sak? Mordet. Om Max var inblandad upp till öronen och den ende som visste var väskorna fanns, varför skjuta honom? Det vore väl jätteviktigt att hålla honom vid liv tills han avslöjat var de riktiga pengarna finns."

Det var alldeles riktigt. Vi trodde inte på historien om Max som utpressare och kidnappare. Vad var det egentligen som hade hänt? Jens hade varit inne på det Bronsberg sagt om att Robertson negligerat rättsläkaren och hans rapport. Men ingen hade sagt något om det verkligen utförts en obduktion. Jag kände mig lika hjälplös som när 'varför detta' hade studsat mot mina trumhinnor.

"Det kanske är bäst att vi pratar med Bronsberg om rättsläkarens insats och slutsats. Om det finns någon slutsats."

Vi satt tysta och funderade en lång stund. När vi till slut drack upp våra drinkar och ställde glasen på bardisken bröt Jens tystnaden.

"Den här gången befinner vi oss inte i marginalen och jobbar ostört. Vi är huvudpersoner, både från polisens sida och från Bermeers. Även Lilian Bermeer."

Jag protesterade mot polisens intresse men då påminde han mig om att när vi överlämnat pistolen och rakapparaten var vi deras villebråd också. Då protesterade jag mot ordet villebråd. Han tittade medlidsamt på mig.

"Jag formulerar om. *Du* är Bermeers villebråd. Det räcker gott. Jag tror inte Robertson kommer att skjuta dig när han upptäcker vad du vet och vad du håller på med men han kommer att ha ett samtal med dig."

Jag tycker inte om den sortens insinuationer. Det låter så drastiskt. Jag avfärdade det hela som Jens förkärlek för att dramatisera.

Jag skulle få anledning att omvärdera den uppfattningen.

Girighetens dilemma

När man tror att någonting skall gå enkelt brukar det strula till sig innan man klivit över första tröskeln. När man målar fan på väggen och är övertygad om att det här går åt helsicke brukar det flyta på som barkbåtar i käckt porlande bäckar.

De farhågor vi hade byggt upp kom på skam redan när vi öppnade dörren till Robertsons rum på polishuset. Bakom skrivbordet satt nämligen Bronsberg och förklarade att kommissarien var ute på uppdrag. Som svar på våra frågande blickar sade han att han själv var tillfälligt omplacerad. Lät konstigt med tanke på att han satt vid chefens skrivbord. Hans röst dröp av bitterhet när han berättade att Robertson hade en ny assistent, en kvinnlig. Jag skyndade mig att inflika att jag träffat henne av en tillfällighet och att jag kände henne sedan skoltiden. Hans sura min berättade att det inte räknades till meriter att känna kvinnan som höll på att sno hans jobb. Men hans humör skulle strax förbättras. Jag lade plastpåsen med pistolen och rakapparaten på skrivbordet.

"Har du tid en stund?"

Hans blick flaxade mellan påsen och mitt ansikte innan den fastnade på Jennys leende nuna. Alla mäns blickar fastnar förr eller senare på det ansiktet. Han öppnade påsen. Jenny satte sig på den enda stolen framför skrivbordet.

"Det var jag som halade fram den ur en klippskreva där snipan låg förtöjd. Finns bara en plats där man kan förtöja en så stor båt. Så du kommer att hitta mina fingeravtryck på den."

Han nickade länge och belåtet. Detta var mums för honom. Bevis i fallet han blivit petad från. Han sken upp och frågade om vi ville ha en kopp kaffe. Vi sade att vi inte ville vara till besvär men det viftades bort. Vi hörde honom beställa tre koppar kaffe på interntelefonen. En tummad anteckningsbok halades fram och kapitlet Bermeer bläddrades fram. Jag hade satt mig på skrivbordskanten och kunde läsa rubriken. Medan Jenny och jag turades om att redogöra för lördagens lyckosamma insats skrev han febrilt. När kaffet anlände lyfte han inte ens blicken utan gjorde bara en gest mot en fri yta där personen kunde ställa brickan. Den unge mannen försvann lika ljudlöst som han anlänt. Medan Jenny berättade om vilka teorier som lett fram till vårt agerande hällde jag upp kaffe i de tre muggarna och fördelade dem. Bronsberg tittade inte upp ens när kaffearomen fyllde hans luktorgan. Men när Jenny tystnat och varit tyst nästan en minut tittade han upp. Leendet var mer sardoniskt än vänligt men jag gissade att hans tankar redan befann sig vid det ögonblick när han redogjorde för fallets utveckling för sin chef. Vi smakade på kaffet. Det var förvånansvärt gott med tanke på att det var vad jag kallar institutionstillverkat. Bronsberg tog en klunk och nickade betänksamt.

"Vi har hittat Schaefers tjänstevapen. Det var fasttejpat i förpiken på snipan. Osynligt om man inte ålar sig in i det trånga utrymmet."

Jag mindes det utrymmet väl. Det hade varit min sovplats när jag varit tillräckligt liten och senare Jennys lilla nisch ombord. Henne brukade pappa lyfta in och lägga på bädden. Jag letade i minnet och erinrade mig en liten hylla på skottet som skilde förpiken från kajutan. Det måste varit där pistolen varit gömd. Smart placering med tanke på att man måste åla sig in i utrymmet för att kunna se den. Lite omständligt för en person av Robertsons format. Bronsberg nickade mot pistolen han just pillat ut ur plastpåsen med hjälp av en penna.

"Det här är ett annat vapen. Kanske det riktiga mordvapnet. Schaefers trettioåtta hade inte avfyrats på åratal och det ballistiska provet stämde inte med den. Det här fyndet ställer allting på sin spets. Jättesnyggt jobbat."

Jag gjorde en gest mot Jenny.

"Som vi nämnde var det Jenny som hittade den och lyckades tråckla ut den ur ett väldigt trångt och svårt läge. Vi gissar att den kastats från båten mot land och hamnat där av en tillfällighet."

Han log mot Jenny.

"Vi kommer att göra en brottsplatsundersökning till. Jag är tacksam om någon av er kan vara med då och peka ut platserna för fynden."

Han tittade på rakapparaten och nickade nästan i triumf. Hans teori om Bermeers slätrakade ansikte hade bekräftats. Jag tittade också på den.

"Undrar varför han brydde sig om en sådan trivial sak som att raka sig?"

Han svarade med en axelryckning. Tydligen hade ingen ställt frågan direkt till Bermeer. Jag insåg att det här var ett lämpligt tillfälle att ställa den andra frågan vi idisslat.

"Vad sade rättsläkaren?"

Han skärpte utttrycket och tittade på mig en lång stund som om han övervägde om jag gjort mig förtjänt av informationen. Funderingen avslutades med en gest som innebar godkänt. Ger man inget får man inget. Han insåg att det kunde komma fler korn från oss.

"Det är det som är det märkliga." Han gjorde en ny paus och drog ihop ögonen till smala springor innan han fortsatte. "Rättsläkaren påstod att Schaefer varit död mer än ett dygn när han undersökte kroppen. Den undersökningen skedde ett par timmar efter skottet i båten."

Vi stirrade häpna på honom. Han fortsatte och bytte till uppgiven stämma.

"Robertson trodde inte på det. Hävdar att det måste vara fel och att det finns en film där man ser och hör skottet avlossas i båten."

Jag hade också svårt att tro på det.

"Hur har det i så fall gått till?"

Men jag hade fått den information jag gjort mig förtjänt av. Nästa fas var en ny tryckning på interntelefonen och en kort order. Vi sörplade i oss vårt kaffe och gjorde oss färdiga att lämna rummet när en man i vit laboratorierock dök upp. Han lyssnade uppmärksamt på Bronsbergs instruktioner och lade pistolen och rakapparaten i en plastpåse. Han hade tunna plasthandskar. Tonen mellan de två gjorde att vi kände oss ganska malliga. Detta var viktigt. Polisen hade våra fingeravtryck sedan tidigare så vi behövde inte följa med till labbet. Bronsberg skulle höra av sig angående ny brottsplatsundersökning. Jag gav honom mitt kort. Jag har två kort, ett med bara namn och telefonnummer och ett med logotyp och titlar. Det är titeln privatdetektiv som gör att jag är försiktig med vem jag lämnar det till. Vissa människor har en väldigt lättväckt sarkastisk ådra.

En halvtimme senare satt vi vid ett bord i en liten pizzeria några kvarter ifrån polishuset. Vi hade cyklat i fortfarande acceptabelt höstväder. Medan vi väntade på maten diskuterade vi det oväntat framgångsrika mötet. För att fira hade vi beställt en flaska rödvin. Jenny smakade försiktigt.

"Tror du att han kommer att meddela oss vad undersökningen ger? Vilka fingeravtryck de hittar?"

"Jag vet inte vilken policy de har i sådana sammanhang men han är skyldig oss ganska mycket. Han vet inte om vi stöter på något annat han kan ha nytta av. Skall du eller jag åka med ut till ön när de gör sin undersökning?"

"Vi kan åka båda två om det passar tidsmässigt. Det är mycket att göra på jobbet just nu men jag kan sköta det mesta hemifrån på min dator. Stor order från ett engelskt företag."

Jag visste att Jenny och datanördarna i firman var kända utanför landets gränser för sina specialkunskaper. De var smarta nog att fokusera på ett fåtal svåra program som många företag var beroende av. Jag hade ett antal leveranser att sköta men jag var också herre över min tid. Om porslinstomtarna levererades på måndag eller onsdag var inte så noga. Jag sköljde munnen med en stor klunk vin. Det var ett mustigt vin men lite strävt för min smak.

"Vad tror du om det här med att Max varit död ett dygn?"

Hon placerade armbågarna på bordet och hakan i händerna.

"Om det är sant ställer det allting på huvudet. Och då råder det inget tvivel om vem som är förövare och vem som är offer."

Jag betraktade henne fundersamt. Hon hade delat luggen på ett sätt som gör henne oemotståndlig. En hårslinga dolde ena ögat till hälften. Hon såg ut som ett idolfoto av en filmstjärna. Fastän jag aldrig skulle säga det till henne är jag stolt över min snygga syster.

158

"Det har vi förutsatt hela tiden. Bermeer sköt Max."

"Jo, men vi har inte vetat att det hände dagen innan. Och vi vet inte var det hände."

"Men vad hände i båten? Polisen såg båda två i sittbrunnen. De såg och hörde ett skott. Menar du att Max redan var död i det skedet?"

"Måste han ha varit. Det var poängen med Bronsbergs redogörelse. Han jobbar inte bara med ett svårlöst fall, han jobbar mot Robertson och Bermeer också. Det är därför han är så öppen mot oss. Annars är han pratsam som en skogssnigel."

Jag fick inte ihop det. Om Bermeer dödat Max dagen innan, varför släpa kroppen till holmen, fejka dödshot och sedan spela upp hela dramat inför polisen? Jennys huvud skakade sakta. Hennes tankar hade rört sig i samma banor.

"Tänk om pistolen inte har med fallet att göra? Att någon velat göra sig av med ett olagligt vapen och tyckt att det var en bra plats?"

Vår mat anlände. Vi tittade förnöjda på pizzorna. Jag var ordentligt hungrig. Hade inte fått i mig någon riktig frukost i morgonstressen. Jag skar ut en tårtbit och ur den en lagom tugga.

"Då står vi och stampar på samma ställe. Men det är osannolikt. Om Max pistol inte är mordvapnet är det nästintill omöjligt att en helt okänd pistol hamnar på mordplatsen. Det måste vara mordvapnet."

"Dumt att vi inte frågade vilken kaliber Max blev skjuten med."

Det var dumt att vi missat det. Om vi vetat att det var en tjugotvåa kunde vi bortse från övriga spekulationer. Min mobil pep och jag halade fram den. Vi var enda gäster på det lilla matstället. Jag såg på displayen vem det var.

"Är du inte på jobbet eller vad man skall kalla det?"

Jens frejdiga stämma replikerade att om det jag sysslade med kallades jobb så hade han ett slitgöra som saknar beskrivning. Men hans meddelande var att han var ledig idag och att han gärna ville träffa mig. Jag berättade var vi befann oss och fick veta att han bara var tio minuter därifrån, också på cykel. Han var alltid ute och cyklade precis som Jenny. Jag stoppade tillbaka mobilen.

"Vet du vad jag funderar på?"

Jenny svarade att hon aldrig vet vad jag funderar på och att hon inte är säker på att hon vill veta det. Jag ignorerade.

"Vi har utgått från att motivet var utpressning som baserades på en uppdiktad kidnappning. Med de nya fynden i åtanke kan man fråga sig om det ändå inte var utpressning."

Hon tittade upp från sin tallrik. Jag såg att nyfikenheten väcks.

"Vem utpressade vem?"

"Bermeer gav Max i uppdrag att gömma pengarna, både de riktiga och de falska. Antagligen mot ett arvode."

160

Hon tittade frågande på mig men sade ingenting. Jag sköljde ner en tugga med en klunk vin.

"Fundera på påståendet att Bermeer lurade Max på aktiemarknaden. Tänk om Max såg sin chans att hämnas? Lägga beslag på de riktiga pengarna och räcka lång näsa åt sin gamle vän. Låta honom förklara för polisen var de falska pengarna kom ifrån och vad de skulle användas till."

Hennes blick sade mig att hon inte analyserat ämnet ur den vinkeln. Hon var tyst en stund medan tankarna dansade runt.

"Men nu när Max är död kan Bermeer dikta ihop vilken fabel som helst. Att han inte kände till de falska pengarna är en variant."

Jag funderade medan jag malde en tugga av den goda pizzan.

"Undrar om polisen tagit fingeravtryck eller DNA på de falska pengarna."

"De finns i Hamburg nu. Polisen där är nog väldigt grundlig. Om de vill ha fast ligan så är de tvungna att ta fingeravtryck. Då är frågan om de hittade fler än de väntade."

Det var en intressant tanke. Om Bermeers fingeravtryck fanns på de sedlarna skulle han få svårt att förklara. Jag hoppades att Bronsberg var ensam när vi åkte ut till holmen.

Dörren till restaurangen öppnades och ett välbekant ansikte tittade in. Jens slog sig ner bredvid mig och lyssnade noga medan vi redogjorde för dagens händelser och samtal. Han nickade eftertänksamt när vi rundade av med inbjudan till brottsplatsen. Servitören som troligen var ägare dök upp. Jens beställde en flaska danskt öl. Hans blick försvann ut genom fönstret.

"Har jag berättat att jag har en god vän i Köpenhamn som jobbar på börsen?" Våra miner talade om att han inte gjort det. "Hon kan följa transaktioner som görs på börser i Europa och USA. Jag gav henne ett uppdrag."

Jag tror jag har nämnt Jens förmåga att snoka fram alla möjliga uppgifter genom sina kontakter och sitt rättframma sätt. Han tog fram ett papper som var vikt två gånger och vecklade upp det.

"Familjen Beermeer driver två företag. Det ena skrivet på John Bermeer, det andra på Lilian. Båda är börsnoterade. Johns företag är stabilt. Han handlar bland annat med elektronik i stor skala. Säljer till u-länder som behöver uppgradera eller installera nya datorsystem."

Han gjorde en paus och studerade oss noggrant. Jag förstod inte gesten men skulle strax lära mig att det var upplysningen om u-länder som skulle få det att plinga till. Hans finger sökte sig ner mot papperet och följde en rad.

"Lilians företag gick bra till för två år sedan. Då investerade hon nästan hela kapitalet i ett projekt i Ryssland. Verkade bombsäkert. Skulle generera tvåhundra procent i vinst på ett halvår. För två månader sedan gick det ryska företaget i konkurs. Den kraschen försatte även hennes företag på randen till konkurs. För att hålla sig flytande två månader till måste hon betala motsvarande två miljoner svenska kronor till en fordringsägare. Han är benhård. Vägrar en enda dags respit."

Jag förstod att de tvåhundratrettiotusen euro som fanns i väskan vi hade i uppdrag att hitta var livsviktiga för henne. Jens tittade fortfarande ut genom fönstret. Det var mest tegel i blickfånget.

"Lade ni märke till vilka namn som var nämnda på de utdrag Freddy snodde med sig?"

Jag protesterade mot *snodde med sig* men ingen fäste sig vid det. Jenny funderade en stund.

"Jag tror det stod John Bermeer. Verkade som ett privatkonto."

Jens nickade.

"Ett privatkonto som jag tror att Maud har tillgång till. Min teori är att Lilian invigde Maud i sina misslyckade affärer, förklarade att hon var i akut behov av pengar. Maud har antagligen rätt att ta ut en viss summa från det kontot under en viss tid. Hon gjorde så i omgångar tills summan täckte Lilians behov."

Det stämde fortfarande inte. Varför kontanter i så fall? Det hade varit bättre och säkrare att sätta in pengarna på Lilians konto. Invändningen blev då att Bermeer kunde följa sådana transaktioner och att det var viktigt att han inte fick vetskap om dem. Å andra sidan kände han till båda väskorna med pengar.

Jag undrade om polisen gjort en liknande undersökning av transaktioner på familjen Bermeers konto. Jens teori om ett system med begränsade uttag kunde antyda att Bermeer inte hade kännedom om de här transaktionerna. Ännu. Jag kom att tänka på att jag hade utdragen i innerfickan, halade fram dem och lade dem på bordet. Servitören ställde Jens öl framför honom. Han tog genast en klunk.

Vi läste John Bermeer som innehavare av kontot men under stod Mauds namn. Det framgick också att det var kvartalsutdrag. Uttagen hade gjorts med en veckas mellanrum.

Det blev en paus. Jens såg fundersam ut.

"Om pengarna var ämnade för en fordringsägare i Tyskland, varför finns de då i en väska i Göteborgs skärgård?"

Jag både höll med och protesterade. Höll med om att det var konstigt att pengarna lämnat Tyskland, protesterade mot den tänkta fyndplatsen.

"Det är ett antagande att de finns i skärgården, vi vet bara att de skall finnas i en gul väska."

Jenny hade ätit färdigt.

"Vad har allt detta med mordet att göra? De kan väl sköta sina ekonomiska mellanhavanden utan att ta livet av varandra. Och fortfarande förstår vi inte de falska pengarna."

Jens hade redan hällt i sig sin öl och gjorde tecken till mannen bakom disken att han ville ha en till.

"Lyssnade ni när jag sade u-länder och leveranser till statsapparater?"

Vi nickade att vi lyssnat men våra frågande miner berättade att vi inte förstod vad det hade med saken att göra. Han lutade sig tillbaka.

164

"Vad är det första man tänker på när man hör u-länder och ekonomi?"

Slanten ramlade ner i mitt och Jennys huvud samtidigt. Det lät lustigt när vi sade samma sak, också samtidigt.

"Mutor och korruption."

Plötsligt började min hjärna arbeta som om någon smort den med rostlösande olja. De falska pengarna skulle förstås delas ut till berörda tjänstemän. Om någon skulle avslöja bedrägeriet skulle man be om ursäkt och säga att man tagit fel och överlämna de riktiga. Jens nickade som om han hört mina tankar.

"Girighetens fundament, roffa åt dig – ge aldrig något ifrån dig. Problemet är att folket man har att göra med är lika giriga och baksluga. Jag skulle tro att kontrakten i de länderna handlar om hundratals miljoner när det gäller statsapparatens elektroniska utrustning. Två miljoner försvinner lätt i revisionen men i kontanter är det mycket för den enskilde girigbuken. Räcker till en Porsche."

Jenny hällde lite mer vin i sitt glas.

"Det är inte logiskt. Lilian har tagit ut pengar i ett helt annat syfte. Bermeer får inte veta att hon har gjort det. Bermeer har fixat falska pengar till mutor. Lilian vet troligen inte det. Hon driver ett byggföretag. Bermeer driver ett elektronikföretag. Jag tror att de jobbar bakom ryggen på varandra."

Vi nickade sakta. Det var något att fundera på. Jag sträckte mig efter mitt glas och höll det i handen en stund.

"Vi jobbar åt bägge två för att rädda pengarna. Tänk om vi anstränger oss för att rädda kriminella pengar åt kriminella människor?"

Jens hade också funderat på det.

"Hälften har vi redan räddat. Men inte åt de kriminella. Och så länge de riktiga pengarna inte har använts som mutor är de helt lagliga."

Jenny hällde lite vin i sitt glas och tittade en stund på vätskan innan hon smuttade.

"Tillhör de Lilian eller Bermeer? Om vi utgår ifrån att de plockats från ett konto som delas av Bermeer och hans fru och Lilian har lagt beslag på dem, vem skall vi lämna dem till om vi hittar väskan?"

Jag har en mer krass syn på ägande och pengar.

"Det är deras problem."

Sådana svar accepterar inte Jenny.

"Om vi vill ha ett arvode måste vi lämna dem till Bermeer. Om Lilian inte tycker om det får hon ta diskussionen med sin far."

Jens höll upp sin hand som stopptecken.

"Vårt arvode tas från pengarna i väskan. Spelar ingen roll vem vi lämnar den till."

Jenny nöjde sig inte med det svaret heller.

"Tänk om det förhåller sig så här. Max visste att Lilian övertalat Maud att ta ut pengarna. Han visste att Bermeer inte visste." Hon gjorde en paus och lät blicken vandra mellan våra frågande ansikten. "Vilket gav Max möjlighet att pressa Lilian på låt oss säga hälften."

Ibland tycker jag att hennes fantasi skenar men det beror nog på att jag inte har någon fantasi själv. Jens tittade länge på henne.

"Vi talar om far och dotter. Både Lilian och Max kände till det biologiska faderskapsförhållandet. Däremot kan det förhålla sig så att Bermeer fick ett motiv att göra sig av med Max. Och därmed eliminera ett framtida hot när båda firmorna ärvs av Lilian. Ingen risk att utomstående får reda på det rätta släktförhållandet."

Jenny funderade vidare.

"Är vi säkra på att Lilian känner till det?"

Jag tyckte att jag borde säga någonting. Chefen får inte försvinna helt ur sina underhuvudens medvetanden.

"Om hon inte gjort det innan måste det ha gått upp ett ljus när hon ärvde snipan. Det måste ha funnits ett testamente. Annars hade båten gått till allmänna arvsfonden."

Ingen protesterade mot det. Tystnaden aktiverade nya funderingar. Jens förde oss in på ett spår vi inte beaktat.

"Max hade press på Bermeer också. Även om han själv hade fixat fram de falska pengarna så var det på Bermeers uppdrag. Om ruinerade Max gick till polisen och berättade vad han visste och erkände sin inblandning skulle det ställa till stor skada för Bermeer. En framgångsrik företagsledare kan inte kosta på sig att figurera i falskmyntarkretsar. Max skulle få strafflindring för sin medverkan. Kanske ett halvår villkorligt medan Bermeers hela verksamhet skulle riskeras."

Vi förlorade oss i de nya spekulationerna. En av dem sade att både Lilian och Bermeer skulle tjäna på Max död. Nästa fråga var då om Lilian trott att portföljen innehållit de riktiga pengarna. Om hon gjort det var det logiskt att göra sig av med Max och lägga beslag på pengarna. Bermeer å andra sidan visste att portföljen innehöll de falska pengarna varför det ur hans synpunkt var dumt att mörda Max innan han visste var de riktiga fanns. Jag framförde mina funderingar på det mumlande sättet som får alla att lyssna. Nästan som Bruce Willis i 'Last Man Standing'. Fast han mumlade inte, pratade bara lågt. Jenny pratade inte lågt när hon tog upp tråden.

"Det innebär att Max hade en utpressares guld-position. I synnerhet om Lilian och Bermeer spe-lade var sitt spel."

Jens skakade lätt på huvudet.

"Vad är det som säger att de spelade på olika planhalvor? De kanske var i maskopi? Utnyttjade Max som kurir och medbrottsling? Om något gick åt pipan kunde de skylla på honom." Han drog ihop ögonen. "Det finns en till som kan sitta inne med viktig information. Maud."

Jag förstod inte. Visserligen hade Maud varit motor i anskaffandet av de riktiga pengarna men hon var inte skarp nog att tänka ut komplotterna som vi laborerade med nu. Det var åtminstone min uppfattning. Jens förklarade att det var just

168

hennes vimsighet som kunde vara till nytta för oss. Hon visste utan att förstå värdet av sin kunskap. Hon var sorten som folk anförtrodde sig åt i tron att hon visserligen lyssnade men att hon glömde i samma ögonblick som informatören tystnade.

Jag tvivlade fortfarande. Och hur skulle vi gå tillväga för att träffa henne på tu man hand. Jens hade naturligtvis svar på den frågan också.

"Du känner henne. Ring och bestäm träff. I intima situationer berättar folk sådant som de inte skulle berätta annars."

Intima situationer? Trodde han att det bara var att ringa hotellet, avtala en tid och sedan förlägga frågestunden till sängkammaren? Jag gjorde en avvärjande gest.

"Jag kan ringa och bestämma träff i ditt namn. Hon verkade väldigt begiven på träffar i sängkammaren."

Jenny tyckte inte om bilden av Jens och Maud i den situationen.

"Gå dit bägge två."

Nu blev bilden en trekant med den sexglada damen som huvudperson i en orgie. Den bilden tyckte inte jag om. Jag väntade fortfarande på att göra min debut med en kvinna och den ville jag göra på tu man hand. Jag gjorde en gest igen, den här gången en slapp frågande variant.

"Vad skall vi fråga?"

Jenny gjorde en likadan gest. Det är sådana små rörelser som avslöjar släktskapet mellan oss.

"Fråga om Max. Sade han någonting om väskan, var den finns, vad som finns i den. Var han ute med snipan efter att han fått uppdraget att förvara väskan åt Lilian? Var i skärgården brukade han hålla till? Namn på öar."

Jag suckade och förstod att uppdraget var mitt. Samtidigt ångrade jag det jag sagt om begiven på motion i sängkammaren. Jag kunde redan höra anekdoten. Vet ni hur det går till när Freddy tar en hamburgare?

Jenny hade naturligtvis lagrat numret till hotellet på sin mobil. Hon lagrar alla nummer hon kan behöva ringa igen. Minnet på hennes mobil är så fullt att när hon lagrar en ny kontakt försvinner en annan.

Jag tycker inte om så direkta handlingar. När jag har fattat ett beslut behöver jag bearbeta det några dagar innan jag agerar. Jag jobbade fortfarande på ett sätt att framföra den synpunkten när jag hörde henne fråga om fru Bermeer fanns på sitt rum.

Akterseglad igen. Jag suckade när jag förstod att Maud befann sig i sviten. Jag undrade vad Jenny skulle hitta på när hon kopplades till rumstelefonen. Det var dumt att sitta kvar och undra. Jag borde ha rest mig och rusat ut till cykeln. Hon svarade nämligen inte utan räckte telefonen till mig med ett giftigt leende.

Jag blev panikslagen som jag alltid blir i oväntade situationer med en kvinna inblandad. Konstigt nog lugnade jag mig när Mauds pigga

170

röst med den skojiga brytningen fyllde mitt hörselorgan. Jag mindes hur avslappnad jag känt mig i hennes sällskap. Hon lät till och med ännu gladare när hon hörde att det var jag. Inte den trötta responsen jag är van vid *'jaså, är det du'*. Jag frågade hur hon mådde, om hon hade tid och lust att träffa mig igen. Det hade hon och frågade om jag kunde komma med en gång. Till min förvåning började jag inte stamma och hitta på ursäkter utan förklarade var jag befann mig och avtalade tid en halvtimma senare. Jenny fick tillbaka sin mobil och stoppade den i fickan.

"Hade hon lust?"

Ibland blir jag väldigt trött på insinuationerna. I synnerhet när de träffar prick. Mauds beredvillighet att träffa mig hade genast satt igång funktionen som lever sitt eget liv hos försvarslösa män. Jag harklade mig.

"Mitt ärende är uteslutande av professionell natur. Till exempel tänker jag lämna tillbaka kontoutdragen och be om ursäkt. Förklara att jag inte läser andras brev och banknoteringar och att de följt med av misstag."

Jag var så nöjd att jag inte kunde låta bli att påminna Jens om något han sagt en gång när han var på sitt filosofiska humör. Enkelheten avslöjar geniet. Han tittade uppgivet på mig.

"Jag kan inte tänka mig att jag inkluderade din enkelhet."

Vi kallade till oss mannen bakom disken och betalade. Det vill säga, Jenny kallade till sig mannen och jag betalade. Vi kom överens om att träffas dagen därpå för rapport.

Avtryck och Intryck

Människan stoppar frejdigt i sig den mest olämpliga föda hon kan hitta eller uppfinna och sköljer ner med sötdricka som gör henne ännu fetare. När det är gjort fyller hon på med droger och alkohol och förpestar sina lungor med tobaksrök. Sedan fullbordar hon verket genom att sitta absolut stilla framför datorer och TV-skärmar både hemma och på jobbet. När hon följdriktigt fått kärlkramp och diabetes rundar hon av med att kalla sig den intelligentaste varelse som någonsin funnits på jordens yta.

De korkade djuren vet precis vilken föda de skall smaska i sig och vad de skall undvika. Redan som små vet nöten och andra kreatur vilka grässorter och andra växter deras matsmältningssystem är designade för och vilka de inte tål.

Det här var tankar som slog mig när jag cyklade förbi en ung kvinna som var så fet att lårens insidor skavde mot varandra när hon mödosamt gungade fram på trottoaren. En stund senare kom jag in på en gågata och ledde cykeln förbi en vegetarisk restaurang med ett stort fönster åt gatan. Jag kastade en blick in i lokalen och tänkte att de människorna använder sin intelligens till att välja lämplig mat. Även om jag personligen inte kan tänka mig att avstå varken kött eller fisk så är vegetariskt en signal att man inte utsätter kroppen för farliga ämnen. Jag äter, alltså tänker jag. Nej, tvärtom, jag tänker, alltså äter jag. Fel igen. Jag tänker först och äter sedan. Såja, nu blev det bättre. Tack, Descartes.

En annan och mer påtaglig anledning till de här tankarna var att magen började knorra efter pizzan jag ätit en timma tidigare. Knorra så högt att en person vände sig om när jag ledde cykeln förbi domkyrkan på väg till hotellet där Maud väntade på mig. En liten snaps för att fördela maten hade nog inte suttit fel. Tanken ledde tillbaka till det jag funderat på nyss, att äta fel och skölja ner med något olämpligt. Jag var inte ett dugg bättre.

Det fanns ett cykelställ utanför hotellet och jag låste ordentligt med kedja och hänglås. Jenny brukar säga att min cykel hittar man bara om man lyckas få syn på den bakom alla kättingar och vajrar. Men jag får ha den ifred.

Jag hade kavaj under min halvlånga jacka och en snygg polotröja. Jag kan se ganska slarvig ut när jag är ensam ute på stan men när jag har sällskap av Jenny måste jag snygga till mig. Annars vägrar hon att visa sig tillsammans med mig. En gång när jag hade en nopprig tröja satte hon sig vid ett annat bord på lunchrestaurangen där vi slunkit in. Just nu passade det bra att se proper ut tänkte jag när jag strosade igenom den eleganta

174

lobbyn. I Mauds sällskap hade det passat bäst med en ledig kostym och en trendig slips men det ser nog löjligt ut att cykla omkring i Göteborg i sådana kläder.

Innan jag klev ur hissen kastade jag en blick i spegeln. Inget att göra åt, tänkte jag suckande och brydde mig inte om att dra fingrarna genom håret. Men det gjorde jag ändå när jag knackade på rumsdörren och mjukade upp mitt leende. Dörren öppnades så snabbt att jag misstänkte att Maud stått innanför och väntat på min knackning. Hon hade en smakfull grön tröja och svart kjol och bjöd mig in med ett leende och en svepande gest.

"Så trevligt att du vill hälsa på en stackars övergiven kvinna. Får det vara ett glas vin?"

Jag slog mig ner i samma stol som sist och undrade om *stackars övergiven kvinna* innehöll ett budskap. Troligen var det bara hennes spontana natur som tog sig uttryck i sådana uttryck. Jag är så långt från spontan en människa kan vara men hennes frejdighet var så smittande att till och med jag fick en släng av den. Vinflaskan var öppnad och stod på en liten byrå bredvid hennes fåtölj. Hon fyllde två glas och slog sig ner. Vi skålade och jag beslöt att gå rakt på sak.

"När jag var här sist råkade jag få med mig några papper som låg på bordet. Jag ber om ursäkt."

Hon sken upp när jag lade kontoutdragen lite slarvigt på bordet.

"Så bra. Lilian frågade efter dem. Hon sade att de inte får komma i orätta händer. Det var snällt." Konstigt nog kändes det inte bakvänt att ljuga henne rakt upp i ansiktet trots att jag är en urusel lögnare.

"Jag såg bara namnet och tänkte att det har jag inte med att göra så jag har inte tittat på dem."

Om Lilian varit närvarande hade jag nog kunnat studera sarkastiska miner men Maud såg bara lycklig ut. Jag gissade att Lilian hade läxat upp henne för att hon slarvat bort de viktiga papperen. Hon sköt en skål med chips närmare mig och tog en handfull själv. Jag norpade också några. Min lilla lektion om olämplig föda tedde sig allt löjligare när motsägelserna radade upp sig. Jag kom att tänka på något Bismarck lär ha sagt. *Respekten för korvar och lagar avtar i takt med ökande insikt om tillverkningsproceduren.* Kanske var det hennes charmiga brytning som inspirerade till tysk filosofi. Hon knaprade muntert på ett chips.

"Så konstigt att polisen hittade portföljen men inte oss." Hon plutade med munnen. "Pengarna är borta."

Jag förstod att hon menade att polisen hittat väskan men hon och Lilian hade inte gjort det. Pronomen kan vara knepiga på främmande språk. Jag tänkte invända att det var de falska pengarna som hittats och att de riktiga fortfarande inte var lokaliserade när det slog mig att hon kanske inte kände till alla fakta. Vem hade berättat om falska pengar? Jag kom inte ihåg det just nu.

"Polisen har andra metoder och större resurser."

Hon nickade och såg bedrövad ut.

"Stackars Max. Han var alltid så snäll." Hon fyllde munnen med så mycket vin att det tog en stund att svälja ner. "Vet du att han dansade som Fred Astaire?"

Jag förklarade att jag inte kände till det och tänkte att det var tur att han inte dansade som Fred Larsson. Men jag var glad att samtalet kommit in på spåret Max.

"Brukade du åka med honom ut i skärgården?"

"Oh ja. Vi hade så sköna kärleksstunder i den båten. En båt följer med så fint i rörelserna. Min man tycker att sex är löjligt och att sexualdriften är ett svaghetstecken. Max visste vad en kvinna tycker om. Jag har ett väldigt stort behov av ömhet."

Jag brukar säga att jag är ett bra bollplank för ensamma stötar på puben. Nu kände jag mig som en hjärnskrynklare som satt med block och penna framför en sprängfylld patient. Jag undrade igen om hon försökte skicka en signal. *Stort behov av ömhet* gav utrymme för tolkning.

"Kommer du ihåg vilka öar ni besökte?"

"Jag har så svårt för namn men vi var mest på den där militärön."

Jag nickade bekräftande. Jens teorier fick skarpare konturer.

"Råder det inte landstigningsförbud där?"

"Just därför. Han visste när ön var bemannad och när den inte var det. Där fick vi vara ifred."

Hon fnittrade till. "Där finns ett hål i berget där man kunde krypa in. Man har utsikt mot den där andra ön med fyrar och det där tornet som sticker upp ur vattnet. Vad heter den?"

Jag berättade att ön heter Vinga och tornet kallas för Trubaduren. Samtidigt såg jag framför mig västra delen av Känsö. En klippa som sluttar ner mot havet och med besvärlig botten. Svårt att lägga till även med en liten båt. Och fullt med skyltar som förbjuder landstigning. Hålet i berget måste vara en av de välkamouflerade kanonbunkrar som södra skärgården är full av. Någonting plingade till i bakhuvudet. KBU! Kanonbunker förstås. Ett bättre gömställe än en kanonbunker på en ö där det råder landstigningsförbud är svårt att tänka sig. Och då menar jag inte bara som kärleksnäste. Jag kände mig nöjd när jag sträckte mig efter mitt glas och skålade som om jag firade en triumf. Maud anade inte vad som pågick i min fantasi. Hon tittade förföriskt på mig när hon ställde tillbaka sitt glas. Men hennes meddelande var inte förföriskt.

"John sade att han vill träffa dig. Du har visst ett uppdrag åt honom."

Jag berättade att jag arbetade hårt med fallet men att det var svårt att få fram upplysningar. Jag höll på att säga att nu hade jag fått lite att arbeta med men lyckades bita mig i tungan. Hennes smittsamma spontanitet, gissade jag. Istället sade jag att han hade mitt mobilnummer och kunde ringa när han ville. Hon log. Lite spjuveraktigt den här gången.

"Lilian berättade att du jobbar åt henne också."

Nu var det jag som log. Fast mer åt det ansträngda hållet.

"Jag har lovat att se till att båten kommer upp på land. Det måste ske ganska snart. Kanske inom några dagar om vädret blir sämre."

"Det var inte det hon menade. Hon sade att du har ett hemligt uppdrag."

Jag förklarade att det uppdraget var så hemligt att jag inte kunde avslöja vad det handlade om men att hon skulle få veta det av Lilian när det var slutfört.

Det slog mig att jag var en upptagen detektiv och att även polisen hade haft nytta av mina resultat. Jag medgav tyst och generöst att Jens och Jenny hade del i framgångarna. Min mobil pep. Jag ursäktade mig och drog upp den ur fickan för att kolla displayen innan jag stängde av. Uppringaren var inte inprogrammerad och jag kände inte igen numret. Maud gjord en gest som betydde att det var okej att svara. Jag gjorde så och lyssnade till en stämma jag kände alltför väl. Robertson ville träffa mig så snart som möjligt. Han satt på en restaurang i Nordstan. Jag berättade inte var jag var men lovade att dyka upp en stund senare.

Maud såg uppriktigt ledsen ut när jag tackade för vin och trevligt sällskap och drog mig ut till hallen. Innan jag svängde på mig den stora jackan lutade hon sig emot mig. Jag trodde hon ville säga någonting och tog på en artigt lyssnande min. Till min överraskning kysste hon mig på kinden. Inte bara nuddade med läpparna utan en ordentlig kyss som kändes ända ner i knävecken. Jag hade aldrig blivit kysst av en kvinna på det sättet. När jag log blekt och famlade efter dörrhandtaget formade hon en kyss till och viskade 'kom snart tillbaka'.

På vägen ner i den ljudlösa hissen kände jag mig alldeles omtöcknad. En av tankarna var att om inte mobilen pipit hade jag kanske haft någonting på gång nu. Jag undvek att titta i spegeln. Jag gissade att ett rödflammigt ansikte med trånsjukt uttryck skulle titta tillbaka och att jag skulle uppfatta det som ett hån. Det räckte med att andra hånade mina bravader på det erotiska området. Bravader som bara finns i anekdotform. Jag skulle strax få ångra att jag inte kastade en blick i den reflekterande glasytan.

Jag blev inte överraskad när jag såg både Lena och Robertson sitta vid ett bord längst inne i lokalen. Lunchtimmen närmade sig sitt slut och folk började troppa av. Folk som passerade mig på nära håll sken upp när de tittade på mig. En man blinkade menande. Jag fattade ingenting. Anblicken av mitt intetsägande ansikte brukar inte väcka sådana reaktioner. Det brukar inte väcka några reaktioner alls.

Det här var ett ställe som var känt för att frekventeras av mediafolk. Till och med namnet anspelade på den sortens publik. Jag slog mig tveksamt ner mittemot båda poliserna. Robertsons närvaro ger mig alltid dåligt samvete men den här gången visste jag inte vad jag skulle oroa mig för. Jag var lite sugen men det kändes olämpligt att äta varm mat igen så jag beställde en kopp kaffe och ett wienerbröd. Lena nickade så vänligt leende att jag blev orolig för den gesten också. Robertson såg också obefogat uppsluppen ut. Han lät road.

"Var har du varit?"

Jag förstod inte frågan. Jo, jag förstod frågan men jag förstod inte varför han undrade. Jag berättade att jag varit på pizzeria med Jens och Jenny. Lena hade också en kopp kaffe framför sig. Tydligen rundade de av sin lunch med kaffe. Hon blinkade omotiverat.

"Har du och din syster ett väldigt nära förhållande?"

Nu förstod jag ännu mindre. Vad hade Jenny med detta att göra?

"Vi är som alla andra syskon skulle jag tro. Fast väldigt olika till utseendet."

Robertson kan vara väldigt sarkastisk när han är på det humöret. Hans ena ögonbryn åkte upp och ner som om han skickade en signal på det sättet.

"Det tackar nog Jenny för men Lena menade om ni är väldigt kärvänliga mot varandra."

Jag undrade om jag såg lika dum ut som jag kände mig. Lena plockade upp en liten fickspegel ur sin väska. Ett ögonblick trodde jag att hon läst mina tankar och ville att jag skulle se hur dum jag såg ut. Men det var en gest som emanerade ur omtanke. Jag såg nämligen ett stort, rött lysande avtryck av Mauds läppar på min kind. En näsduk halades snabbt upp ur min ficka och gneds energiskt mot huden. Hon höll fram spegeln igen. Märket syntes fortfarande men mycket svagare. Jag kände att mungiporna tog emot när jag försökte le.

"Nej, inte Jenny."

Där tog det slut. Jag hade tänkt tillägga att jag hälsat på en bekant men då skulle det låta som om jag var den Casanova anekdoterna framställde mig som. Och följdfrågan som inte skulle ställas men pulsera i huvudena var vem den närgångna väninnan var. Insinuanta leenden skulle förändra alla ansikten utom mitt. Till min ytterligare förargelse nämndes namnet som dansade runt i min skalle av den store kommissarien.

"Har du träffat Maud igen?"

Hur kunde han veta? Det var bara en halvtimme sedan jag pratat med henne. Om jag nekade skulle han tillägga – efter en lång paus – att han talat med henne i mobilen för några minuter sedan. Jag kände förlamningen sprida sig till tungan. Blicken han gav Lena sammanfattade. *Freddy Larsson balanserar ständigt på gränsen till panik.* Han gjorde en slapp rörelse.

"Hennes man påstår att du jobbar åt honom. Får jag fråga med vad?"

Förlamningen släppte. Jag trodde han varit på väg att säga att hennes man tycker inte om att du tafsar på hans fru. Om Bermeer talat om att jag jobbar åt honom kunde han väl också talat om vilket mitt uppdrag är. Men man berättar nog inte för polismakten att man letar efter pengar som varit inblandade i ett morddrama. Inte ens om polisen är en gammal vän.

Servitrisen anlände med mitt kaffe och jag grabbade tag i koppen som om jag behövde någonting att hålla mig i.

"Han verkar inte veta att portföljen innehöll falska pengar så han bad mig hålla utkik efter den."

"Han vet vad den innehöll."

Han gjorde en av sina notoriska pauser. Ingen annan än Robertson kan skapa panik med enkla påståenden och utdragna pauser. Men det är nog som han sade med blicken en stund tidigare. Ingen råkar i panik så lätt som jag. Han fortsatte i den utstuderade lugna tonen som gör mig ännu nervösare.

"Men det var inte därför jag ville träffa dig. Bronsberg berättade att du var på besök och att du hade Jenny med dig för att få honom på gott humör."

Haft Jenny med för att få honom på gott humör? Som om anblicken av min person väckte sådan motvilja att jag måste ha henne med för att mildra effekten.

"Vi tog en tur ut till holmen för att återuppliva minnen nu när vi hade tillgång till en båt. Det var där Jenny lärde sig simma."

Jag ångrade genast *tillgång till båt*. Det var där han började.

"Den båten är beslagtagen i pågående polisärende. Mordutredning."

Det var inte längesedan hade han sagt att ärendet var glasklart och att inga misstankar fanns mot Bermeer. Nu var det ett pågående mordfall. Jag tittade på Lena när jag berättade att jag haft intrycket att polisen inte brydde sig om båten sedan man hittat portföljen och pistolen i förpiken. Hon skakade sakta på huvudet.

"Den pistolen ni hittade ute på ön är hos teknikerna för undersökning. De har hittat intressanta fingeravtryck."

Det var snabbt jobbat. Jag nickade tveksamt och imponerat.

"Jag gissar att de visste vems fingeravtryck de skulle leta efter. Förutom Jennys. Jens och jag rörde den inte."

Jag hörde att jag lät som en liten pojke som vill ha beröm för att han varit duktig. Hon tog på sig den min som poliser anlägger när de vill markera skillnad mellan trams och allvar.

"Vi hade en man ute som såg att båten var borta några timmar. Han såg er komma tillbaka vid tolvtiden och försvinna i en gammal skåpbil." Hon kastade en blick på Robertson som nickade instämmande. "Anledningen till att båten fortfarande är intressant är att vi tror att det finns en väska till. En med riktiga pengar."

"I båten?"

"Kanske inte men det kan finnas ledtrådar i båten. Eller någon annanstans. Ledtrådar som bara kan tydas om man är invigd i alla turerna."

Jag tittade nyfiket på henne medan jag väntade på fortsättningen. Det kom ingen. I stället föll Robertson in med sin torra stämma.

"Vilket uppdrag har Bermeer gett dig? Att leta efter den väskan?"

Jag försökte skratta till för att tjäna tid men min strupe var lika torr som Robertsons röst. Ett hest kraxande lockade fram de medlidsamma blickarna jag är så van vid.

"Han nämnde att han gärna ville ha tillbaka den men jag förklarade att det var ett omöjligt uppdrag. Åtminstone för mig."

"Till mig sade han att du glatt tog på dig uppdraget och att du snart skulle komma med en rapport." Han gjorde en obehaglig paus igen. "Har du något spår?"

Jag skakade energiskt på huvudet. Lena höll sin kaffekopp framför munnen utan att dricka.

"Han sade också att pengarna i den väskan var pengar som Schaefer hade stulit ur ett kassaskåp i Hamburg. Schaefer och Maud hade ett förhållande i många år."

Jag tog en klunk kaffe för att smörja strupen.

"Jag har hört talas om det."

Jag höll på att tillägga att det kanske berodde på att Bermeer inte var intresserad av sex men att Maud hade desto större aptit. Men det skulle avslöja att jag hade kunskaper som inte var riktigt rumsrena. Lena tog till slut en klunk av sitt kaffe. Robertson hade inte rört sin kopp sedan jag anlände. Han bytte tonläge till strikt tjänsteman.

"Om väskan kommer tillrätta måste den lämnas till polisen. Den är bevis i två ärenden. Vårt ärende i Göteborg och ett ärende angående falskmynteri i Hamburg. Max är antagligen inblandad som kurir. Det kan finnas fingeravtryck som binder vissa inblandade till det brottet."

Mina ögonbryn åkte i höjden.

"Kurir åt vem? Bermeer?"

Han svarade inte men hans min berättade att ämnet var känsligt. Mina tankar fortsatte på det inslagna spåret. Om Max var kurir åt Bermeer måste det innebära att de falska pengarna var menade till det Jens hade antytt. Korruption och mutor. Om väskan innehöll den summa vi läst på kontoutdragen kunde Lilian genom att visa upp dem hävda att pengarna var hennes. Men då behövde hon Mauds hjälp eftersom utdragen stod i hennes namn. Dessutom var det viktigt att inte Bermeer fick nys om dem. Hans namn fanns också på dem.

Alltså var kontoutdragen oerhört viktiga för Lilian. Jag undrade hur länge banken sparade uppgifter om kontantuttag. En annan intressant aspekt var om Bermeer visste att Lilian gett mig

186

samma uppdrag. Med tanke på kontoutdragen var det troligt att Lilian gick bakom ryggen på honom samtidigt som han genom fabeln med stöld ur kassaskåpet gick bakom ryggen på henne. Om det stämde skulle det problem uppstå som jag förutspått om jag hittade väskan. Vem skulle jag lämna den till? Robertson tömde sin kaffekopp och gjorde ett tecken åt Lena. Båda reste sig och rättade till sina jackor. Kommissarien gav mig en skarp blick.

"Då vet du vad som gäller."

Jag log blekt. När de traskade mot utgången försökte jag reda ut vad det här mötet handlat om. Du vet vad som gäller? Jag visste bara att om jag hittade pengarna kunde jag dela ut kölappar till folk som hävdade äganderätt.

Tankegången återförde mig till nuet och nästa steg. Hade de bluffat när de sagt att snipan fortfarande var under bevakning? Om vi skulle ta oss ut till ön och leta i Mauds hål i berget var vi tvungna att ha en båt. Mitt nästa steg måste bli ett nytt rådgivande samtal med Jens och Jenny. Jag kallade till mig servitrisen för att betala men hon skakade på huvudet när jag famlade efter plånboken. Kaffet var betalt. Mitt huvud skakade fortfarande när jag en stund senare låste upp min cykel. Bjuden på kaffe av polismakten. Det måste noteras i loggboken som jag för på datorn. Det slog mig att jag glömt att fråga vad de hade för åsikt om Bermeers slätrakade kinder. Och varför hade Bermeer använt sin egen mobil och inte

Max? Om han ville ge intryck av att vara under pistolhot hade det varit smartare att inbilla lyssnarna att Max tvingade honom att ringa polisen. Och varför hade Bermeer kastat bort rakapparaten? Den kunde tjänstgjort som förklaring till hans nyrakade utseende. Kanske han kommit på att det verkar dumt att ha en rakapparat med sig när man är kidnappad. I synnerhet om kidnappningen har skett på öppen gata. Ingen går omkring med en rakapparat på gator och torg.

Jag undrar varför jag alltid kommer på mina smarta frågor när den eller de som kan svara inte finns i närheten.

Kalla kårar

Mobbning kan utövas på många sätt. Fysisk mobbning förekommer nog mest i skolor och inom det militära. Störst i sandlådan bestämmer. Även om stor i egna ögon ofta är synonymt med liten i andras. Men det vet inte mobbaren som har sina beundrare i kretsen av andra mobbare. Knuffar och slag är den mest primitiva formen av mobbning. En mer raffinerad metod är mobbning genom tystnad. Tig ihjäl kollegan du inte gillar. Svara inte på tilltal, undvik ögonkontakt, skratta högt tillsammans med andra.

Men vanligast är nog den verbala mobbningen. Eller skall man kalla den mental mobbning? Nej, all mobbning är mental. Den verbala mobbningen bedrivs effektivast av personer i chefsställning. Oftast män med översittartendenser. 'Det här är så enkelt att till och med du borde klara det'. 'Så du *har* gått i skolan?' Uttalat utan minsta antydan till humor eller sarkasm.

Jag fick en känsla av att vara utsatt för tyst stirrande mobbning när jag betraktade personen som satt lugnt tillbakalutad i min besöksfåtölj. Det var någonting med hans attityd som gjorde mig illa till mods. Han såg inte överlägsen ut, inte hånfull, inte elak. Jag tror att det var hans absoluta avsaknad av uttryck som skapade min nervositet. Det blev inte bättre av att jag nästan inte kunde se hans ögon bakom de tjocka glasen i bågarna av Glenn Miller-typ.

Jag försökte komma ihåg om han haft de glasögonen på sig sist vi träffades. Troligen inte. Mitt minne sade en snäll farbror med hornbågade.

Det var nog inte hans avsikt att mobba mig. Jag gissar att han uppträdde på samma sätt mot alla ytliga bekantskaper som saknade betydelse i hans kallhamrade affärsvärld. Rösten var lugn och stadig. En person som var van vid att tala till ett auditorium.

"Jag tittade in för att höra hur det går? Har du luskat ut någonting?"

Luskat ut lät inte som hans vanliga språkbruk. Mer som om han försökte anpassa sitt ordval efter vad han bedömde som lyssnarens nivå. Jag harklade mig men innan jag sade någonting tänkte jag att Jenny har luskat ut att du och din gamle vän Robertson jobbar tillsammans för att fria dig från misstankar.

"Jag jobbar med ett spår som inbegriper snipan och skärgården."

Nu var det jag som anpassade mitt språk. *Inbegriper* ingår inte i min vardagsvokabulär. Låter krystat. Han tittade frågande på mig.

"Vilket spår?"

Frågan lät som ett piskrapp. Jag log dumt. Jag hade slängt ur mig snipan och skärgården bara för att han väntade på att jag skulle säga någonting.

"Max kände skärgården väl och han var reservofficer i kustartilleriet."

"Kustartilleriet i Göteborg är nedlagt."

Ett rapp till. Jag skruvade mig innan jag kom att tänka på att han inte hade helt rätt.

"De har fortfarande förfoganderätt över vissa områden i skärgården och det finns ett slags marinkommando."

"Vilka områden?"

"Känsö. Delar av Galterö, Styrsö."

Jag var inte säker på Styrsö. Bara att de hade skjutit skarpt därifrån när pappa och jag varit ute med snipan. Då hade jag tyckt det var spännande. Numera tycker jag att kanonskott är irriterande. Hans frågeteknik tvingade fram svar. Det var som att bli dunkad i huvudet med en gummiklubba. Svara fort annars slår jag hårdare. Så hade han inte uppträtt förra gången vi träffats.

"Är det någon annan som frågat efter väskan?"

Jag kände svetten bryta fram i pannan. Om jag sade nej skulle han kanske säga att han visste att Lilian också hade engagerat mig. Om jag berättade att Robertson misstänkte förekomsten av ytterligare en väska skulle jag avslöja att kommissarien svikit ett förtroende. Sin gamle väns förtroende. Jag skakade på huvudet och kände den gamla vanliga förlamningen sprida sig. Han lutade sig framåt i stolen och sänkte rösten till hotfull nivå.

"Andra kommer att hävda att det är deras pengar men jag har en anmälan liggande hos polisen i Hamburg. Pengarna har stulits ur mitt kassaskåp. Det går att bevisa."

Jag nickade att jag förstod men tungan vägrade formulera orden. Samtidigt undrade jag hur man skall bevisa att just de pengarna härrörde från stölden ur hans kassaskåp. Pengar ser likadana ut och alla sedlar måste ju vara fulla av fingeravtryck från alla möjliga människor. Han såg ut som om han tänkte sucka.

"Om du lämnar pengarna till polisen i Göteborg så se till att de hamnar hos Robertson. Ingen annan får veta att de finns. Det är mycket viktigt." Han gjorde en paus som vibrerade av outtalade hotelser. "Men bäst är att du lämnar dem direkt till mig."

Han log så oväntat att jag ryckte till. Som om en dödskalle plötsligt hade grinat till. Medan jag arbetade på en fras för att lätta spänningen reste han sig smidigt och sträckte handen över skrivbordet. Jag reste mig också och gick runt skrivbordet efter att vi skakat hand. Jag kunde inte avgöra om handslaget var en bekräftelse på en diffus överenskommelse eller om vi bara sade adjö.

Innan han lämnade lägenheten viskade han hest att en belöning väntade utöver arvodet. När ytterdörren stängts stod jag kvar en lång stund och lyssnade till hans steg nerför trapporna. Hans ord ringde i mitt huvud. *Ingen annan än Robertson får veta.* Lena visste. Jag undrade hur lojal kommissarien vågade vara mot sin gamle vän. *Det är bäst att du lämnar dem till mig* ekade också i öronen. Om det var okej att lämna dem till polisen, varför inte till Bronsberg eller Lena eller vilken polis som helst?

Robertsons ord ringde också som en slags andrastämma. Väskan är bevis i mordutredning. Misstanken att Bermeer och Lilian gick bakom ryggen på varandra gjorde sig påmind. Spelade Bermeer samma spel med Robertson? Varför var väskan annars så viktig för honom? Lilian befann sig i en ekonomisk knipa men Bermeer hade hur mycket pengar som helst. Fanns det något annat än pengar i väskan? Graverande uppgifter om någon av de inblandade till exempel?

Jag kände att jag behövde en drink men jag har som princip att aldrig dricka alkohol ensam så jag hängde på mig jackan och bestämde mig för att traska bort till puben. Även om jag var lika ensam där så satt det andra gäster som också var ensamma men då kunde vi i alla fall sitta med varsin drink och vara ensamma tillsammans. En av Jens cyniska filosofer lär ha sagt att *'om man inte har tillräckligt tråkigt i sin ensamhet kan man samlas och ha tråkigt tillsammans'*.

När jag kom ut på trottoaren skingrades ensamheten genast. Av Jenny, vem annars. Hon tvärnitade en meter framför mig. Ingen annan cyklar på trottoarerna i Vasastaden där det är så gott om plats på gatorna. Men jag var glad att se henne. Mitt huvud höll på att sprängas av alla frågor som pockade på svar och alla beslut som måste fattas. Hon berättade att hon var hungrig. Det passade mig bra. Klockan var tre och som vanligt hade jag inte ätit sedan frukosten.

Vi slank in på ett litet kafé som serverade lunch och smörgåsar. Det blev varsin dagens. Köttbullar och potatismos. Den enda rätten på menyn.

När vi slagit oss ner med våra brickor redogjorde jag för Bermeers besök. Hon delade eftertänksamt en köttbulle innan hon placerade blicken på mitt tuggande ansikte.

"Han verkar övertygad om att du kommer att hitta väskan. Vad baserar han det på?"

Det hade jag inte tänkt på. Men hon hade rätt. Han hade inte ställt de naturliga frågorna 'har du något konkret att börja med' eller 'när tänker du sätta igång'.

"Ingen aning."

"Du tror att han har en så hög uppfattning om din kapacitet som deckare att han inte behöver tveka om resultatet. Du hittar väskan och lämnar den till honom?"

Jag sköljde ner tuggan med mineralvatten medan mitt minne letade efter detaljer i samtalet som kunde ge svar på hennes fråga.

"Han känner kanske till medaljongen genom Lilian. Skrinet som leder dig rätt. Om han tror att jag har den kanske han tror att jag har löst gåtan."

"Jag har den och Jens och jag har löst gåtan. Han borde komma till mig i stället. Vet du vad jag tror? Han vet att medaljongen låg i portföljen och han misstänker att du förvarade väskan ett tag. Så du snodde medaljongen och gav den till mig så att jag skulle kunna lösa gåtan tillsammans med Jens."

Gav den till mig för att lösa gåtan? Verbal mobbning? Det finns inte i tankevärlden att jag skulle kunna lösa gåtan. Jag svarade inte. Det var dessutom ovidkommande för Bermeer om Jenny, Jens eller jag hade medaljongen. Om en hade den kände alla tre till den. För Bermeer var den lösningen på hela problemet. Den som hade medaljongen hade nyckeln. Jag förklarade det på mitt lite släpiga sätt. Till min förvåning höll hon med.

"Så vad gör han nu?"

Jag trodde frågan var retorisk och svarade inte. Då upprepade hon den i trött ton. Jag ryckte på axlarna.

"Vad kan han göra utom att vänta på min rapport?"

Vi åt en stund under tystnad innan hon tittade upp. Inte på mig den här gången utan förbi mig med ett tankspritt uttryck.

"Den här fabeln om stöld ur kassaskåp kan tyda på att han inte vet att summan i väskan kan verifieras av Lilians kontoutdrag."

Jag betraktade hennes frånvarande ögon en stund. Det slog mig att den bruna färgen skiftade i grönt närmast pupillerna. Hade jag inte sett tidigare. Berodde kanske på reflexer från den gröna duken.

"Eller han vet och vill förhindra att hon lägger beslag på kulorna."

Hon tog ett djupt andetag.

"En vendetta?"

"I så fall en vendetta som vi håller oss utanför. Om vi hittar pengarna lämnar vi dem till polisen. Sedan får Bermeer förhandla med Robertson. Eller med polisen i Hamburg."

"På tal om polisen i Hamburg, har du hört något om de falska pengarna? Är Bermeer inblandad i den affären också och vilken roll spelar han i så fall där?"

Jag hade inget annat svar än det vi ältat tidigare. Mutpengar. Jennys mobil pep. Hon kollade displayen innan hon svarade. Jag förstod att det var Jens när hon talade om var vi fanns. Jens pratar alltid högt i telefon så jag kunde höra vad han sade.

Förutom oss satt det bara en tjej i tjugoårsåldern vid ett av de fyra borden. Hon såg ut som en student som pluggar inför en tentamen. En laptop stod bredvid kaffekoppen. Då och då knappade hon ivrigt på tangentbordet. Jens lät också ivrig när han ringde av. Jenny stoppade mobilen i fickan, skrapade ihop det som fanns kvar på tallriken och såg lika frånvarande ut när hon stoppade in det i munnen. Jag väntade tills hon svalt ner tuggan och lagt ifrån sig besticken.

"Om hans fingeravtryck eller DNA finns på pengarna så har han en del att förklara."

"Jens?"

"Bermeer. De falska pengarna."

"På sedlar finns hur många fingeravtryck som helst."

"Inte på falska sedlar som kommer direkt från tryckeriet."

Vi tystnade och tittade ut genom fönstret. En spårvagn skramlade förbi och svängde uppför den branta backen mot Annedal. En bil som kom körande på Vasagatan bromsade kraftigt när spårvagnen plötsligt fyllde hela hans synfält. Alla känner inte till att spårvagnar alltid har förtur var de än kommer ifrån och vart de än svänger. Jenny återfick skärpan i blicken.

"Okej. Vad gör vi härnäst?"

Jag fick en deja vu känsla. Precis så hade Bermeer ställt sina frågor. Gummiklubba mot pannan. Jag behöver tid när jag skall svara. Fundera och analysera. Helst skulle jag vilja nicka till en stund men någonting sade mig att det inte skulle uppskattas. Den pluggande tjejen lyfte plötsligt blicken och tittade på mig. Under ett ögonblick trodde jag att hon skulle ta Jennys parti och uppmana mig att svara. Men hennes ögon hade bara råkat hamna på mig. Hon var långt borta i tankarna. Jag gjorde en slapp gest.

"Robertson sade att båten var beslagtagen i polisärende. Vi kan inte använda den."

"Vadå beslagtagen? Den har fyllt sin uppgift för polisen. De har hittat portföljen och pistolen. Vi har hittat en annan pistol tack vare att vi kunde använda snipan. De står i tacksamhetsskuld till oss."

Jag var inte övertygad om att Robertson kände någon tacksamhetsskuld. Och han hade sagt att de fortfarande hade bevakning på båten. Det trodde jag inte på men för att fallet skulle komma vidare måste vi ta oss ut till Känsö.

"Jag har en idé. Vi ber Bronsberg om lov att använda båten."

Hon nickade men jag kunde inte avgöra om det var instämmande eller tveksamt.

"När vi kom tillbaka efter turen till holmen fanns det inte en själ på hela varvsområdet. Inte en bil utom ditt plåtkadaver. Vi hade noterat en polisbil även om den varit civil." Hon gjorde en paus och tittade frågande på mig igen. "Jag tror att Robertson bluffar. Han vill bara markera vem som bestämmer. Han visste genom våra fynd att vi varit därute och ungefär vid vilken tid. Det fanns ingen polis och ingen bevakning."

Det lät logiskt. Varför skulle polisen avdela en man att sitta i en bil och göra ingenting när det är brist på poliser? Jag suckade och tittade mig omkring. En liten handskriven skylt vid kassan meddelade att kaffe ingick i lunchpriset. Jag reste mig och hämtade två koppar och ett wienerbröd till Jenny. Hon måste runda av alla måltider med något sött. När jag ställde sakerna på bordet stannade en cykel utanför. Jens tittade in i lokalen genom fönstret och nickade en hälsning medan han låste sin artonväxlade racer. Efter en snabb visit vid disken damp han ner med kaffe och skinkfralla mittemot mig och bredvid Jenny. Jag såg på hans uttryck att han inte sökt upp oss bara för att han var sällskapssjuk. Hans ögon flackade mellan våra ansikten.

"Har ni pratat med Bronsberg?"

Vi förklarade vad han redan visste; vi hade pratat med Bronsberg för två dagar sedan när vi lämnade pistolen och rakapparaten men inte hört av honom sedan dess. Han avfärdade med en otålig gest.

"Resultatet av testerna är färdigt. DNA och fingeravtryck."

Han väntade tills vi var sprickfärdiga av nyfikenhet.

"Förutom Jennys avtryck fanns det bara spår av en person. Lilian. Men inte på kolven eller pipan."

Effekten blev den han avsett. Vi fattade ingenting. Han lade armbågarna på bordet och lutade sig framåt.

"Vapnet hade åtta patroner kvar. På patronerna fanns Lilians fingeravtryck. Ballistiska provet visade att kulan i Max tinning kom från det vapnet."

Jenny återfick talförmågan först.

"Betyder det att Lilian är inblandad i mord? Vilket motiv skulle hon ha och hur har det gått till?"

Jag sörplade kaffe för att försöka få ordning på hjärnverksamheten. Uppgifterna ställde allting på huvudet igen. Min misstanke att väskan innehöll någonting som var graverande för de inblandade växte sig starkare. Men tanken att Lilian med berått mod skulle ha skjutit sin biologiske far hade svårt att etablera sig. Jag suckade så tungt att den pluggande tjejen tittade på mig igen. Den här gången med undrande blick. Jens tuggade förstrött på sin skinkfralla.

Hans gest var lika hjälplös som min suck.

"Finns bara en sak att göra. Ut till Känsö och leta. Jag frågade Bronsberg om det var okej att låna snipan. Han hade inga invändningar."

Jag svalde mina protester om landstigningsförbud och militär närvaro. Vi hade faktiskt inget val om vi ville komma vidare och till ett avslut. I morgon var det fredag. Alla plockade fram sina mobiler och tittade på almanackorna. Jag tittade också fast jag visste att min almanacka var lika tom som min kaffekopp. Jag ryckte på axlarna.

"Ser ut som om jag kan pressa in några timmar i morgon."

Jennys blick var allt annat än hjälplös.

"Du kan pressa in några timmar? Jens och jag har arbetstider att passa och du som tar på dig alla omöjliga uppdrag kan pressa in några timmar."

Hon flyttade blicken till Jens. "Kan magistern pressa in några timmar?"

Jens log på det där sättet som antyder överseende med hennes gliringar.

"Det är kollegiemöte i morgon. Jag ringer och säger att jag inte kan vara med."

Som jag nämnt tidigare jobbar Jenny mer på sin hemdator än på nördkontoret. Hon behöver inte ens ringa och säga var hon behagar tillbringa sina arbetstimmar. Om jag hade haft några leveranser hade jag varit den ende som varit upptagen. Men det låter alltid som om jag för en dagdrivares tillvaro. Vi kom överens om att träffas hos mig vid niotiden.

Mycket att tänka på, lite att tänka med

En av mina fadäser som valsar runt på puben är komplimangen jag hade tänkt ut till en kvinna som ofta dök upp och som verkade vara singel som jag. När det rätta tillfället till slut uppenbarade sig hade jag tränat så mycket på frasen att orden börjat leva sitt eget liv. *Vad du ser bra ut* låter enkelt och trevligt men då måste alla ord vara med och komma i rätt ordning.

När jag skall yttra mig i sällskap som överstiger tre personer uppstår nästan alltid en oförklarlig tystnad som gör att man kan höra en fjäder falla. Den här gången gjorde tystnaden mig så nervös att jag tappade bort ordet *bra*. Till råga på eländet såg jag att kvinnan hade ett utslag i pannan som inte funnits där förut. Så frasen *'vad du ser ut'* spolierade för alltid mina chanser hos henne. Däremot förstärkte den epitetet 'klanten på kanten' som någon döpt mig till för att jag alltid sitter längst bort vid bardisken.

Detta var tankar som for igenom mitt huvud när Jenny upprepade bravurnumret. *Vad du ser ut!* ekade i kupén när vi bänkade oss i deckarbilen nästa morgon. Fast hon tappade inte bort något ord. Kommentaren fick mig att sträcka ansiktet mot backspegeln och studera det ingående. Det är ingen vacker syn i vanliga fall men blåmärket i pannan gjorde det värre. Jag noterade att det började skifta i gröngult. Jag förklarade att jag slagit huvudet i en kökslucka. Då påminde Jens om att han en gång sagt att en av luckorna i mitt kök är så illa placerad att han hade varnat för att det skulle hända. Varje gång han går ut i mitt kök kollar han att den är ordentligt stängd. Jag kände att den här dagen inte började bra och tröstade mig med att det inte kunde bli mycket värre.

Men det kan alltid bli värre när Freddy deckare är ute på uppdrag. Om jag haft en föraning om hur mycket värre hade jag vänt och kört hem, plockat fram en av mina favoritfilmer på DVD och sträckt ut mig i soffan. High Noon med Gary Cooper har jag inte sett på länge. Min nya femtitvåtums plattskärm ger de gamla rullarna en ny dimension.

Det hade slagit mig under morgontimmarna att det kunde finnas övervakningskameror på ön. Så små och skickligt placerade att de inte gick att upptäcka. Men vi gick att upptäcka. I synnerhet gick min nyinköpta röda täckjacka att upptäcka. Inte knallröd men rött i alla nyanser drar blickar till sig. I synnerhet mot en bakgrund av gråa klippor. Funderingen hade följts av skräckbilden av stammande Freddy förhörsrummet. Åtalspunkterna förstärktes med olaga tillgrepp av snipa. Bronsbergs ja väger lätt mot Robertsons nej.

När jag parkerade vid det lilla caféet tittade jag mig nervöst omkring efter bilar som kunde innehålla spanare från polisen. Jag såg bara en bil ute vid kajen där de stora båtarna låg. En stor Mercedes av lyxig modell. Jag ryckte på axlarna när vi strosade ut mot snipan. Ägarna till lyxjakterna som låg vid kaj förväntas köra omkring i sådana bilar. Jakterna var för stora för kranarna och låg i sjön hela vintern.

Snipan startade lätt den här gången också. Det mjuka brummandet från Albinmotorn gjorde mig på bättre humör. Vädret var inte lika gynnsamt som vid vår förra utflykt. Det blåste visserligen inte men novemberdimman rullade in från havet och lade sig på vattnet vid älvmynningen. Jag anade att det kunde vara riktigt tjockt ute vid öarna. Jenny satte ord på mina tankar när hon påpekade att det gynnade oss om sikten var dålig. Se men inte synas. Vi kände skärgården så väl att vi kunde navigera i mörker.

Vi bestämde att det var bäst att närma oss Känsö från väst eftersom alla militära byggnader ligger på sidan som vetter mot Brännö. Det självsäkra antagandet att ön var obemannad kändes mindre pålitligt nu när sanningens ögonblick trängde sig på. Någon kunde vara ute för att se om inventarierna. Jag nämnde inte min misstanke att det kunde finnas kameror.

Öarna och de små kobbarna som stack upp ur vattnet skymtade som dimmiga skuggor. Till och med den mäktiga klippan med Känsö torn på toppen försvann i diset och syntes inte igen förrän vi nästan krockade med den. Eller med strandkanten nedanför.

Det var den klippan som var vårt mål. När vi närmade oss var sikten bara några meter framför stäven. Jens skickades till fördäck för att hålla utkik efter obehagliga småstenar och för att ta törn när vi skulle lägga till. Jag lät båten glida sakta framåt. När Jens pekade på något som kunde skrapa emot skrovet lade jag i backläget så att båten bromsade och nästan stannade. Därefter framåt på lägsta varv tills farten var så stabil att jag kunde lägga i backen igen. Framåt, stopp, bakåt, framåt. Det tog en bra stund innan vi kände oss trygga att gå in mot land och leta upp en tilläggsplats. Skylten 'landstigning förbjuden' låtsades vi att vi inte såg. Kunde alltid skylla på dimman om saken kom upp till debatt.

Sluttningen nedanför klippan var brantare än i mitt minne. Klippor är alltid brantare när man står nedanför och tittar upp än när man ser dem på avstånd från en båt. Vi sade inte många ord när vi klättrade och klev mellan stenar och små gräsytor. Som en slalombacke fast uppåt. Nästa tanke var att kanonbunkern kunde vara låst. Ett kraftigt militärt hänglås skulle förstöra hela vår planering.

Men först måste vi hitta den. Jens påpekade att en kanon på Känsö måste vara riktad västerut. Det vill säga mot Danmark. Annars skulle man skjuta mot Göteborg som bredde ut sig i alla andra väderstreck. Jag invände att kanonens mål inte var Danmark utan fientliga skepp som kunde segla runt ön.

Vi tackade dimman än en gång när vi plötsligt tittade på en cementerad öppning i klippan. Vi förstod att kanonröret skulle sticka ut just där när det var skarpt läge. Jenny klättrade som en bergsget runt till andra sidan klippan. Hon har alltid varit vig och spänstig. Hon kom tillbaka efter några minuter och såg så bedrövad ut att hon inte behövde säga något. Bunkern var låst.

Jag ryckte på axlarna inne i min tjocka jacka. Så korkat att tro att det bara var att stiga in i militärens hemliga utrymmen och plocka med sig vad man ville. Jag slog fast att det måste vara Mauds berättelse om kärleksnäste i berget som fått mig att tro det. Max hade förstås fixat nyckel.

Vi letade upp små avsatser där vi kunde sitta och fundera. Jens kopplade på analytiska avdelningen i hjärnan. Blicken försvann in i dimman och rösten sjönk när han anknöt till mina tankar.

"Hur sannolikt är det att Max hade eller kunde fixa nyckel till de här bunkrarna?"

Nu hängde jag inte med. För att kunna leka med Maud i bunkern måste han haft nyckel. Men vad spelade det för roll nu? Han var död. Jenny tittade också ut över det blygrå vattnet som höjde och sänkte sig i makliga dyningar. Vi kunde precis skönja snipan och noterade att den följde med i de mjuka rörelserna. Jennys rörelse var också loj.

"Om han gömde pengarna därinne måste han ha haft möjlighet att ta sig in. Annars vore pengarna borta för honom också. Och vad är det för mening att lämna en beskrivning till ett gömställe man inte kan ta sig in i? Även om han kunde fixa en nyckel så är det otänkbart att Lilian eller Maud skulle ha den möjligheten."

Jens nickade förnumstigt.

"Just det." Hans ögon fick tillbaka den vanliga skärpan. "Och varför stod det KBU i medaljongen? KB räcker för att beteckna kanonbunker."

Jenny vände sakta ansiktet mot honom och tittade en lång stund på hans profil.

"Du menar att U står för något annat?"

Jens mötte hennes blick och tittade länge och undersökande på det vackra ansiktet. Men hans tankar var långt borta.

"Om man inte kan komma in i bunkern men ändå använder den som geografisk ledtråd, var är det då lämpligt att gömma en vattentät, väderbeständig väska?"

Jenny drog ner sin varma mössa över öronen och vände blicken mot havet igen. Tystnaden i dimman var bedövande. Minsta ljud förstorades och vi kunde höra varandras andetag. Hennes röst sjönk till en viskning som om hon inte ville störa naturens mäktiga inflytande.

"Eftersom kanonbunker är nämnd måste det vara i närheten."

Vi satt tysta en lång stund och funderade på bokstaven U. Vad kan ett U antyda om vi talar om lägesbestämning eller riktning? Jag mumlade medvetet fullt hörbart och tittade förhoppningsfullt på Jens och Jenny. De nickade uppmuntrande och jag anade att jag ställt en klok fråga. Nu väntade jag på ett klokt svar. Jens drog fingrarna över sin orakade kind.

"Under en kanonbunker är det lite svårt att komma till utan dynamit."

Jag tittade på cementen i berget och förstod att den lilla öppningen var omöjlig att upptäcka från sjösidan om man inte visste att den fanns just där. Nästa förslag var uppe, det vill säga ovanpå. Nej, lika korkat. Min mage knorrade plötsligt så ljudligt och konstigt att det ryckte i alla mungipor. Jag försökte avleda genom att harkla mig lika ljudligt och titta på klockan på min mobil som jag snabbt halade fram. Ingen hade sagt något på en stund och jag kände mitt ansvar som överhuvud. Fatta beslut.

"Okej, då har vi konstaterat att det här var ett blindspår. Väskan är oåtkomlig för oss." Jag nickade lojt ner mot platsen där vi förtöjt. "Det finns smörgåsar och termosar med varmt kaffe i båten."

De tittade på mig som om jag var utsläppt från sluten anstalt på försök. Jag log urskuldande och bytte position på min minimala sitthylla. Det skulle jag inte gjort. Stenen jag satt på lossnade i innerkanten och gled framåt. Jag följde med i rörelsen och gled också framåt eller snarare neråt medan skräcken pumpade i huvudet. Hade det inte funnits en klipphylla en meter nedanför där jag kunde placera mina grova skosulor hade jag troligen fortsatt ner mot snipan och plumsat i sjön efter att ha rivit sönder händer och kläder på de skrovliga stenytorna. Jag hittade ett skapligt fotfäste och svängde runt så att jag stod med ansiktet mot berget. Jens skakade på huvudet när han sträckte ut en hand och drog mig tillbaka till fastare mark. I samma sekund som jag slog mig ner på en stabilare sten fick stenen jag suttit på nog och lämnade sitt bräckliga fäste för alltid. Vi följde den med uppspärrade ögon när den rullade ner mot vattnet. Den var stor och tung nog att gå igenom snipans vackra däck.

Till vår lättnad fastnade den på en annan liten avsats. Den dunsande färden hade följts av en ejderhane som lämnade en kobbe och flög med energiska vingslag in i dimman och försvann ur sikte.

Jenny vaknade plötsligt till liv och pekade mot den lilla håligheten som öppnat sig där stenen suttit.

"Utanför!"

Vi tittade på henne som de två hade tittat på mig nyss. Hon förflyttade sig försiktigt till gropen där stenen varit fastkilad.

"U står för utanför kanonbunkern. De här stenarna har varit inbakade i marken i miljoner år. Varför lossnade den du satt på?"

Det var logiskt. Stenen hade knackats ur sitt läge och lagts tillbaka av mänskliga händer. Innan Jens hann klämma ur sig något käckt om tyngdkraften och klumpig placering av ändalykt skyndade jag mig ner till Jenny. Med upphetsade rörelser grävde vi bort den tunna jorden och gruset inne i den lilla grottan. Slutsatsen att skiktet lagts dit nyligen drog vi båda två med låga men upphetsade stämmor. Det var Jenny som stötte emot det mjuka föremålet. Den stora stenen som legat ytterst hade fungerat som kassaskåpsdörr.

Med ryggarna mot havet stod vi alla tre och balanserade på var sin liten hylla och stirrade på fyndet. Den kraftiga galonen var smutsgul som om den legat där i åratal men Lilians kontoutdrag talade om en dryg månad. Kanske hade Max gömt väskan under sin sista resa med den kära snipan. Han måste ha varit ganska stark om han hanterat den tunga stenen i den svåra terrängen.

När jag tänker gul tänker jag på den gula färgen i svenska flaggan. Det här såg ut som kamouflagefärg. Jenny försökte öppna dragkedjan. Den satt så hårt att hon fick be om hjälp. Jens starka fingrar drog metallklipset till motsatta sidan. Hon snappade genast tillbaka väskan och stack ner sin smala hand. Vi höll andan när en vit tygpåse, också med dragkedja hamnade ovanpå den gula galonen. Innehållet var väntat. Vi räknade inte sedlarna utan nöjde oss med att konstatera att de var ordentligt packade med bankens remsor runt varje bunt. Ett fullklottrat papper som också plockats fram ur påsen stoppade Jens i innerfickan efter att ha konstaterat att det var skrivet på tyska. Vi var så upphetsade att vi inte märkte rörelser nere vid snipan. Dessutom stod vi med ryggen mot den och dimman var nu så tjock att man nästan kunde ta på den.

Våra ansikten tävlade om det mest belåtna grinet när vi skyndade ner mot båten med vårt byte. När vi klev eller klättrade ombord tackade vi gud för dimman och fru Fortuna för utgången av dagens expedition. Det fanns en annan individ som haft lika stor nytta som vi av den dåliga sikten. Men det visste vi inte i det här ögonblicket. Just nu var det triumf som gällde.

Vi kastade loss, backade ut lika försiktigt som vi kryssat in och tuffade över till Brännö för att slippa känna flåset av kustilleriartister när vi avnjöt vår välförtjänta frukost. Jag menar nog kustartillerister.

När spänningen började lägga sig fylldes våra sinnen av bilder av tungt beväpnad militär personal som dök upp från ingenstans och med myndig stämma krävde överlämning av egendom stulen från militärt område. Åtminstone fylldes min fantasi av sådana skräckvisioner.

Området kring Brännö brygga erbjuder ett antal tilläggsplatser i november när båtarna ligger på land. En liten vik bakom den yttersta bergknallen ger bra skydd. Brännö brygga är numera en dansbana av traditionellt snitt. Den gamla träbryggan revs för många år sedan och ersattes av en solid betongkonstruktion där skärgårdsbåten lägger till.

Vi lade till vid nocken av en brygga som sträcker sig från dansbanan ett tjugotal meter in mot en skyddande vik. Det kändes tryggt att ligga väl gömda i dimman.

Jenny drog den gula väskan så tätt intill sig att intrycket blev femåring som skyddar sin gottepåse mot attacker från lekkamrater. Medan Jens och jag dukade till kaffe på motorhuven öppnade hon väskan, drog ut påsen och öppnade den också. Handen försvann ner och det ljuva sedelprasslet fyllde alla hörselorgan fast det var knappt hörbart. Jens och jag log och skakade våra huvuden samtidigt.

Jens hade varit förutseende som vanligt och tagit med en flaska sekt som han öppnade med en knall och fördelade vätskan i eleganta plastglas av champagnemodell. Jag visste inte att sådana fanns och bestämde mig för att inhandla ett förråd. Vi höjde glasen högtidligt och tittade varandra djupt i ögonen. Jens föreslog en skål för alla briljanta hjärnor, tittade en stund på mig och gjorde en gest mot Jenny som betydde att han generöst nog inkluderade det jag härbärgerar mellan öronen. Jag brydde mig inte om att påpeka att det var mitt val av sittplats som hade lett fram till fyndet. Det hade satt igång Jens sarkastiska ådra och troligen hade han dragit historien om eleven som ertappats av en lärare med boken öppen under läxförhör. Ni har säkert hört den. Pojken smugglade in boken under rumpan, vilket observerades av läraren. Kommentaren *jag har länge misstänkt att Lund-*

213

berg tar in sina lärospån med den delen av sin anatomi hade lockat fram leenden på puben där jag hört den första gången men just nu tyckte jag inte det var lika roligt.

Vi smakade på de kolsyrade dropparna och ställde glasen på bordet medan vi valde mellan frallor med ost och frallor med skinka eller tonfisk. Jag väljer alltid fisk om det ingår i sortimentet. Jens halade fram papperet han stoppat i innerfickan och ögnade igenom det.

Som vi anat var det en bekräftelse på att Max var Lilians biologiske far. Arvinge till Bermeers imperium var alltså Max förlängda gener på jorden. Tanken måtte vara skräckinjagande för magnaten och vi förstod att han ville göra allt för att hålla den informationen från offentligheten.

I hastigheten hade vi inte sett att det fanns ett papper till. Ett gult A4 ark med stor kursiv text som om författaren var rädd att hans budskap inte skulle nå fram med normalstor text. Inledningsfrasen *när ni läser detta kommer jag att vara död* fick det att krypa i oss. Vi lyssnade spänt när Jens översatte från tyska. Papperet var till och med daterat. En vecka före dådet i båten räknade vi ut. Det stod ingenting om den förväntade dödsorsaken. Jens vände papperet och konstaterade att det fanns text där också. Det första budskapet var så svårsmält att vi inte brydde oss om att läsa fortsättningen.

Vi pratade högt och upphetsat, penetrerade de olika teorier vi lagt fram tidigare och jämförde med det senaste tillägget. Jens gjorde en dramatisk paus mitt i texten och skulle just fortsätta när hans ansikte stelnade som om någon sprayat frysvätska på det. Jag satt med ryggen mot ruffen och såg att hans blick pulserade av fasa. När jag vred huvudet åt samma håll förstod jag anledningen. Dörrarna till ruffen hade öppnats ljudlöst. Synen som mötte oss skulle fastna på näthinnorna för alltid.

Det mest uttryckslösa ansikte jag någonsin sett tittade likgiltigt på oss. Likgiltigheten motsades av det han höll i handen.

Efter att ha stirrat in i pistolmynningen i säkert en minut flyttade vi blickarna till ögonen som betraktade oss. Inte likgiltigt utan med förakt. Det som först flög igenom mitt huvud var att han varit därnere redan när vi kastade loss vid marinan. Det motsades av att Jenny hade öppnat dörrarna och tittat in för att förvissa sig och oss om att ingen polis eller medlem av familjen Bermeer flåsade oss i nacken. Den andra tanken var att han hade smugit sig ombord medan vi var upptagna med att gräva fram väskan. Han måste i så fall ha förtöjt sin egen båt vid någon av kajerna på öns framsida och smugit runt utefter den steniga stranden. Men hur visste han vart vi varit på väg. Plötsligt dunkade det till i huvudet. Den lyxiga Mercan som stått parkerad vid marinan. Den var förstås Bermeers. Han hade varit oss i hälarna hela tiden. Dimman hade hjälpt honom lika mycket som den hade hjälpt oss. Men mina spekulationer var överflödiga. Vi skulle få allt serverat med överlägsen röst.

Han tog de två kliven upp till sittbrunnen och började sin föreställning med en rörelse mot Jenny. Två fingrar vinkade till sig väskan. Därefter samma rörelse mot Jens som lämnade över papperen. Han lade väskan på en av bänkarna innan han kommenderade oss att byta platser. Det senare skedde med hjälp av pistolpipan. Papperen stoppade han i jackfickan. Jag satte mig vid ratten, Jenny placerades vid skottet där eldsläckaren var fastsatt och Jens längre akterut. Själv placerade han sig så att han kunde se oss alla i ögonen och drog väskan intill sig som Jenny gjort för en stund sedan. Men där upphörde likheterna. Hans röst var iskall och så lugn att jag tyckte mina nerver vibrerade utanpå skinnet.

"Hade ni inte öppnat väskan utan lämnat den orörd till mig hade allt det som kommer att hända om en stund inte hänt."

Han fäste den obehagliga blicken på mig på mig. Dagens glasögonval var Glenn Miller. *Det som kommer att hända om en stund* ringde i mina öron som när en busunge vägrar ta tummen från dörrklockan. Min röst tog en tur upp i falsett så att jag tvingades rätta till den med en lång harkling.

"Vi var just på väg till dig för att överlämna den."

Där tog det slut. Jag hade tänkt lägga till att vi inte hade hunnit titta i den, kom att tänka på att han lyssnat till hela samtalet inklusive informationen om faderskap, och ändrade till att vi var pålitligheten förkroppsligad och att inte ett ord skulle komma över våra läppar.

Det var just det som hände. Tack och lov. Inte ett ord kom över mina läppar. Hans förakt blandades med medlidande. Blicken flyttades till Jens ansikte som tycktes pumpa av ilska. Bermeer noterade med ett leende som övergick till nästa fas av hånfullhet.

"Att hata är dumt och kraftödande. Och kontraproduktivt. Du är alldeles för intelligent för det, Jensen."

Jens rörde inte en min. Hans röst var lika stadig som när han berättade anekdoter om mig på puben. Men inte lika munter.

"Du är inte värd så starka känslor som hat. Förakt är allt man känner för sådana som dig." Han retade Bermeer ytterligare med ett insinuant flin. "Vad skulle du med samma summa i både falska och riktiga pengar? Det är ju ändå bara mutpengar."

Han fick ett lika insinuant flin i retur.

"Vet du vad tyskarna säger om sådana som dig? Einbildung ist auch eine bildung. Inbillning är också bildning."

"Min inbillning står sig slätt mot din. Men du har ett värre handikapp, Bermeer. Girighet. Jag förstår hur du resonerade. Om afrikanerna upptäckte att du gav dem falska pengar skulle du be om ursäkt och ge dem de riktiga pengarna." Han tittade stint in i Bermeers ögon. "Det är så de små själarna tänker. Med plånboken. Och tilltaget att försöka lura dem skulle kosta dig livet. Vet du hur mycket ett människoliv är värt i de länderna? I synnerhet en bedragares liv?"

Det var typiskt Jens. Jag bet ihop käkarna så hårt jag kunde medan jag väntade på det första skottet. Bermeer lät blicken vandra runt innan den stannade på Jenny. För ett ögonblick trodde jag att han var så djävulsk att han tänkte skjuta henne framför ögonen på oss och säga med sin torra röst *'så går det när man är stursk. Nästa kula hamnar mellan dina ögon, Jensen'*. Men det kom varken skott eller kommentar. Nu kom du undan med blotta förskräckelsen, låt det bli en läxa, tänkte jag. Men Jens tar inte emot läxor. Hans ansikte var lika tomt på uttryck som Bermeers.

"När du har slaktat oss, vem skall du ta dig an härnäst? Max dotter?"

Är du från vettet? Jag kände kallsvetten bryta fram i pannan. Slaktat? Du kunde åtminstone sagt *likviderat* för att markera din höga bildning. Och Max dotter gjorde inte saken bättre. Nu smäller det, tänkte jag och bet ihop ännu hårdare.

Men det hände ingenting nu heller. Jag noterade att det pågick en slags kamp i stirrande mellan Jens och affärsmannen. Jag kastade en blick på Jenny som satt mittemot mig, så nära att om jag sträckt ut benet hade jag sparkat till hennes knä. Stackars lilla syster, att det skulle sluta så här. Och alltihop är mitt fel. Jag försökte fånga hennes blick men hon tittade inte på mig. Hon såg så koncentrerad ut att jag misstänkte att hon höll på att tänka ut något hyss. Hon vilade ena handen på eldsläckarens handtag. Hitta inte på något nu, tänkte jag. Men hon satt blick stilla och tittade på Bermeer med en koncentration som jag inte förstod. Jag flyttade också blicken till de två männen.

Den envisa kampen mellan den stirrande dansken och den hatiskt gloende finansmannen fyllde utrymmet med sådan spänning att jag kände hur salivproduktionen gick på högvarv. Mina tankar gav sig ut på en resa som slutade vid västra kyrkogårdens krematorium där ett antal personer samlats runt min kista. De såg förfärligt allvarliga ut. En av dem pratade med låg mässande stämma. Prästen förstås. I handen hade han en fusklapp som han då och då konsulterade. Snäll, korkad, godtrogen, hjälplös, inbilsk gissade jag att det stod. På gravstenen skulle det stå Freddy Larsson diversehandlare och detektiv, vila i frid.

Jag rycktes tillbaka till nuet när en mer påtaglig stämma började mässa som om min fantasi blivit verklighet.

"För att ni inte skall behöva bry era små russinhjärnor med hur jag tänkt mig fortsättningen kan jag berätta vad som kommer att hända. Ingen kommer att föra det vidare."

Tre par ögon placerades på hans kalla ansikte. Ett par apatiska, ett par hatiska och ett par koncentrerade. Det senare paret tillhörde Jenny. Det första paret tillhörde mig. Det slog mig att när skräcken når en viss nivå blir den utmattad och övergår i något annat. Jag var så övertygad att jag bara hade minuter kvar att leva att funderingarna främst handlade om det gjorde ont att dö, om det gick fort eller om det skulle bli väldigt söligt där jag satt. Och att min fina nya jacka skulle bli förstörd.

Det sägs att när man stirrar döden i vitögat passerar hela livet revy. Mitt liv passerade inte. Jag undrade om det var meningen att jag skulle se bilder av mig när jag gjorde självmål i fotboll, när jag satt som en paralyserad zombie i skolbänken och försökte komma ihåg vilket år Karl den tolfte blev skjuten, om alla människor jag träffat skulle passera och nicka bedrövade farväl. Eller om alla kvinnor jag stött på skulle stå på rad och titta bedrövat på mig. Det senare förde in tankarna på mina misslyckanden på det erotiska planet. Jag skulle gå i graven utan att ha fått uppleva det finaste en man kan uppleva. En kärleksstund med en varm mjuk kvinna. Det var därför det inte kom några bilder och ingenting passerade revy. Det fanns inget att se. Mitt liv hade varit helt tomt och misslyckat. Jag tittade ner på mina händer och lyfte inte huvudet när rösten började mässa. Ja, inte den fiktiva prästen utan den i högsta grad närvarande plågoanden.

"När polisen märker att snipan är stulen kommer de att förstå att det är ni som knyckt den. De kommer att leta men de kommer inte att hitta den.

Och de kommer inte att hitta er heller. Eller era kvarlevor."

Jag anade hur han tänkte. Han skulle skicka ut båten på djupt vatten med våra kroppar ombord. På något sätt skulle han sänka den. Kanske sätta eld på den med hjälp av gasoltuben. Misstankarna bekräftades genast som om han läst mina tankar. Fast Jens och Jennys tankar var nog inne på samma spår. Ett hånfullt skrockande inledde.

"Vet ni hur glupska torskar är?" Vår tystnad övertygade honom om att ämnet inte hade sysselsatt vår analytiska förmåga. "Jag pratade en gång med en fiskare som fått upp ett halvätet lik i sin trål. Personen hade rapporterats saknad två dagar tidigare." Han gjorde en obehaglig paus. "Men det var i Kattegatt så det är gott om kräftor och krabbor också. Riktiga asätare."

Jag trodde inte på historien. I alla fall inte på tidsaspekten. En torsk tar sig inte igenom kläder och mänsklig hud förrän de har förmultnat och ruttnat. Inte en krabba eller kräfta heller. Men det var inget jag hade lust att diskutera just nu. Men Jens har alltid lust att diskutera.

"Robertson förstår att det är du som ligger bakom. Du har redan gjort bort dig en gång. Rakapparaten."

Det blixtrade till i Bermeers ögon.

"Polisen bryr sig inte om sådana petitesser. Det ärendet är nedlagt."

"Inte av Bronsberg. Han älskar petitesser. Ju mindre och obetydligare desto mer tid ägnar han åt dem."

"Bronsberg är en underhuggare. Ingen bryr sig om vad han säger."

"När det går upp för Robertson vad du håller på med kommer han att lyssna på Bronsberg. Det är underhuggaren som sitter inne med informationen i det här fallet. Honom går det inte att slå dunster i ögonen på."

Bermeer släppte ut ett iskallt skratt.

"Allt det där är bara spekulationer. Åklagaren vill ha bevis."

Jag började känna mig gråtfärdig. När jag höjde blicken som för att säga adjö till mina närmaste vänner noterade jag att Jens alltjämt försökte psyka Bermeer med sina blickar och att Jenny pillade med någonting på eldsläckaren. Väldigt försiktigt drog eller vred hon någonting inåt sittbrunnen.

Jag fattade inte vad hon höll på med och sänkte blicken som om jag inte ville se. Det var snart slut ändå. Jag kastade en blick på Jens och såg att hans ögon skärptes när han tittade åt Jennys håll. Han gjorde konstigt nog som jag, vände bort blicken. Fast mycket snabbare och av en helt annan anledning skulle jag förstå senare. Samtidigt började han prata som om han höll föredrag.

"Så du ställer till allt det här för att skydda Lilian, din arvinge. Är det för att hon sköt Max? Eller tänker du skjuta henne för att hon vill lägga beslag på dina pengar? Girighetens fundament – vill alltid ha mer?"

Jag kastade en förskräckt blick på Bermeer. Nu var det dags. Han höjde mycket riktigt vapnet mot Jens bröst. Men han ville plåga honom och oss en stund till.

"Lilian sköt Max? Är du galen? Jag sköt Max i självförsvar."

"Bronsberg vet att Max var död när du placerade honom i båten. Han hade varit död i ett dygn. Robertson avfärdade rättsläkarens rapport. Men det gjorde inte Bronsberg."

Ett grymt leende förstärkte känslan att Bermeer njöt av situationen.

"Då kan du få hela sanningen. En sanning du kommer att ta med till din grav."

Han lät sin iskalla blick spela över våra ansikten. Jenny ryckte handen från eldsläckaren som om den varit strömförande. Bermeer tittade inte åt hennes håll.

"Max bröt sig in på hotellet hos Lilian. Jag kom dit av en tillfällighet och överraskade henne med en pistol i handen. Hon höll på att skruva av en ljuddämpare. Hon påstod att han skjutit sig själv. Konstigt nog fanns det nästan inget synligt blod, bara ett litet runt hål i tinningen där blodet pulserade."

Jens gav sig inte. Jag började undra om han också höll på att begå självmord. Hans röst var helt fri från fruktan.

"Snygg fabel. Du såg alltså din påstådda dotter mörda sin biologiske far. Varför ringde du inte polisen? Och varför skruva av ljuddämparen om pistolen använts och inte skulle användas igen?"

"För att den skulle få plats i handväskan. Men hela scenariot var som om jag skrivit manuset. Jag hade blivit av med ett svin utan att behöva skjuta själv. Lilian visste inte att det var hennes biologiske far hon skjutit. Det må vara en livslögn, men det är min livslögn. Nu har jag en arvinge som tror att hon är min legitima dotter. Genom att rädda henne från mordanklagelsen har hon fått respekt för mig."

"Och om hon inte dansar efter din pipa har du en hållhake som heter duga."

"Bra uträknat, Jensen. Synd att behöva släcka ett intellekt som ditt."

Jag såg att hans pekfinger spändes. Adjö och tack för allt, Jens. Du var en bra kamrat. Jag bet ihop käkarna och väntade på knallen. När jag blundade hårt gjorde min fantasi bilder av Jens när han damp ner vid mina fötter. Det var hemskt att föreställa sig dödsryckningarna. Det ologiska i Bermeers resonemang slog mig inte just då men det skulle det göra senare. Varför skruva av ljuddämparen och ta med pistolen? Om Max skjutit sig själv var det väl bara att ringa polisen och låta saker och ting ligga där de låg. Bara hans fingeravtryck och DNA fanns på vapnet. Och varför bryta sig in hos människor som tycker att du är en trevlig prick? Knacka på så blir du insläppt.

Men just nu var jag helt fokuserad på ett pistolskott som skulle träffa Jens i ansiktet. Därefter skulle pistolen och det grymma leendet riktas mot mig.

Det kom inget skott. Inte i det ögonblicket. Däremot ett fräsande ljud och ett skummoln som blixtsnabbt fyllde hela utrymmet vi satt i. Jag hörde eller anade att Jens rörde sig inne i skummet, uppfattade ljudet av handgemäng och något som lät som en knytnäve mot ett ansikte. Dovt och klafsande om jag skall försöka mig på en beskrivning. Därefter en kraftig duns och först därefter ett pistolskott.

Trots min hjärnförlamning kunde jag räkna ut att Jenny tryckt på brandsläckarens handtag, att Jens varit beredd på det och att han tog ett språng mot Bermeer när mannen var förblindad av skummet och landade sin knytnäve i hans ansikte. Inte många är snabbare och starkare än Jens när vikingablodet rusar i ådrorna. Men tydligen hade Bermeer inte släppt pistolen. Skummet lade sig som ett tunt snötäcke på allt som fanns i utrymmet. Det var bara Jenny som inte fått något på sig. Jag strök bort pudret från ögonen innan jag tog mig ner mot Jens livlösa kropp, kom att tänka på att det fanns en laddad pistol i någons hand och hittade Bermeers kropp. Han hade hamnat i kläm mellan motorhuven och bänkarna och gav ifrån sig ett gnyende ljud när jag vred pistolen ur hans hand. Trots medvetslösheten höll han den så hårt att jag fick bända upp fingrarna. Några sekunder till och han hade varit i form att skicka iväg ett par kulor till.

Jenny skyndade sig fram till Jens. Han rörde sig inte men även han gav ifrån sig ljud. Gnyende eller stönande tror jag är en bra beskrivning. Hon öppnade hans jacka och tittade efter blod. Jag kunde se hans skjorta. Den var helt ren men Jenny undersökte även hans tjocka täckjacka. Med ett lättat leende stack hon in ett finger i ett hål i ärmen. Jag gjorde henne uppmärksam på ett hål i sargen som omgav sittbrunnen. Jens hade haft så mycket tur en människa kan ha. Bermeer hade tryckt av på måfå. Kunde lika gärna träffat huvudet eller hjärtat.

Vi baxade upp Jens i sittande ställning. Han var påfallande blek men för övrigt visade han inga tecken på att han varit en hårsmån från döden. Den råa kylan kändes plötsligt mycket intensivare. Jenny hjälpte honom att svänga på sig jackan och drog dragkedjan upp till hakan. En hel minut satt vi dödstysta och stirrade rakt fram. Våra tankar dansade som en myggsvärm kring en blodig biff. Ett ljud av en motor letade sig in i vårt lilla utrymme men ingen reagerade. Jag gissade att det var en fiskare på väg ut för att vittja sina garn.

Men ljudet kom närmare och till slut var det så nära att Jenny tittade ut genom sidofönstret mittemot styrplatsen. Hennes attityd växlade från apatisk till vild och energisk. Hon torkade bort imman från glaset med ena ändan av sin halsduk och vinkade frenetiskt. Hennes röst var också upphetsad.

"Det är en polisbåt. Öppna kapellet så att vi kan ropa på dem."

Jag noterade att Bermeer vaknat till liv och tittade misstänksamt medan han baxade sig upp till sittande ställning. Den ondskefulla glimten återvände genast. Han sade ingenting men ett bistert leende avslöjade att tankeverksamhet pågick. Jens iakttog honom också med smalnande ögon. Hans huvud skakade till som om han inte hade kontroll över rörelsen.

"Spelet över, Bermeer. Så mycket möda för så lite." Munnen drogs till ett leende som var nästan lika elakt som Bermeers. "Men Lilian blir nog tacksam. Visste du att hon förlorat så mycket pengar på en spekulation i Ryssland att hennes firma är bankrutt? Hon är beroende av pengarna i väskan."

Bermeer svarade inte men hans hand försvann ner i jackfickan och kom upp igen med pappersarken. Han tittade sig omkring som om han letade efter en säker plats att gömma dem. Någon sådan fanns inte. Jens böjde sig framåt och sträckte fram sin hand i en uppmanande gest. Bermeer såg ingen annan utväg än att ge honom dem. Men först efter att han kastat en blick på pistolen i min hand. Papperen försvann igen, nu ner i Jens innerficka.

Jenny hade öppnat kapellet i aktern och stuckit ut överkroppen. Vi såg att hon vinkade till sig någon och att polisbåtens skrov och överbyggnad en stund senare skymde sikten. Ytterligare en minut senare placerade Bronsberg sin grova sko på däcket. Jenny drog sig tillbaka till den plats där hon suttit under hela dramat. Bronsberg klev in i sittbrunnen och lät blicken glida runt innan han stack ut huvudet och sade till poliserna i båten att stanna kvar där tills vidare. Den kraftiga dieselmotorn brummade dovt. Nästa ord blev Bermeers.

"Bra att du kom, Bronsberg. Då kan du arrestera de här galningarna. De kidnappade mig vid Hästevik och tvingade mig avslöja var väskan med pengarna fanns." Han nickade mot väskan som låg kvar på bänken där han suttit tidigare. Den syntes bara som en kontur under skummet. "Nästa steg var att skjuta mig och sänka båten ute till havs."

Han nickade mot mig och pistolen i min hand. Jag förstod att hans historia kunde låta sannolik som scenen spelades upp i detta ögonblick. Innan jag hunnit lämna ifrån mig pistolen till Bronsberg hojtade Bermeer till.

"Akta dig, Bronsberg! Han är livsfarlig! Han har redan skjutit ett skott!"

Jag tror att jag nämnt vid något tillfälle att Bronsberg är mästare på att se helt neutral ut. Inte granitansikte som Robertson utan mer åt det uttråkade hållet. Jag tror att det var bristen på uttryck som fick det att gå kalla kårar utefter min ryggrad. Tänk om han köpte historien. Jag satt med en pistol i handen, väskan med pengarna låg bredvid Jens, Bermeers bil stod parkerad där han påstod att vi kidnappat honom, ett skott hade avlossats, Bermeer kunde påstå att han suttit just där kulan gått in i sargen och att han klarat sig tack vare att jag var en urusel skytt. Vad vi än sade kunde vi inte motbevisa honom. Ord skulle stå mot ord och just nu verkade det som om Bermeer hade trumf på hand. Jag tittade mig omkring för att se om Jens och Jenny såg lika paffa ut som jag kände mig. Mitt huvud skakade till när jag räckte Bronsberg pistolen.

"Du vet hur farlig jag är, Bronsberg."

Han rörde fortfarande inte en min när han tog emot den och klickade ut magasinet. Jag kunde se att det var laddat med ett antal kulor. En fattades, den som polisens tekniker skulle gräva fram ur sargen. Hans röst var så torr att det tycktes damma när han pratade.

"Ni följer med till stationen alla fyra. Åtalspunkterna kommer ni att få av Robertson." Han gjorde en paus och ropade ett namn. En storvuxen polisman tittade in genom öppningen i kapellet. "Ta med dem till högkvarteret. Handfängsel på den och den." Han nickade kort och pekade eller hötte fingret mot mig och Bermeer.

Bermeer föll genast in i sin roll. Han spottade ut sina ord så att Jens som satt närmast tog betäckning bakom en hand med utspärrade fingrar.

"Handfängsel? Jag är offer för kidnappning och en intrig hopkokad av idioten Larsson! Sätt handfängsel på dansken och jäntan istället"

Jag kände mig nästan lite stolt att någon ansåg mig kapabel att koka ihop en sådan intrig. Tankarna återvände till krematoriet och prästens fusklapp. *Smart* lades till listan med beskrivande epitet och hamnade närmast efter *inbilsk*. Symboliken i den kombinationen slog mig inte just då.

Jag kastade en blick på Jenny. Till min förskräckelse log hon sitt mest bedårande leende innan hon reste sig och gick före mig ut ur sittbrunnen. Jag noterade som i en dimma att hon snappade till sig en mobiltelefon som var inkilad bakom eldsläckarens metallfäste och stoppade den i fickan, Därefter kastade hon en blick på mig och blinkade nästan omärkligt.

Jag fattade ingenting men det var det nog ingen som hade väntat sig. När hon passerade mig så nära att hon fick tränga sig förbi mig lade jag märke till att hon fått en liten mage. Hon är så plattmagad att en näsduk innanför hennes byxor skulle dra blickar till sig. Jag till och med kände den lilla utbuktningen skrapa mot min höft. Jag förstod att det inte var rätt tillfälle att fråga om hon var med barn.

Bronsberg och Bermeer var redan ute ur båten när Larssons deckarfirma flockades på bryggan för vidare transport ner i polisbåten. Det hade inte varit likt mig att inte avrunda med ett korkat inpass så jag hörde mig själv erbjuda mig att köra snipan tillbaka till marinan. Bronsberg svarade inte men hans blick sade desto mer. *Du är en snäll man, Larsson, men det är inte snäll som ställer till det för dig – det är snälls förlängning – hjälpsam.*

I polisbåten fortsatte Bermeer sin show med anklagelser. Jenny för att hon försökt mörda honom med giftigt skum, Jens för att han klappat till honom, mig för att jag var hjärnan bakom hela planeringen. Även om jag tyckte det var löjligt fortsatte det att gnaga i mig att sett ur strikt laglig synvinkel kunde det ställa till det för oss alla tre. Men mest var jag glad att vi kommit oskadda undan hela spektaklet. Samtidigt började jag fundera på hur Bermeer tagit sig ut till ön. Om han lånat eller hyrt en båt borde den ligga kvar i hamnen på Känsö. Då skulle hela hans historia spricka.

Sanningens liv

Natten i häktet blev inte så hemsk som jag föreställt mig. Kanske för att jag somnade nästan omgående. Och jag hade inte vaknat med ryggvärk som jag också fruktat eftersom britsen var hård. En av tankarna som dansade runt när jag vaknade var att vi faktiskt varit utsatta för mordförsök men att den som hotat oss vänt på steken och anklagat oss – eller mig – för samma sak. Det hemska med den varianten var att jag haft en pistol i handen när Bronsberg först såg oss. En pistol som avfyrats och lämnat spår i sittbrunnens sarg. Det slog mig inte i det ögonblicket att hålet i Jens jacka var till min fördel. Ingen skulle tro att jag fyrat av en pistol mot honom.

Frukosten var god. Jag hade bara hunnit svälja sista tuggan när jag blev hämtad av en bister konstapel och transporterad till förhörsavdelningen.

Jens och Jenny satt tysta på var sin stol och nickade en hälsning utan att le. Jag tyckte inte heller att det fanns någon anledning till leenden eller andra glädjeyttringar. Det förvånade mig att Robertson valde att förhöra oss alla tre samtidigt. En anledning kunde vara att han inte trodde på

Bermeers fabel eller att han ville höra vår samlade version först. Men de tankarna kändes som att famla efter halmstrån. Även om han inte trodde på sin gamle vän fanns det gott om åtalspunkter mot oss eller åtminstone frågetecken som måste rätas ut. Olovligt ilandstigande på förbjudet område, tillgrepp av båt beslagtagen i polisutredning, tillgrepp av väska med pengar. En väska som var brännhet i samma polisutredning.

Men det framgick snart att han redan hade förhört sin gamle kompis Bermeer. Vi satt mittemot en person som hade huvud och öron fulla av anklagelser och lögner som vi var piskade att motbevisa. Jens och Jenny hade sovit hemma i respektive lägenhet. Det var bara jag som var farlig i polisens ögon. Han började med att spänna ögonen i mig.

"Kidnappning är ett allvarligt brott. Har du funderat på konsekvenserna av ditt agerande, Larsson?"

Jag undrade om han trodde på det själv eller om det bara var tjänstemannen som kände sig tvungen att följa boken. Innan jag hann svara lade sig Jenny i.

"Hittade ni någon båt i Känsö hamn? En liten snabbgående?"

Han gav henne en blick som meddelade att hon inte skulle lägga sig i. Jag slog ut med en hand.

"Det hela är absurt. Vi tog snipan ut till Känsö och gick iland. Vårt enda brott är att vi gått iland på en ö där det råder landstigningsförbud. Det erkänner vi. Anledningen är att vi hade fått tips om att den gula väskan skulle finnas där…"

"Vem gav er det tipset?"

"Vi hittade en medaljong i båten – troligen tappad av Schaefer – och i den var några tecken inristade."

Jag förklarade vilka tecken och vilka slutsatser som lett oss in på rätt spår. Medan jag höll på med det öppnades dörren och Bronsberg kom in. Han såg lika uttråkad ut som under gårdagens tumult. Jag undrade om det var ett gott eller dåligt tecken. Han lutade rumpan mot fönsterbänken och lade armarna över bröstet. Motljuset gjorde att vi bara kunde se hans huvud som en silhuett. Robertson fortsatte med lugn röst.

"Bermeer påstår att ni stal medaljongen ur hans ficka."

Jens kunde inte hålla tillbaka ett skratt.

"Det tog oss flera dagar att tyda hieroglyferna på insidan av medaljongen. Om han hade den i fickan varför väntade han på att vi skulle stjäla den och visa honom vägen till gömstället? Varför åkte han inte dit själv och hämtade väskan?"

Jag förklarade hur det gått till när vi hittade väskan och betonade det tursamma inslaget.

Bronsberg sökte min blick innan han tog till orda. Rösten var lika torr som hans utrråkade min.

"Jag anlände till marinan strax efter att ni gett er iväg. Kunde se snipan tuffa iväg i dimman. Jag körde över till andra sidan av området, den som vetter mot gamla KA4. En stund senare stack en liten snabb båt iväg. Jag kunde inte se vem som satt i den. Sikten var för dålig. Den följde efter er på ett par hundra meters avstånd."

Där tystnade han på sitt typiska sätt. Jag hade väntat en rapport om åtgärder han vidtagit eller spekulationer om förföljarens identitet och avsikter. Eller en förklaring till varför han åkt till marinan. Men Bronsberg hade passat bra i en gammal fransk film där man pratar i gåtor och svarar på frågor innan de hunnit ställas och alla förstår allting utom biobesökaren som är utlämnad till sin egen fantasi. Som för att spä på min förvirring ställde Robertson en fråga till mig.

"Vad läser du ut av det, Larsson?"

Jag hörde mig stamma att det måste varit Bermeer som kommit över en båt och att dimman varit så tät att vi inte sett den.

Ingen svarade eller reagerade. Jag sökte medhåll genom att låta blicken glida runt men såg bara uttryckslösa ansikten. Inte ens Jenny såg munter ut som hon brukar göra när jag gör bort mig. Jag kände mig som en figur i Kafkas *Processen*. Men den här processen var inte påhittad. Frågorna packades i mitt huvud. Hur hade Bermeer tagit sig ut till ön? Var fanns båten han åkt ut i? Vem hade skjutit Max och var? Trodde polisen på Bermeers saga om att Lilian hittat Max i hotellrummet?

Men innan jag hann formulera den första frågan konsulterade Robertson sina anteckningar och

236

fäste blicken på mitt ansikte. Konstigt nog svarade han på en av frågorna eller hans tankar var inne på ett av spåren.

"Du tror inte att Bermeer mördade Max ute i båten. Vad baserar du det på?"

Jag svalde tungt. Om jag hänvisade till Bronsberg och hans – eller rättsläkarens uppgift att Schaefer varit död ett dygn – kanske Robertson skulle känna sig ifrågasatt och ändra attityd. Om jag berättade om Bermeers fabel om självmord på hotellet var jag tvungen att bevisa att han sagt det. Jens och Jenny skulle avfärdas som jäviga vittnen. Ord mot ord och jag hade en känsla av att Bermeers ord vägde tyngre än mina. Jag kände hur svetten bröt fram på överläppen och sökte stöd med blicken hos Bronsberg. Han såg om möjligt ännu mer uttråkad ut. Till råga på allt studerade han sina naglar en stund innan han putsade dem mot kavajslaget. Jag kände att rösten var på väg att skära sig men kände mig tvungen att säga något ändå.

"Jag hade i uppdrag att hitta pengarna. Det gjorde jag."

Jag tänkte fortsätta och säga att allt bara varit en serie olyckliga omständigheter som blandats med en lycklig omständighet – fyndet av väskan – men tungan var förlamad. Robertsons tunga var inte förlamad.

"Vems uppdrag?"

Det kändes ännu dummare att säga Bermeers uppdrag. Han skulle förneka det också. Men det

237

var faktiskt sant så jag sade just det. Lilians in-blandning bestämde jag att inte nämna. Åtmins-tone inte just nu. Ryckningen i Robertsons mun-gipa var omisskännlig.

"Så om han inte hade förekommit dig så hade du sökt upp honom och överlämnat väskan?"

"Självklart. Jag sviker aldrig en klient."

Det sista lät så dumt att jag ångrade mig innan sista ordet lämnat tungan. Robertson såg ut som om han hejdade en impuls att söka stöd med blic-ken mot taket. Han var tyst en stund.

"Det fattas trettiotusen euro."

Jag tänkte hänga på och säga att det fattas några hjärnceller i mitt huvud så jag fattar ingenting.

"Fattas trettiotusen? Var är dom?"

"Det trodde jag du skulle kunna upplysa mig om."

"Vi tittade bara ner i väskan för att kontrollera att den innehöll pengar. Vi rörde ingenting. En stund senare tittade vi in i en pistolmynning."

Han lät blicken vandra mellan våra ansikten. Jag passade på att titta på Jens och Jenny. De såg lika uttråkade ut som Bronsberg. Robertson slog ut med handen.

"Om ni har tur spräcker det Bermeers story. Han påstår att det är hans väska som blev stulen i Hamburg. Han borde veta hur mycket pengar det var i den. Det finns bara tvåhundratusen euro."

Jens tittade frågande på honom.

"Max kanske snodde dem. Det var ju han som gömde väskan."

"Varför skulle han lägga beslag på trettiotusen när han hade tillgång till hela summan?"

"Som ett litet förskott och för att ha lite kul."

"Max betraktade pengarna som sina. Om han ville plocka lite för att ha kul så behövde han inte ta trettiotusen euro. Trehundratusen spänn. Så dyra krogar finns inte i Göteborg."

Det lät logiskt. Ett par hundra euro räcker långt om man bara vill ha lite kul. Robertson lade armbågarna på bordet och lutade sig över skivan.

"Om inte Bermeer sköt Max, vem gjorde det då?"

Det tog en stund innan jag fattade att frågan ställdes till mig. Bermeers historia om att han sett Max döda kropp och Lilian bredvid den med en pistol dansade genom mitt huvud. Spekulationen förlängdes med uppgiften att man hittat hennes avtryck på patronerna på pistolen i klippskrevan – mordvapnet – men inte på själva vapnet. Jag gjorde en hjälplös gest.

"Bermeer drog en fabel om att Max skjutit sig själv på hotellrummet och att Lilian hittade honom."

Robertsons panna rynkades. Tydligen var det nyheter för honom. En snabb blick på Bronsberg bekräftade att detta inte var känt av polisen. Båda var tysta en stund medan uttrycken skärptes ytterligare. Jag såg nog lika förvånad ut men anledningen i mitt fall var att Bermeer inte berättat om incidenten för polisen. Robertson placerade hakan i handen och spände ögonen i mig.

"När sade han det?"

"I båten. Han berättade allt som om han skröt."

Jag nämnde även planerna att sänka båten med våra döda kroppar ombord. Robertson sökte Jens och Jennys blickar och båda nickade instämmande. Skiftningarna i Robertsons ansikte kunde tolkas på många sätt. Jag valde brustna illusioner. Min kortfattade redogörelse hade rivit upp sår som aldrig skulle läkas. Gamle vännen Bermeer hade till slut ramlat ner från piedestalen. Det slog mig också att jag tagit för givet att Jens eller Jenny hade nämnt incidenten för någon av polismännen. Hade tydligen inte hänt. Kanske hade de tagit för givet att jag nämnt den.

Tydligen förändrade redogörelsen hela bilden av ärendet. Bronsberg lämnade sin plats vid fönstret och slog sig ner i den tomma stolen efter att ha dragit den åt sidan så att han fick ögonkontakt med alla utom Robertson. Han drog upp sin anteckningsbok och nickade åt mig.

"Detaljer, tack."

Jag berättade allt Bermeer sagt, på vilket sätt han gjort det och noterade en min av avsmak i Robertsons ansikte när episoden med Lilian och ljuddämparen redovisades. När jag slutat blev det ännu tystare. Robertson började trumma på bordet medan hans blick försvann i fjärran. Bronsbergs penna krafsade energiskt. Jag hörde att Jens andades tungt men jag vred inte huvudet för att titta på honom. Min hand beskrev en ny hjälplös båge.

"Han var så inställd på att inget av det han sade skulle föras vidare att det kändes som om han lättade sitt hjärta."

Det kändes skönt att vrida om kniven fast det är emot min natur att göra så. Som om jag drog ut en tagg ur ett infekterat sår. Men främst emanerade aktionen ur självförsvar. Bermeer hade förstås upprepat anklagelsen från igår när Bronsberg klivit ner i båten. I polisens öron hade vi varit presumtiva kidnappare och tjuvar alla tre.

Tills nu. Jag anade att vågskålen började väga över till vår fördel. Robertson tog ett djupt andetag och lutade sig tillbaka i sin stol. Så brukade han göra för att markera att samtalet är slut men den här gången var budskapet ett annat.

"Då återstår frågan. Vem mördade Max och var? Och varför skyller Bermeer på Lilian?"

Jens hade varit tyst så länge att hans annars så spänstiga röst lät torr.

"Som Freddy påpekade så trodde inte Bermeer att något av det han sade skulle föras vidare. Jag tror att det var sanningen vi hörde. Eller det han tror är sanningen. Lilian satt på huk vid Max döda kropp och pillade med en pistol."

"Du tror inte på självmord?"

"Kunde jag kanske gjort om inte Lilians avtryck hittats på patronerna."

"Det kunde vara hennes pistol som hon laddat långt tidigare. Bevisar inte att hon tryckte av."

Det var typiskt Robertson. Slänga ur sig en teori och sedan motsäga den. Efter att han fått medhåll.

Jenny hade inte heller använt sin tunga på länge. Hon såg lika trött ut som hon lät.

"Då är vi tillbaka på ruta noll. Ett mord som kanske inte är ett mord och en väska med pengar som vi inte har någon ägare till. Men jag håller inte med om att Bermeer försöker skylla på Lilian. Snarare vill han skydda henne."

Robertson svarade inte men han nickade fundersamt. *Vi är tillbaka på ruta noll, tänkte jag. Vi har inte med detta att göra längre.* När vi traskar ut härifrån om en stund är fallet avslutat för Freddys Agentur. Något arvode för utfört arbete skulle det inte bli men just nu var jag glad att komma ur härvan med heder och frihet i behåll. Men så enkelt var det inte. När jag gjorde mig klar att resa mig och gå gjorde Robertson en stoppgest. Jag satte mig igen.

"Vi har ett ouppklarat ärende, Larsson. Du har avfyrat ett vapen mot en människa i avsikt att skada eller oskadliggöra vederbörande. Du stannar kvar i häktet tills vidare. Ni andra kan gå."

Jag blev alldeles häpen. Det tog en stund innan jag fick ordning på talorganet.

"Jag har inte skjutit mot någon. Jag vred pistolen ur Bermeers hand för att han inte skulle skjuta en gång till."

Jag gjorde en svepande gest.

"Det finns vittnen."

Till min frustration såg Jens och Jenny helt oberörda ut. Jenny gjorde en gest som jag tolkade som *'osis, Freddy. Nu får du tänka ut något bra'.*

242

Hon till och med log på det där sättet som får mig att undra om jag är vaken eller drömmer. Jag kände mig gråtfärdig när de reste sig och gick mot dörren. Jens klappade mig på axeln och gav mig den mest deltagande blick jag någonsin fått. De lämnade rummet utan ett ord.

Jag gissade att jag såg lika gråtfärdig ut som jag kände mig när Robertson tog ett djupt andetag som om han samlade ihop sig till en slutplädering. Min harkling passerade falsettstadiet som den alltid gör när jag känner att någon står bredvid mig och vässar bilan. Innan jag hann kläcka ur mig idiotfrasen *undrar om jag skulle kunna få permission för att hämta bilen vid marinan* öppnades dörren av samma personer som stängt den ett ögonblick tidigare. Jens satte sig i stolen han lämnat. Han sade inte ett ljud. Jenny knallade fram till laptoppen som stod påslagen på skrivbordet och pillade en stund med ett USB-minne. Robertson iakttog henne med misstänksam min men han sade inte heller ett ord. Jenny är alltid ute efter den effekten när hon spelar upp sina komiska pantomimer. Tyst uppmärksamhet.

"Det här höll jag på att glömma."

Jag kunde inte se skärmen från min position. Bronsberg ställde sig snett bakom Robertson. Jenny stod hans andra sida. Jens satt kvar i sin stol och log. Han kunde inte heller se skärmen men det bekymrade honom inte. Han klappade mig tröstande igen och förklarade.

"Jag har sett den."

"Sett vad?"

"Jennys film. Den är ganska bra."

Jenny hade pillat färdigt och jag hörde plötsligt en röst jag kände förfärligt väl igen. Bermeers iskalla stämma när han berättade det jag själv återgett en stund tidigare. Jag himlade med ögonen, inte åt det jag förstod utspelade sig på skärmen utan åt Jennys humorshow som föregått spektaklet. *'Jag höll på att glömma'.*

Medan jag lyssnade och återkallade minnesbilderna erinrade jag mig att Jenny snappat åt sig en mobil hon pillat in bakom eldsläckaren. Den förbaskade tjejen hade inte bara räddat våra liv med sin pulversläckaraktion, nu räddade hon oss – eller mig – ur den efterföljande knipan. Men jag skulle aldrig förlåta henne att hon hade lämnat rummet och mig med den mest gastkramande ångest jag någonsin känt. Bilderna som fladdrat förbi hade inkluderat hela proceduren. Järndörrar som slog igen med det ödesmättade ljudet jag hört i så många filmer, rasslande nycklar när de låstes på tre ställen, bistra vakter, en flämtande glödlampa i en sladd från taket, kackerlackor som sprang över mitt ansikte när jag försökte sova. Det senare hade jag nog från någon film om något fängelse i bortre Indien. Kanske *Bangkok Hilton* med Nicole Kidman.

Jenny hade fått med hela dramat från ögonblicket när Bermeer placerade sig strategiskt på bänken till skummolnet som avslutat showen. Knallen från pistolen inne i dimman ekade en lång stund i mitt huvud. Jag tyckte det började bli ganska nervigt efter en stund fastän jag visste hur det skulle sluta. En skräckvision var att mobilen hade strejkat under det mest dramatiska ögonblicket, *skottet i dimman* som jag döpt det till. Lät som titeln på en dålig deckarhistoria.

Men det fanns ett annat slut – här och nu – regisserat av Robertson med Jens som huvudperson. Fast ofrivilligt från danskens sida. När Robertson flyttat över filen till sin dator, tagit ur USB-minnet och lämnat det till Jenny sträckte han handen mot Jens. När Jens låtsades oförstående knäppte han med fingrarna. Till och med jag förstod vad det handlade om. Papperet Jens fått av Bermeer. Den danske vännen suckade och drog fram det ur innerfickan. Robertson tittade inte på det utan stoppade det i sin innerficka. Hans mobil pep fram en trist signal. Den låg på bordet. En uråldrig modell med tryckknappar. En sådan som jag har och som Jens och Jenny brukar göra sig lustiga över. Men ingen gör sig lustig över Robertsons telefon om det så hade varit en svart bakelit från femtiotalet. Han lyssnade en stund, tackade för samtalet och nickade stumt mot oss alla tre.

"Polisen har hittat en båt vid Vargö Värdshus. En liten snabbgående sak som inte har anmälts stulen. Den hade drivit in och fastnat under bryggan. De har bogserat den till Nya Varvet för undersökning."

Där tystnade han. För att vi skulle dra egna slut-
satser, gissade jag. När han lutade sig tillbaka och
lade armarna över bröstet förstod jag att det var
det gamla vanliga budskapet. Tack för besöket.
Och jag var en fri man.

Min sista tanke innan jag traskade ut var att
Jens hektiska pladdrande innan Jenny satt igång
eldsläckaren haft ett syfte. Att distrahera Bermeer
så att han inte tittade åt hennes håll.

Kungligt inkognito

Jag brydde mig inte om att hämta bilen ute vid marinan just nu. Det fick anstå till nästa dag. Jag låtsades att jag inte hörde Jens sarkasm om att vissa bilar kunde man utan risk lämna obevakade med nycklarna i tändningslåset. Det enda jag kunde tänka var 'en stor whisky med mycket is'. Jens och Jenny uttryckte liknande önskemål när vi stannade till på trottoaren utanför polishuset för att fylla lungorna med stärkande syre. När vi kände att våra hjärnor började arbeta igen efter alla chocker och allt valsande mellan lögn och förbannad dikt lät vi blickarna svepa runt. Södra Vägen med ett antal trevliga ställen låg bara några hundra meter bort.

Vi slank in på ett ställe som hade ett namn som hade anknytning till gatans namn men också till en stadsdel i en stad på östkusten. Både Jens och Jenny behövde uppsöka det diskreta rummet. Jag slog mig ner i baren och beställde en sexa whisky, en flaska danskt öl och en whisky sour. En ung man – förutom mig enda gästen vid bardisken – höjde ögonbrynen men kommenterade inte den omfattande beställningen.

Som vanligt hade jag hamnat bredvid någon som behövde lätta sitt hjärta eller bara var pratsam. Han satt två stolar bort och höjde sitt glas när bartendern

247

anlände med mina tre glas och ölflaskan. Jag besvarade gesten och smakade på min whisky. Hans inledningsfras hörde inte till sorten jag är van vid.

"De e så jala skönt å komma till den här staden där man kan röra sig inkognito på gator och torg och sätta sig vid en bardisk utan att bli igenkänd. Folk blir så jala tjötiga när dom ser ett bekant ansikte."

Dialekten lät överdriven som om han var angelägen att tala om var han kom ifrån. Men ordet tjötig passade inte in. Tjötig säger man bara i Göteborg. Jag nickade tvekande. Borde jag känna igen honom?

"Jag förstår hur det kan kännas. Man vill ju ha sitt privatliv ifred."

Han nickade tillbaka som om han hittat en själsfrände.

"Jag slank in här för jag gillar namnet på plejset. Det är där jag bor."

Under ett ögonblick trodde jag att han bodde en trappa upp eller bakom köket i restaurangen. Men han menade nog att han bodde på Södermalm. Alla som bor på Södermalm tar för givet att alla svenskar vet allt om den stadsdelen och att de har varit där. Innan jag hann fråga vem han var och i vilken musikal han spelade huvudrollen damp Jens ner och hällde upp sitt öl. Han hade låtsats intresserad av en tavla på vägen till bardisken för att suga i sig samtalet förstod jag och konstaterade att han var på sitt skojiga humör. Han skålade också med den nye vännen.

"Jaså du är från söder? Skåning? Det hör man inte."

Den unge mannen mörknade genast.

"Vadå för jala skåne. Ja e från Stockholm."

Jens är specialist på frågande gester. Den här bestod av en ursäktande rörelse med handen som inte höll i ölglaset. I Köpenhamn skojar man om att Malmö ligger mot Sibirien till. Då kan man tänka sig var de tycker att Stockholm ligger. Jag trodde han skulle dra till med Kamtjatka eller Karelen. Men han höll sig inom Sveriges nationsgränser.

"Jaså, du är från Norrland? Det hör man inte heller."

Humor verkade inte vara en av den unge mannens utmärkande egenskaper. Hans röst var lika irriterad som ansiktsuttrycket.

"Kungliga huvudstaden om den är bekant."

"Nej, men så trevligt. Där är jag också född och uppvuxen."

Den unge mannen lade till ett förnärmat uttryck. Han såg komisk ut.

"Du låter som en dansk. Hur kan du vara född och uppvuxen i kungliga huvudstaden?"

Jag fick en känsla av att han svalde "jala dansk". Jens blir bara uppiggad av människor som hetsar upp sig för småsaker. Han betonade sin danska accent på samma sätt som den nye vännen betonade sin kungliga anknytning.

"Den Konglige hovedbyn, Köbenhavn."

Jag hade ingen lust att lyssna till en debatt om kungliga huvudstäder och vilken som var kungligast och störst. Jag gjorde en gest mot vår nye bekantskap.

"Berra här tycker det är skönt att komma till arbetarstaden där man kan röra sig inkognito. Han är van vid att bli igenkänd när han rör sig på gator och torg."

Berra var ingen bra gissning. Han förklarade med stämman tjock av indignation att hans namn var Carl Fredrik och gjorde en min som antagligen var tänkt att meddela att han var van vid mer kultiverade samtal än det som presterades här. Jens gjorde sin ursäktande gest igen.

"Förlåt. Jag trodde att jag anpassade mig till rådande klimat. Måste vara Freddys influenser som färgar atmosfären. Får jag fråga vad du jobbar med. Sjunger du på operan eller är du programledare i TV? Jag känner inte igen dig."

Han förklarade med låg röst att han sålde herrkläder i en exklusiv butik som bara förde exklusiva märken. Jens gjorde en förstående gest den här gången.

"Då förstår jag att folk vet vem du är. Alla känner apan? Då säljer du kläder till hans majestät kungen?"

Det är något konstigt med Jens samtalsteknik. Han kan vara hur fräck och insinuant som helst, ändå får han folk att prata. Carl Fredrik berättade först med fortfarande låg röst, senare med mera spänst i stämman att han varit bosatt på Söder i tio år och att han tyckte om att bo i en världsstad. Jala skillnad på en världsstad och en bondhåla som Göteborg. Jens låtsades intresserad. Det är kanske det som är knepet. Låtsas intresserad. Folk älskar att prata om sig själva, sin hemort och vilket fotbollslag man håller på.

"Tio år. Då är man etablerad. Var är du född?"

Rösten sjönk igen. Den här gången till knappt hörbar. När han sade eller mumlade Göteborg log jag för mig själv. Den överdrivna dialekten och användandet av ordet tjötig hade fått sin förklaring. Inga är så överlägsna som de inflyttade. Och inga är så nedlåtande mot sina födelseorter. Jens frågade var i Göteborg han var född och lyssnade med ett höjt ögonbryn till namnet Älvängen. Mitt ögonbryn åkte också i höjden. Älvängen är inte vad jag kallar Göteborg men det ligger inom pendelavstånd. Jag kom att tänka på en person jag träffar ibland på puben och som gärna berättar för alla hur mycket bättre allting är i Tyskland där han är född. Vid ett tillfälle satt han omgiven av

250

tyskar på besök och då berättade han med lika över-lägsen stämma hur bra det är i Sverige jämfört med kantiga Tyskland. Kanske är det så det går till. Alla har olika sätt att hävda sin tillhörighet. Bostadsort går bra om man tror att den är bättre, fotbollslag brukar också funka i vissa kretsar. Och det är alltid störst som gäller. Inte trevlig attityd eller vänliga människor. Om Stockarp är större än Klockarp så smäller det högre att bo i Stockarp även om människorna där är stöddiga och allmänt otrevliga. Jens är duktig på att spela tön-ten från landet som inte vet eller fattar någonting. Folk blir aldrig så pratsamma som när man ställer korkade frågor, brukar han säga. Får dem att tro att de är intel-ligentare än frågeställaren. Han brukar också säga att ingen ställer så korkade frågor som Freddy Larsson. Det är nog rätt men jag spelar inte. Mina frågor blir korkade av sig själva. Som den jag ställde nu. Bara för att fylla ut den paus som uppstått.

"Då känner du Bosse Larsson?

Han tittade frågande.

"Bosse Larsson? Fotbollsspelaren?"

"Nej, en annan Bosse Larsson. Han bor i Älvängen. Eller heter han Nilsson?"

Ingen svarade. De log inte ens. Jag erinrade mig en episod från lumpen när en av kamraterna på luckan hörde att jag var från Göteborg. *Då känner du Tomas. Knäppande fingrar men inget efternamn dök upp. Han bor i ett gult tegelhus. Du vet säkert vem han är.*

Jenny dök upp och slog sig ner till vänster om mig. De andra satt till höger. Hon sökte Carl Fredriks blick och log det bedövande leendet. Han såg nästan cho-ckad ut. Jag presenterade men berättade inte att hon är min syster.

251

"Carl Fredrik tycker att Göteborg är en bondhåla men här kan han röra sig inkognito."

Jenny älskar att spinna vidare på korkade inlägg. Hålfotsinlägg, brukar hon kalla dem.

"Inkognito är jätteskönt." Hon blinkade åt mig. "Gillar man inkognito skall man bekanta sig med Freddy. Ingen är så inkognito som han. Jätteinkognito, faktiskt."

Jätteinkognito? En ovanligt träffande beskrivning av mig. Mannen som inte finns, deckaren som inte syns. Mitt gamla tankespöke att jag är en produkt av någons sjuka hjärna knackade till i bakhuvudet. Som för att bekräfta mitt icke-tillstånd hällde Jens upp öl i sitt glas och Jenny grabbade tag i sin White Lady utan att titta på mig eller ens tacka med en nick. Självklart att drinkarna är serverade. Men när det skall betalas då finns jag. Eller min plånbok.

Jag såg Carl Fredriks ansikte i en spegel. Han kämpade för att fånga Jennys uppmärksamhet. Just nu var inkognito det sista han ville vara. Jag hade lust att tala om för honom att han spelade i fel division. Skall man ha framgång hos Jenny bör man ha utseende som Tom Cruise eller George Clooney och helst vara trevlig som Jens. Hon älskar skojiga killar som kan få henne att skratta. Mitt intryck av Carl Fredrik var att han inte var typen som fick folk att skratta. Åtminstone inte på rätt ställe och åt rätt sak. Jenny gled av den höga stolen och grabbade tag i sitt glas.

"Här är obekvämt. Vi sätter oss vid ett bord."

Jag noterade att Carl Fredrik såg både snopen och förnärmad ut. Det slog mig också att det vilar en kolossal dysterhet över en man som just blivit lämnad ensam vid en bardisk efter att ha inlett nya bekantskaper.

Djupdykningen från Kungliga Söder via bonnhålan Göteborg till Älvängen hade tagit styggt. Jag förstod också att Jennys byte av plats hade med avskildhet att göra. Hon ville diskutera det avslutade fallet.

"Är det verkligen avslutat nu? Jag tycker det finns frågetecken som inte rätats ut. Undrar om polisen anser att det är avslutat?"

Jens nick kunde tolkas som instämmande eller skeptisk. Han tog fram sin mobil och touchade fram sidan med anteckningar.

"Hur gick mordet till? Vem mördade vem? Varför släpa ut kroppen till båten och spela upp ett kidnappningsdrama?"

Jenny hängde på. Sådant här tyckte hon om, ställa frågor och låta dem hänga i luften.

"Hur kom Max över väskan med pengarna?" Hon drog i en örsnibb som inte syntes inne i det tjocka håret. "Ingen tror väl på allvar att Max gjorde inbrott i Hamburg."

Hennes frågande blick vandrade mellan våra ansikten. Den stannade på min intetsägande nuna. Jag kunde se det i en spegling i en inglasad tavla.

"Det är inte vår sak att räta ut frågetecken. Robertson var ganska irriterad när vi ifrågasatte hans teorier. Är det någonting han inte gillar så är det otillbörlig inblandning från Freddy och hans deckarfirma."

Jens snurrade sitt ölglas mellan fingrarna.

"Han var irriterad för att hans gode vän fört honom bakom ljuset. Men om vi utgår från att Bermeer tror att Lilian mördade Max av misstag eller medvetet och han vill skydda Lilian som Jenny var inne på, så är beteendet ganska logiskt."

Jag såg ingen logik i någonting men det var nog ingen som väntat sig.

"Vad händer med pengarna?"

Jens ryckte axlarna.

"Vad kan hända med pengarna? De återbördas till rätta ägaren. Lilian. Hon kan verifiera med kontoutdrag."

Ytterligare en spik i Bermeers kista. Han satt nog framför Robertson just och svettades medan han lyssnade till åtalspunkterna.

"Om det är sant att han har en polisanmälan för stöld liggande kan det faktiskt bli strid om kulorna. Taskigt att det fattades trettiotusen euro." Jag kom att tänka på en sak och kastade en blick på Jenny. "Har du gått upp i vikt?"

Hon gav mig den där blicken som föreslår ett besök hos psykiatern.

"Ser jag tjock ut?"

Nej, hon såg ut som vanligt. Jag beslöt att släppa ämnet. Det kan ha varit något annat som skrapat mot min höft i båten. En tjock plånbok eller en surfplatta. Men Jens släpper inga ämnen.

"Förklara dig, boss."

Jennys figur hör nog till de mest beundrade i centrala Göteborg. I synnerhet i jeans och ribbstickad tröja som hon hade just nu. Jag tror att hon är den mest eftertraktade gästen på varenda fest. Hon tackar nej till fler inbjudningar under en vecka än vad jag tackat ja till under hela mitt liv. Och det är inte bara hennes figur och söta ansikte som gör henne populär. Hon är skojig, intelligent och charmig. Jag harklade mig på mitt omständliga sätt.

"Jag tog fel. Tyckte du hade en liten mage när vi klev ur båten. Ursäkta."

Blicken hon gav mig den här gången var annorlunda. Granskande om jag försöker mig på en analys. Hon lade en hand på sin platta mage.

"Sedan när studerar du min mage så ingående?"

"Sedan den skrapade mot min höft. Men jag såg den inte ens. Bara kände den. Det var det som förvånade mig."

Nu tittade Jens konstigt både på mig och Jenny.

"Inte konstigt om man stöter emot varandra i det trånga utrymmet."

Han gjorde en paus som om han väntade en förklaring till, den här gången från Jenny. Det kom ingen. Jag kunde inte hålla tillbaka en känsla av att ämnet var besvärande. I ögonvrån såg jag att Carl Fredrik lämnade sin stol. Han hade sett ganska normalväxt ut på den höga stolen men när han stod på golvet kunde jag konstatera att han var påfallande kort. Inte mycket längre än Jennys en och femtiosju. Han sökte Jennys blick när han passerade bordet men hon tittade inte på honom.

Magarna började göra sig påminda, inte bara Jennys, och vi bestämde oss för att testa ställets matsedel. Jens som älskar medelhavsmat hade hamnat på rätt ställe, Jenny som äter allt som placeras på tallrikar var lika nöjd. Jag beställde en pizza och hoppades att den var lika läcker som beskrivningen. En karaff av husets rödvin rundade av önskelistan.

Jenny fortsatte med sina teorier som om det inte varit någon paus i samtalet.

"Kom vi fram till vilken pistol som använts vid respektive skjutning?"

Jag gav henne en trött blick.

"Nej. Men polisen kom fram till det med hjälp av ballistiska prover."

"Det var det jag menade."

"Då vill jag gärna höra din definition av 'vi'. Du och Robertson?"

Hon svarade inte. Servitrisen kom med vinet och vi smakade på det. Jens blick försvann ut genom ett fönster.

"Jag håller inte med om att Lilian kan kräva pengarna med hjälp av kontoutdragen. Kontot stod inte i hennes namn."

Det var sant. Innan jag hann hänga på framförde Jenny en teori.

"Pistolen jag hittade måste vara mordvapnet. Bermeer tog med den från hotellet när han transporterade kroppen till båten."

Jag höll upp handen.

"Ett ögonblick. Transporterade kroppen till båten? Hur transporterar man ett lik genom en lobby på ett hotell utan att någon reagerar?"

Varför hade vi inte tänkt på det? Den här gången blev jag avbruten av Jens.

"Vi skulle frågat Bronsberg lite mer ingående om själva händelsen i snipan."

Han tystnade. Vi hade väntat en fortsättning men han tycktes försjunka i egna tankar. Jenny gjorde en otålig gest.

"Frågat vad?"

"Frågat om de två kulorna från samma vapen som avfyrats med ett dygns mellanrum. Jag tror till exempel inte att en redan död kropp blöder om den får en kula till i sig. Krävs ett hjärta som pumpar runt blodet. Polisen på plats borde reagerat om Max inte blödde när de hittade honom i båten."

Jag fick äntligen en syl i vädret.

"De borde framför allt reagerat när de inte hittade mordvapnet. Varför göra sig av med pistolen när det fanns en naturlig förklaring som dessutom var till Bermeers fördel. Och varför kasta rakapparaten i sjön?"

Vi tystnade och lät blickarna försvinna i fjärran. Maten anlände. Medan vi tuggade i oss godsakerna gick mina tankar tillbaka till det Jenny sagt när vi slog oss ner. Är fallet verkligen avslutat? Nej, jag skulle få lära mig att det var långt ifrån avslutat. Jag väcktes av att Jennys mobil spelade sin glada melodi. Jens och jag lyssnade med viss förvåning när vi förstod att personen i andra ändan var Bronsberg. Förvåning därför att ärendet gällde beledsagande av polis till brotts- och fyndplatser i skärgården. Varför ringa Jenny? Hade det söta leendet börjat blockera även inspektör Bronsbergs analytiska förmåga. Bilden av torre Bronsberg hemligt förälskad i en av stans snyggaste tjejer ville inte tränga igenom så jag släppte ämnet innan det blev löjligt.

Ändrade förutsättningar

V äl inkapslad i ett skrymsle i varje mans huvud finns en egodröm som skulle få folk att vrida sig av skratt om den släpptes ut. I mitt fall består bilden av solbränd muskelknutte med gnistrande leende som charmar snyggingar av Michelle Pfeiffer-snitt som sitter bredvid mig i Bugattin och kastar beundrande blickar. Då och då besvarar jag de förälskade ögonkasten med en blinkning. Tacksam för den generösa gesten rör hon kärvänligt vid min arm. Jag skjuter fram hakan som tecken på att jag uppfattat hennes tillgivenhet.

Men den bilden är som sagt väl undanstoppad. Om Jenny och Jens anat vad som försiggår i den hjärncellen skulle de skratta tills de fick kramp. De är lika införstådda med den trista verkligheten som jag. Deras bild av mig är en tafatt deckare som står i ösregn och byter däck på sin gamla folkabuss medan tjejen huttrar inne i bilen. Om jag blinkar åt en tjej brukar hon fråga om jag fått något i ögat.

Jens egodröm är annorlunda. Han är medveten om sin dragningskraft på motsatta könet, inte minst för att Jenny är så svag för honom. Så han behöver inte drömma om att tjejerna skall falla, det gör de så gärna ändå. Men vid något tillfälle har det undsluppit honom att någonting i stil med en modern Newton skulle matcha hans karaktär och intellektuella kapacitet. Kanske inte lika skrattretande som min bild men ändå ljusår från verkligheten som i hans fall är en trött lärare som upprepar samma matematiska formler för samma uttråkade elever. Men vi har en sak gemensamt. Vi använder drömmarna som en mental livlina i en allt krassare värld.

Bronsbergs drömbild vågar jag inte ens gissa mig till men blicken som följde Jennys stjärt i de trånga jeansen när hon tog ett långt kliv från polisbåtens däck till den solida betongkajen på militärön antydde angenäm verksamhet. Den storvuxne polisman som skulle följa med oss till kanonbunkern på andra sidan Känsö torn såg också ut att uppskatta anblicken.

Vi traskade uppför sluttande ängsmark och runt stora klippblock tills vi kom till den brantaste delen, den som ledde upp till fyndplatsen. Medan vi stannade för att pusta klättrade eller småsprang Jenny som en bergsget uppför den branta slänten. Tilltaget tvingade oss att följa efter och att låtsas lika oberörda som hon när vi stannade nedanför kanonbunkern. Mitt försök att se ut som om jag bara traskat från hallen till köket i min lägenhet saboterades av en kvävd hostattack orsakad av att jag andades genom näsan i stället för munnen. En stund hostade jag som om lungorna var på väg upp. Alla tittade på mig med uppgivna blickar. Den store polismannen var helt oberörd av klättringen men Bronsberg visade åtminstone så mycket empati att han flämtade en smula. Vi visade var vi suttit och berättade än en gång om den tursamma incidenten med stenen som lossnat. Jag undrade vad som skulle komma ut av det här besöket när Bronsberg svarade som om han läste mina tankar.

"Rutin, Larsson. Så här går polisarbete till. Baseras på fakta, inte på gissningar."

Jag pekade nerför slänten mot den stora stenen som landat på en av de få gräsplättarna. Han tittade fundersamt.

"Såg ni inga rörelser nere vid båten. Eller hörde någonting."

Jag skakade på huvudet och förklarade att dimman varit så tät att vi nästan inte såg varandra. Hans hypotes att dimma förstärker ljud höll vi med om men vi hade inte hört någonting. Han var tyst en stund.

"Vi har varit inne i bunkern och tittat. Ser ut som om någon använt det som sovplats. Fanns ett liggunderlägg."

Jag tänkte inte avslöja vad Maud sagt om kärleksnäste men det behövde jag inte. Han sänkte rösten som om han pratade för sig själv.

"Någon hade glömt en liten fickspegel. En liten rund sak med rosa ram." Han tittade ut över vattnet. "Brukar du ha en fickspegel på dig, Larsson?"

Jag skakade på huvudet igen. Jag ägde inte ens en fickspegel. I synnerhet inte en med rosa ram. Han tittade på Jenny som inte kunde hålla tillbaka ett skratt.

"Jag brukar ha en i min väska när jag är ute på stan. Men inte när jag åker polisbåt i skärgården."

Bronsberg log på sitt inåtvända sätt.

"Vet ni att Maud Bermeer hade ett förhållande med Max Shaefer?"

Jag tittade på Jenny som mötte min blick. Vi nickade unisont. Vad spelade det för roll nu när spelet var över? Men allting spelar roll för nitiske Bronsberg. Han förklarade att fyndet var bevis för att Maud varit på platsen – hennes DNA fanns på spegeln – och därmed fanns en misstanke att hon också känt till väskan med de riktiga pengarna. Kanske bara väntat på en möjlighet att hämta dem.

Vi funderade tyst på hypotesen. Verkligen hypotes. Vad hade hänt med 'polisarbete baseras på fakta'? Jag sade ingenting men tankarna gav sig ut på eget spår. Om Max hade ristat in en slags vägbeskrivning som var tänkt för Lilian var det då inte troligt att Maud också fått en liknande anvisning. Kanske till och med fått platsen utpekad för sig. I så fall fanns det substans i Bronsbergs hypotes att Maud eller Lilian bara väntade på rätt tillfälle. En dimmig dag i november var ett alldeles utmärkt tillfälle. Vi hade slagit damerna Bermeer på mållinjen vid fynden av båda väskorna.

Vi traskade tillbaka till båten. Rorsmannen läste en tidning som han motvilligt lade undan. Vi kastade loss och satte kurs på nästa fyndplats, holmen där Bermeer spelat upp sin show framför polisens ögon och kameror. När vi gled in i viken var det mina kunskaper som efterfrågades. Jag fick till och med ta över rodret sista biten. Det var roligt att navigera en båt som reagerade direkt när man flyttade reglagen några millimeter. Som att parkera en bil, tänkte jag när jag stannade några decimeter från klippan. Att manövrera snipan krävde framförhållning. Den fortsatte tjugo meter efter att man slagit in full back och den behövde en radie på femtio meter för att komma runt när man ville vända och köra åt andra hållet. Men man kunde hjälpa till med backslag och propeller.

Återigen tråkigt rutinarbete. Vi visade Bronsberg var vi hittat pistolen och rakapparaten. En stund stod vi tysta och tittade på ingenting. Jag hade lärt mig att det var vid sådana tillfällen Bronsberg tog till orda. Hans ögon smalnade.

"Bermeer påstår att han har en fobi när det gäller rakning. Vill alltid se ordentlig ut."

Jag hade också lärt mig att den kärve polisinspektören kunde slänga ur sig ett påstående och när man väntade på fortsättning kom det ingen. Historien om rakapparaten var dessutom ganska ointressant så jag ställde inga följdfrågor. Men för att ha något att säga ställde jag en annan fråga.

"Vilka åtalspunkter utöver mord har ni på Bermeer?"

"Vi har inga åtalspunkter. Han påstår att han inte kände till de falska pengarna. Han vidhåller att det gick till som han sade från början. Max tvingade honom till båten under pistolhot. Rättsläkarens utlåtande betecknar han som falsarium och inkompetens."

"Men det kommer han inte långt med? Vad säger Robertson?"

Det blev tyst en stund igen. Bronsberg kastade en liten sten ut över vattnet. Det lilla plasket förstärkte vårt vankelmod. Han tog ett djupt andetag.

"Robertson har avsagt sig fallet. Han känner Bermeer sedan tidigare. Vill inte riskera jäv." Han gjorde en paus och en grimas. "Det är jag som har hand om det nu."

Jenny mötte min blick igen. Den tysta överenskommelsen blev att inte säga något om våra insikter i ämnet jäv. Jag undrade om kommissarien dragit sig undan officiellt eller om det rörde sig om en överenskommelse mellan honom och Bronsberg.

"Kan ni inte bevisa att han flyttade kroppen från hotellet? Inga kameror?"

"Kamerorna var avstängda just då. Inga vittnen varken på hotellet eller ute på gatan. Han har blivit riktigt aggressiv sedan han förstått att vi inte har något som

263

binder honom vid brottet. Den gamla vanliga visan. Ord mot ord."

"Men pengarna? Kan han inte bindas vid dem? Han är filmad när han påstår att det är hans pengar."

"Har han tagit tillbaka. Påstår att han sade så bara för att få er att förstå att ni skulle hålla era fingrar ifrån dem. Nu säger han att det är Lilians pengar. Han ville bara hjälpa henne att skaffa tillbaka dem." Han tystnade och tittade på oss med granskande blickar. "Skatteverket i Hamburg har krav på Bermeers firma på femhundratusen euro. Ett mål som avslutades med fällande dom för bara en vecka sedan. Pengarna har tillfallit skatteverket som delbetalning."

Jag trodde inte jag hörde rätt. Vi hade tagit för givet att fallet var nedlagt från polisens sida och att åklagaren skulle ta över från nu. Det kändes obehagligt att tänka att Bermeer snart kunde vara på fri fot. Inte minst för att han hade en gås oplockad med Freddy Larsson. Jag anade att utslaget i skattedomstolen hade med den ändrade äganderätten till pengarna att göra.

Färden tillbaka till Nya Varvet där vi klivit ombord tog mindre än tio minuter. Snipan hade behövt en halvtimme för samma sträcka.

Vi kände oss tomma i huvudet när vi stod på kajen. Jag önskade att Jens varit med. Han har en förmåga att tänka ut frågor som jag inte kommer på förrän det är för sent. Som frågan om det fanns andra hypoteser att arbeta efter vad gällde mordet. Jag föreslog en restaurang i närheten men Jenny ville hellre åka hem till mig och ta ett glas vin i lugn och ro. Det slog mig att hon varit ovanligt tyst under hela utflykten. Det fanns en anledning, skulle jag få lära mig.

Välkommen eller felkommen

Jag har ofta funderat på uttrycket 'trollen står i farstun när man pratar om dem'. Eller räcker det att man tänker på dem? Jag skulle få anledning att återkomma till det talesättet på ett ganska påtagligt sätt en stund senare.

Jenny slog sig ner i soffan medan jag hämtade en flaska vitt och två fina remmare jag fått av en kund. Riktiga remmare med tjock fot och vinmärkets namn ingraverat eller tryckt. Jag ser inte skillnaden mellan de två sätten att göra märken i glas men jag noterade att märket på glasen och etiketten på vinflaskan såg likadana ut. Det var en tillfällighet, jag plockar vin på måfå i hyllorna på systemet. Snygg etikett eller skojig flaska kan fälla avgörandet. Jag serverade tillsammans med en hemmagjord röra bestående av kräftstjärtar i currymajonnäs på runda ostkex. Små delikatesser som jag älskar att både servera och äta själv. När jag satte mig bredvid henne slog det mig igen att hon var påfallande dämpad. Inte alls den glada, skojfriska tjej som brukar pigga upp omgivningen bara genom sin närvaro. Men som jag nämnde fanns det en anledning. Vi åt och drack under tystnad. Det var hon som till slut bröt stillheten och började med en bekymrad blick på mitt ansikte.

265

"Kommer du ihåg vad du sade om min mage när jag stötte emot dig på båten?"

Jag mindes naturligtvis mycket väl men efter diskussionen i ämnet hade jag nöjt mig med förklaringen och lagt incidenten åt handlingarna. Så enkelt var det inte. Hon reste sig upp och gick runt soffbordet. Där ställde hon sig bredbent och klappade magen. Jag noterade att den lilla utbuktningen var där igen. När hon såg att jag var koncentrerad på hennes hyss gjorde hon något som Göteborgs befolkning av unga män drömde om att hon skulle göra framför deras ögon. Hon knäppte upp byxorna och drog ner dragkedjan. Jag hade ingen aning om vad det gick ut på. Om en av stadens snyggaste tjejer vill klä av sig inför publik väljer hon nog inte sin töntige bror. Men detta var ingen upphetsningsakt förstod jag när hennes hand försvann innanför trosorna och kom upp med en tygpåse som hon lade på soffbordet. Innan hon knäppte byxorna igen hann jag lägga märke till att hon inte skött bikinilinjen särskilt väl. Svart hår ovanför troskanten var nog inte godkänt. Men min koncentration flyttades genast till tygpåsen och dess innehåll. Slanten hade till slut ramlat ner och jag anade att jag strax skulle bläddra igenom de trettiotusen euro som fattats i den gula väskan. Och därefter skulle de moraliska aspekterna börja gnaga. Jag gjorde en frågande gest.

"Var?"

Hon ryckte på axlarna.

"Uppe i dimman när vi grävt fram den."

Jag nickade och gissade att jag inte varit hundra procent uppmärksam under den stunden. Chocken och glädjen hade nog fått även Jens att tappa koncentrationen. Att stoppa en bunt sedlar innanför byxlinningen tar inte många sekunder. Hon hade alltså suttit med pengarna mot magen under hela dramatiken i båten och även i närvaro av polisen. Fast Bronsberg hade nog inte haft en tanke på att tafsa en ung snygg tjej på just det stället. Jag suckade tungt.

"Och nu?"

"Ingenting."

"Du kan inte behålla trettiotusen euro, mer än en kvarts miljon kronor som du knyckt ur en annan persons väska."

"Hittelön."

"Hittelön får man av ägaren till pengarna. Står inte i lagen att man måste ge hittelön."

"Just det. Därför är det smart att fixa den själv."

Hon satte sig och tog en klunk vin. Vi funderade en stund under tystnad. Om hon gav pengarna till polisen skulle de skickas vidare till Hamburg och skatteverket. Om hon inte gjorde det skulle ingen sakna dem av den enkla anledningen att ingen visste att de fanns. Alla trodde att Bermeer tagit dem själv; att Max tagit dem eller att de aldrig funnits. Att summan hade varit tvåhundratusen hela tiden var nog den officiella versionen även i polishuset. Jag såg på henne att samvetet gnagde. Hon lade huvudet vädjande på sned medveten om att män blir mjuka av den gesten.

"Vi delar som vanligt. En tredjedel var."

Den överenskomna fördelningen av inkomster i deckarfirman var fyra delar; en del till firman och en del till oss var. Men i det här fallet var firman inte inblandad och det var inte vad jag kallar inkomst. Det kändes som en konspiration där hon försökte göra mig och Jens till medbrottslingar. Jag suckade och nickade och avbröts av dörrklockan. Jag tog för givet att det var Jens även om det inte var hans signal, två korta och en lång. Men det var rätt tid och då menar jag

267

både klockslaget och tillfället. Jag ville gärna höra hans åsikt. Jag gjorde mig ingen brådska ut i hallen.

När jag tramsade om talesättet *tala om trollen så står de i farstun* var det bara i allmänna ordalag och som en förflugen tanke apropå ingenting. Men nu hade ödet blandat sig i och beslutat sig för att skoja med mig. För så påtagligt har nog aldrig den sentensen besannats även om det var en stund sedan jag tänkt på personen vars stora blå ögon jag stirrade på. Fördröjd utlösning eller vad man skall kalla det. Jag svalde och rättade till rösten med hjälp av min ökända falsettharkling.

"Nej, men så trevligt. Välkommen, Maud." Jag hjälpte henne av med en elegant kappa och gjorde en gest in mot lägenheten. "Får det vara ett glas vin?"

Av någon instinktiv anledning talade jag högt och tydligt för att vara säker på att Jenny hörde. Inte för att det skulle vara någon katastrof om de två damerna träffades.

Jag valde mellan två presumtiva anledningar till Mauds besök. Den första var att diskutera fallet och använda mig som bollplank. Den andra vågade jag inte formulera ens i tankarna men den var av det angenäma slaget. Eller hade varit om inte Jenny suttit i soffan och sett fram emot en sådan föreställning. Men när jag kom in på deckarkontoret var det tomt på Jenny och det stod bara ett glas på bordet. Jag sneglade mot sovrumsdörren och noterade att den stod på glänt. Maud slog sig ner i soffan där Jenny suttit medan jag hämtade ett glas åt henne. En gråtfärdig biton ackompanjerade hennes stämma.

"Jag kommer direkt från polishuset. Jag måste prata med någon och jag kunde inte komma på någon bättre än du."

Bättre än du? Om det var fri tolkning av det uttalandet valde jag smicker. Du är den bäste. Den andra versionen var 'du får duga i brist på bättre'. Hennes accent lurade mig kanske. Hon fortsatte på sitt hektiska sätt.

"Den där konstige Bronsberg berättade att pengarna ni hittade har lämnats till polisen i Hamburg och vidare till skatteverket."

Jag nickade först instämmande, sedan beklagande.

"Bronsberg nämnde att ett pågående mål i ett skatteärende just avslutats och att din man förlorade. Jag beklagar. Pengarna är borta."

Jag slog upp fullt med vin i hennes glas. Hon svepte i sig alltihop och ställde glaset på bordet som en uppmaning att fylla det igen. Jag gjorde så och kontrollerade samtidigt alkoholhalten på etiketten. Elva procent kunde inte ställa till så mycket. Hon snyftade till.

"Varför behöll ni inte pengarna så kunde ni gett dem till mig eller Lilian."

Jag förklarade att i det kritiska ögonblicket hade Bermeer hållit i väskan och att Bronsberg hade krävt och fått den. Bevis i brottsmål.

"Det är mina och Lilians pengar. Men det där dumma skatteverket sade att det inte är personliga pengar utan det är firmans så de tillfaller skatteverket i alla fall. De skall dessutom ha trehundratusen euro till."

Jag gjorde en deltagande gest.

"Klarar firman att betala så mycket?"

Hennes uppgivna axelryckning kunde tolkas på flera sätt. Jag gissade att pengarna fanns men att det kändes orättvist att skatteverket ville ha dem. Tyckte Maud och Lilian. Men det tyckte inte domstolen. Jag kunde inte komma på något att säga så det enda som hördes i rummet de närmaste minuterna var hennes tröstlösa snyftande. Jag funderade på det Bronsberg sagt om Bermeers försök att slingra sig ur det hela. Fortfarande visste inte polisen vem som skjutit Max. Talesättet om trollen gjorde sig påmint igen eller det kanske var telepati den här gången. Hon blinkade bort tårarna.

"Han ville göra slut."

Den korta frasen hängde i luften en lång stund. Hade jag inte just tänkt på Max hade jag nog inte fattat vad hon talade om. Men det var det hon menade. Max ville göra slut. Jag sade ingenting eftersom jag förstod att fortsättningen var på väg. En näsduk som fladdrat över den fuktiga kinden hamnade på soffbordet. Jag betraktade den med tom blick medan hon fortsatte.

"Han kom upp på hotellrummet och sade att det var det bästa för oss båda."

Jag kände hur det började bulta i bröstet när jag förstod att den avgörande bekännelsen var på väg. Jag fyllde hennes glas igen. Det var inte mycket kvar i flaskan men glasen var små. Hon grabbade tag i glaset men drack inte.

"Jag blev förtvivlad. Visste inte vad jag gjorde. Det svartnade för ögonen. Jag sade att jag behövde gå på toaletten. När jag kom tillbaka hade jag en pistol i handen. Den låg i Lilians låda i en byrå. Jag hade aldrig hållit i en pistol och visste inte hur man gör för att den skall bli skjutfärdig. Spänna hanen tror jag det heter. Men den var tydligen spänd för när jag nuddade vid avtryckaren gick den av. Det satt ett långt rör på pipan. Ljuddämpare måste det ha varit för det hördes nästan ingenting när kulan for iväg."

Hon tystnade igen. Blicken var så frånvarande att jag gissade att hon gjorde en snabbvisit på en annan planet. Den oändliga tomhetens himlakropp där så många varit men som ingen kan beskriva. Jag lade handen på hennes arm. Hon reagerade som om hon väntat på gesten och kastade huvudet mot mitt bröst. Snyftningarna tilltog i ljudstyrka och frekvens. Jag är nog det mest tafatta som finns i sällskap med gråtande kvinnor. Ja, jag är nog lika tafatt även om de inte gråter men det är en annan historia. Jag lade försiktigt armen om hennes skuldror. Samtidigt slog det mig att jag trots allt är deckare och att jag var involverad i fallet. Några frågor vore på sin plats.

"Dog han genast?"

Jag kände hur hennes huvud rörde sig mot min bröstkorg. Nick, gissade jag.

"Vad hände sedan? Kom någon in rummet?"

Samma procedur. Nickande rörelser mot mitt bröst.

"Lilian?"

Ny nickning. Jag förstod att det var så jag måste ställa frågorna. Så att hon kunde svara med en nick. Jag fortsatte så och tänkte att det var nog den konstigaste förhörsteknik någon deckare hade använt. Det framgick att Lilian funnits i sviten hela tiden. I panik hade de två ringt Bermeer som hjälpt dem att skaffa undan kroppen på det sätt Bronsberg spekulerat i. Han hade burit den över axeln insvept i en filt eller ett lakan ut till bilen. Tydligen hade finansmannen fått all information i telefon.

Jag gjorde en paus när de häftiga snyftningarna avtog och övergick i stillsamt gråtande. Bekännelsen hade tagit kraften ur det spända psyket. Min blick vandrade planlöst runt rummet medan jag funderade på hur jag skulle fortsätta. Den fastnade på ett föremål jag inte kände igen. En mobil nerstucken i ett dricksglas av senapstyp. Upptäckten fick mig att tappa koncentrationen och jag klappade skjortfickan för att konstatera att det inte var min. Varför i hela friden sticka ner en mobil i ett glas i stället för att lägga den på bordet eller ha den i fickan. Det tog en stund innan jag erinrade mig Jennys listiga filmning av episoden i båten. Nu gjorde hon det igen. Jag förstod att jag förväntades ställa de rätta frågorna. Till min lättnad hämtade Maud sig med djupt andetag. Jag nickade för att muntra upp henne.

"Förstår du att detta vänder upp och ner på allting. När polisen får reda på vad som verkligen hänt kommer ni att få det hett om öronen alla tre."

Hon tittade bedrövad på händerna som vilade på hennes lår.

"Måste de få reda på det? Kan det inte stanna oss emellan?"

Om inte Jennys mobil hade registrerat samtalet hade jag nog övervägt hennes vädjan. Men det fanns en annan aspekt. Min egen roll.

"Om det stannar oss emellan kommer din man kanske att gå fri och då blir jag, min syster Jenny och min gode vän hans nästa byte. Han kommer att anklaga oss för att ha försnillat pengarna."

Hon såg ut som om hon tänkte börja gråta igen. Jag ville lindra hennes kval men tanken att låta Bermeer slippa undan fanns inte. Han hade medverkat till att skaffa undan ett lik; han hade iscensatt en kidnappningshistoria och försökt skylla mordet på offret. Han var inblandad i anskaffande av falska pengar. Pengarna i gula väskan var också ifrågasatta sedan vi fått reda på att det fanns ett pågående skattemål mot honom. Han hade fyrat av en pistol mot Jens med avsikt att döda, först honom och sedan Jenny och mig. Nej, hur synd jag än tyckte om den hulkande kvinnan så vägde de andra synpunkterna kraftigt över. Just nu stod säkert Jenny med örat mot dörren och försökte hypnotisera mig att säga nej till förslaget.

Å andra sidan spelade det ingen roll vad jag sade, mobilen var hennes bevis. Igen. Den förbaskade tjejen hade inte bara hittat båda väskorna med pengarna och räddat livet på oss i snipan, nu löste hon fallet åt polisen också. Jag funderade på det senare. Vilket straff skulle Maud få? Om hon stod fast vid att pistolen gått av misstag kunde hon komma undan med villkorligt. Dråp av misstag. Lilian klarade sig helt genom att Maud sagt att hon hämtat pistolen själv. Hennes fingeravtryck på patronerna hade sin förklaring. Medhjälp till att flytta kroppen var allvarligt men med tanke på hennes tidigare ostraffade liv skulle även Lilian komma undan med en tillrättavisning. Skurken var Bermeer.

Jag samlade mig för att framföra synpunkterna när det slog mig att mobilen registrerade allt. Det var kanske olagligt att påverka en misstänkt i ett brottsfall. Så jag förblev tyst. Dörrklockan ringde igen. Den här gången var det Jens signal. Maud ryckte till och stirrade förskräckt på mig. Jag förklarade att det bara var min gode vän. Hon for upp och tackade för vinet. Medan jag följde henne till hallen lutade hon sig mot mitt öra.

”Om du går till polisen med det här så kommer jag att neka till allt. Jag är så naiv.”

Jag hjälpte henne på med kappan. Den ändrade tonen var lika markant som oväntad.

”Jag är ledsen, Maud men det bästa du kan göra är att gå till polisen själv. Be att få prata med Robertson. Betona att du handlade i affekt och att du inte visste att pistolen var osäkrad.”

Dörren öppnades och Jens studerade våra ansikten med först förvånad och sedan munter min. Han hade inte träffat Maud. Jag presenterade snabbt och innan han hann formulera sina insinuationer öppnade jag dörren och tog adjö av Maud.

"Glöm inte vad jag sade. Det är för ditt eget bästa."

Dörren stängdes bakom henne. Jag gjorde en gest in mot deckarkontoret och vi traskade dit. Vid soffbordet satt naturligtvis Jenny och pillade med sin mobil. Jag gjorde en uppgiven gest medan jag gick för att hämta en ny flaska och ett glas till Jens. Jennys glas stod på bordet. Jag skakade på huvudet.

"Jag vet vad du håller på med. Jag såg mobilen i glaset. Var glad att jag inte fyllde det med vin."

Det var precis vad hon gjorde nu. Fyllde sitt glas med vin. Jens och jag fick fylla våra glas själva. Hon förde det till munnen och blinkade menande.

"Om jag inte hade ställt den där hade du mjuknat och bestämt att inte säga något till polisen. Och som tack hade hon dragit ner byxorna och bjudit dig på en resa och då hade mobilen filmat det i stället. En komedifilm."

Jag ignorerade insinuationen. Jens fick en sammanfattning av dagens händelser, från Känsö via den notoriska holmen till mitt deckarkontor. Han nickade eftertänksamt när vi tystnat.

"Låter konstigt."

"Vad låter konstigt?"

"Att hon berättade för dig att hon skjutit Max men att hon inte vill att du skall föra det vidare."

Jag gjorde en slapp rörelse.

"Logik och analytisk förmåga är inte vad man förknippar med Maud. Men hon är bra på spontanitet. Och hon behövde lätta sitt hjärta."

274

Jens såg inte övertygad ut. Han föreslog att vi konsulterade Bronsberg för att förhöra oss om utvecklingen av fallet och samtidigt kunde vi låta oss undslippa att vi träffat Maud. Dörrklockan ringde igen. Jag suckade och undrade om Maud ångrat sig. Jag traskade ut och öppnade både dörren och mina ögon så stort jag kunde. En stor kroppshydda fyllde mitt synfält. En hydda som fyllt dörröppningen många gånger förut. Bakom honom skymtade jag Lena, hans assistent och min gamla klasskamrat. Jag gjorde en gest in mot deckarkontoret.

Lena hade aldrig varit i min lägenhet och tittade sig omkring med en blandning av nyfikenhet och häpnad. Det senare när hon fick syn på min Toulouse-Latrec som jag flyttat från deckarkontoret till hallen. Jag får medge att den är lite för stor för utrymmet. Dörren till kontoret stod öppen och vi gick in. Jag presenterade Jens som inte hade träffat Lena. Hennes blick fastnade på min lilla bar och ett leende drog över hennes ansikte. Jens och Jenny hade rest sig när hon kom in men ingen sade någonting. Som vanligt när Robertson är närvarande. Alla väntar på att han skall inleda samtalet. Det gjorde han med sin vanliga myndiga stämma.

"Vad ville Maud?"

Vi förstod att polisen haft spaning på henne. Men jag förstod inte varför Robertson dök upp och inte Bronsberg. Han tittade inte på någon av oss när han fortsatte.

"Ombytta roller, Larsson. Bronsberg har ansvaret för fallet, men inget hindrar mig och Lena från att delta i spaningarna."

Alla slog sig ner. Det var plats för tre i soffan och två fåtöljer stod på andra sidan soffbordet. Jens och Jenny satte sig i soffan där de suttit nyss och de två poliserna valde fåtöljerna. Jag satte på kaffekokaren innan jag slog mig ner på kanten av mitt stora skrivbord varifrån jag hade ögonkontakt med alla utom Jens. Skrivbordskanten var för övrigt hans favoritplats när vi diskuterade våra fall. Det var många roller som var ombytta. Det skulle strax bli en till. Jenny svarade på frågan som Robertson ställt till mig.

"Hon berättade att det var hon som skjutit Max men att det skett av misstag. Hon vet inte hur en pistol fungerar och trodde att den var säkrad."

Det kändes skönt att hon sade det. Om Maud anklagade mig för att ha missbrukat hennes förtroende kunde jag med gott samvete säga att det hade jag inte. Robertson såg inte förvånad ut.

"Låter inte det lite svagt? Max kommer på besök och hon går och hämtar en pistol. Var kom den ifrån, hur visste hon var den fanns och vad skulle hon göra med den? Fyra av den av misstag i bröstet på sin älskare?"

Jenny ryckte på axlarna.

"Hon påstod att han kommit för att göra slut och att hon blev förtvivlad och inte visste vad hon gjorde."

"Ännu svagare. Om någon vill göra slut med dig, skjuter du då ihjäl honom ögonblicket efter han sagt det?"

Jag såg på glimten i Jennys öga vad hon tänkte. *Ingen gör slut med Jenny.* Det är hon som sparkar ut pojkarna. Hon reste sig och gick fram till min dator där hon pillade en stund med en kabel och sin mobil. Vi satt tysta och väntade. Jag förstod att hon laddade över filmen till datorn. Kaffekokaren meddelade med ett slurpande ljud att kaffet var färdig. Jens gick och hämtade koppar och placerade ut dem tillsammans med några kakor jag förvarar i en plåtburk. Jenny

276

pillade vidare med datorn och jag gick och hämtade det rykande kaffet. Medan jag hällde upp såg jag i ögonvrån att hon vred laptoppen så att alla kunde se skärmen. Hon startade filmen och satte sig på skrivbordskanten där jag suttit. Jens gick dit med hennes kopp.

Hela föreställningen var med. Robertson nickade uppskattande och sköt fram hakan på det där sättet som säger 'bra jobbat igen, Jenny'. Jennys filmer var ovärderliga för polisen i ärendet med den skjutglada familjen Bermeer. I sista scenen kom Jenny in i det då tomma rummet och stängde av mobilen. Vi smuttade fundersamt på kaffet och knaprade på kakorna. Jenny tog sin kaffekopp och satte sig mellan Jens och mig på soffan.

"Vad är det som är svagt?"

Lena svarade.

"Vi tror att det är en efterkonstruktion och att den som instruerat henne är Bermeer."

Jag hörde mig själv fråga vad som i så fall egentligen hänt och fick svaret att det visste man inte. Bara att det verkade väldigt konstigt att Maud plötsligt var i händelsernas centrum. Hon hade inte gjort mycket väsen av sig tidigare. Bara letat efter väskor som hon inte hade hittat. Jens bytte ut kaffekoppen mot vinglaset och tog en klunk. Han dricker inte gärna kaffe men när han gör det skall det vara nymalet och bryggas med nykokt vatten i en riktig kaffekanna. Mitt kaffe kallar han ljummet blask.

"Skulle Bermeer komma undan om Maud tar på sig skulden och hur kan hon vara så korkad att hon ställer upp på det?"

Robertson gjorde en uppgiven gest. Det var tydligt att han tagit avstånd från sin gamle vän och att beundran höll på att ersättas av förakt.

"Det är den frågan vi måste lösa. Maud är lättmanipulerad och dessutom glad i starka drycker. Bermeer känner henne naturligtvis väl och vet hur han skall få henne dit han vill. Vi tror att han övertygat henne att hon inte får något straff om hon tar på sig brottet. Precis som Larsson gjorde men med en annan tanke bakom."

Jag muttrade något om att jag inte ville att hon skulle ställa till det för sig själv men då trodde jag hon talade sanning. Robertson nickade.

"Det kan mycket väl bli så att han kommer undan och att hon får ett lindrigt straff. Därför vill vi förhindra en sådan utveckling. Vi behöver all hjälp vi kan få."

Hoppsan! Robertson vädjar om hjälp och vänder sig till Freddys deckarfirma. Jag kände hur det började jäsa i bröstet. Det gick över när jag såg att han tittade på Jenny. Hon smuttade på sitt kaffe.

"Hur tror ni att det gick till när Max blev skjuten? Är ni säkra på att det hände på hotellet? Finns det blodspår eller annan DNA? Har Lilian någon roll i det här?"

Hallå igen! Det är min deckarfirma och jag som ställer frågorna. Om jag kommer på några. Jag hörde Lena berätta att sviten var full av alla inblandades DNA. Teknisk bevisning fanns men kunde inte bindas till någon enskild. Det var det Bermeer hade räknat ut och förlitade sig på. Äntligen kom jag på en fråga. Jag räckte nästan upp handen.

"Motivet? Vem hade motiv att skjuta honom?"

Lena svarade att alla hade motiv. Bermeeer som bedragen äkta man, Maud som försmådd älskarinna, Lilian var bedragen på vad hon ansåg var hennes pengar. Jag protesterade och sade att pengarna var beslagtagna av skatteverket. Lena sade att vid tiden för mordet hade alla trott att pengarna var tillgängliga bara man hittade dem. Max hade inte trott, han hade vetat. Jag suckade när jag insåg att min fråga inte varit så genomtänkt. Jag borde frågat vem som tjänade på att Max var röjd ur vägen. Men jag fattade inte vad vi skulle kunna göra som polisen inte kunde göra eller redan hade gjort. Begreppet köra fast gnagde nog i allas huvuden vid det här laget. Vi drack upp kaffet under tystnad.

Det slog mig att under resans gång hade Lilian engagerat mig för att hitta pengarna i båten, Bermeer hade engagerat mig i samma ärende, därefter hade båda engagerat mig för att hitta den andra väskan. Båda uppdragen hade slutförts. Nu var jag engagerad av polisen att försöka lösa upprinnelsen till hela soppan, mordet på Max.

Eller de hade engagerat Jenny. Jag kom att tänka på tygpåsen med pengarna. Just då reste hon sig och jag såg till min förskräckelse att hon stoppat den innanför magen igen. Hörnen på sedelbuntarna avtecknade sig vagt mot jeanstyget. Jag grabbade tag i mitt vinglas och hoppades att jag skulle klara mig ur det här utan att få hjärnblödning. Men jag förstod att jag såg tygpåsens konturer för att jag visste att pengarna fanns där. Ingen annan tittade på den delen av hennes kropp. Poliserna tackade för kaffet och gick. Robertson hade varit här så många gånger att det kändes onödigt att följa honom till dörren men jag gjorde det ändå. Jag stannade i hallen och lyssnade till deras steg nerför trappan. Jag bodde på första våningen så det tog inte lång stund innan de var borta. Men det tog lång stund att sortera vad som hänt den senaste timmen. Jag gick tillbaka till kontoret och satte mig där Lena suttit. Jens snurrade sitt glas som han brukar göra när han letar efter logiska förklaringar. Han suckade djupt och tittade på Jenny.

"Om du har skjutit din älskare och bestämmer dig för att berätta det för någon, tror du inte att du blir fruktansvärt upprörd när du återkallar hela episoden?"

Jenny tittade misstänksamt på honom.

"Hon var upprörd. Hon snyftade hela tiden."

"Hon snyftade bara när hon berättade om de förlorade pengarna. När hon kom till mordet handlade det om tekniska detaljer."

Han gjorde en rörelse, kom emot någonting med rumpan och halade fram en mobil som fastnat mellan dynorna i soffan. Han lade den på bordet.

"Du får hålla reda på din mobil när du hånglar i soffan, boss." Han återgick till ämnet. "Maud sade att pistolen nästan inte hördes men även en pistol med ljuddämpare ger ifrån sig en knall som hörs tydligt och känns tydligt när man trycker av. Åtminstone för den som håller i vapnet."

Jag tog en kaka och knaprade lite i kanten.

"OK, hon var inte tydlig nog. Vad bevisar det?"

"Det är inte bevis jag är ute efter. Bara logiska förklaringar. Varför berättade inte spontana Maud hur hemskt det var att se en människa hon älskat liggande död framför henne och känna en fruktansvärd ångest för att det var hon som dödat honom?"

Vi uppfattade frågan som retorisk och svarade inte men våra frågande uttryck talade om att vi inte förstod vad han var ute efter. Han tog också en kaka men höll den bara i handen.

"Jag tror att hon aldrig har hållit i den pistolen."

Nu fattade vi ännu mindre. Hennes fingeravtryck måste ju funnits på den. Jens spann vidare. Magistern älskar teorier.

"Jag tror att det inte fanns några fingeravtryck. Den som fyrade av måste varit extremt noga med att torka av den. Vederbörande ville nog att Maud skulle placera sina avtryck på den men hon fanns inte i närheten."

Medan vi funderade på det började det knorra i min mage. Det påminde oss om att vi inte ätit på hela dagen. Åtminstone inte Jenny och jag. Vi bestämde att traska tvärs över gatan till en grek som brukade servera goda pizzor. Framför allt kände jag att hjärnan behövde syre och energi. En förfärlig massa tänkande den sista tiden. Min hjärna är inte van vid det.

Talande Bevis

Jag medger gärna att jag har fel. Om jag har det. Men det måste gå i rätt ordning, göra fel först och medge sedan. Inte som nu när Jens satte ögonen på mitt förvånade ansikte. Ja, det blev inte förvånat förrän han kläckte ur sig sin anklagelse.

"Medge att du har fel."

Den unga grekiska servitrisen hade just placerat våra pizzor framför oss och slagit upp rödvin i mitt glas. Jag uppfattades som värd och fick provsmaka. Jag nickade vänligt mot flickan i samma ögonblick som han sade det. Hon tittade också häpet på honom som om det var fel på vinet som jag just godkänt.

Men det gällde något helt annat. Jens kan plötsligt komma ihåg ett ämne från en månad tidigare och ta upp det som om vi just diskuterat det. Detta låg inte så långt tillbaka i tiden.

"Varför skjuta honom? Hela familjen ville åt pengarna och den ende som visste var de fanns var Max."

Jag tittade på honom och slog ut med handen.

"Har jag påstått något annat?"

"Hade du gjort om jag inte förekommit dig."

Som jag sade, jag vill gärna göra tabben innan jag medger att jag har gjort den. Sådant bekymrar inte Jens. Han smakade på vinet innan han skar en bit ur sin pizza. Handen åkte ner i hans byxficka och kom efter en stunds grävande upp med en mobil som han lade på bordet. Jag tittade förstrött på den. Han ryckte på axlarna.

"Jag trodde att det var min så jag stoppade den på mig. Nu kände jag att min ligger i bröstfickan. Det här är din."

Det tog en stund innan slanten började snurra på jakt efter en springa att ramla ner i. Det var utan tvekan mobilen han hittat i min soffa. Jag har två mobiler, en gammalmodig med knappar som jag helst ringer med och en smartphone med touchfunktioner som jag inte tycker om. Har den mest för att inte göra mig till åtlöje på puben. Men båda mina mobiler var tryggt nedstoppade i fickor i min kavaj. Jag tog upp dem för att övertyga mig. En jäkla massa mobiler, tänkte jag.

"Det är inte min."

Nu var det hans tur att se häpen ut. Våra hjärnor arbetade medan käkarna malde pizzor. Jenny som satt bredvid Jens tog upp sin mobil. För att göra saken värre trodde jag, men hon ville titta på ett avsnitt ur sin film innan hon lade sig i diskussionen.

"Måste vara Mauds. Ramlade säkert ur hennes ficka när hon klängde på dig."

Hon hade inte klängt, bara lutat huvudet mot mitt bröst men det var logiskt att hennes kroppsställning varit sådan att ett föremål kunnat glida ur någon ficka. Jenny tog den i handen och tittade som om den skulle säga något till henne. Just då ringde den. Hon tittade frågande på oss innan hon svarade med tveksam röst. Hon lyssnade en stund innan hon berättade för uppringaren att han inte var anträffbar för tillfället men att hon skulle be honom ringa tillbaka så snart som möjligt. Hon stängde av och tittade på oss en lång stund.

"Han frågade efter John Bermeer."

Vi tittade på henne för att se om hon skojade. Min kommentar var inte genomtänkt.

"Varför ringde han på Mauds telefon om han vill ha tag i John Bermeer?"

Jag hörde själv hur dumt det lät men hann inte rätta mig innan Jens gjorde det. Med samma fras som ställt till det för en stund sedan.

"Medge att du har fel."

Den här gången var det rätt ordning. Tavlan först, medge sedan. Det var Bermeers mobil. Frågan borde varit varför Maud gick omkring med Bermeers mobil. Just nu var han säkert i stort behov av den för att hålla kontakt med advokater och personer i firman som säkert behövde förhållningsorder när chefen var borta. En annan teori var att han glömt den på hotellrummet eller bett sin fru ta hand om den och svara på samtal eftersom det kunde vara förbjudet att använda mobil i häktet. Frågorna dansade runt så att jag blev yr. Jag blir väldigt lätt yr när jag anstränger det jag kallar mitt deckarhuvud. Jens blir aldrig yr.

Han sträckte handen mot Jenny som verkade glad att bli av med telefonen. Han knappade koncentrerat en stund innan han lyfte blicken och placerade den på mitt ansikte.

"Exakt när spelade Bermeer upp sketchen med Max i snipan?"

Jag behövde inte söka i minnet. Dramat vid holmen hade utspelat sig den femte oktober. Han knappade en stund till och nickade bekräftande.

"Historiken är inte rensad sedan i augusti." Han började läsa med mässande röst. "Den fjärde oktober klockan 09.24 sms till Max. Vill träffa dig snarast." Nytt knappande. "09.38 sms från Max att han kommer klockan 10.30." Nytt febrilt knappande. "sms svar från Bermeer: OK, jag väntar." Ny knappande paus. "Sms från Bermeer. Rumsnummer så och så. John är inte här."

Det sista fick oss att skaka våra förvånade huvuden. Jens gjorde en förklarande gest.

"Det är inte Bermeer som sms:ar, det är Maud. Tydligen gemensam mobil. Hon fungerar som någon slags sekreterare. Många samtal från Tyskland, kan jag tänka mig."

Jenny höll upp en protesterande finger.

"Så uttrycker sig inte en kvinna som vill träffa sin älskare. Jag tror att det är Bermeer som vill lura Max till hotellet. Tydligen känner Max inte till sviten eftersom han meddelar rumsnumret."

Nu var det jag som protesterade.

"Hur skall man uttrycka sig kärvänligt när man sms:ar?"

"Till exempel kan man istället för *OK, jag väntar* skriva *jag väntar, älskling*. Inte mycket längre."

Något att fundera på om mobilen var gemensam. Men ordet älskling hade inte varit genomtänkt om det var Maud som skrivit och hennes man hittade sms:et. Jens tittade på mobilen som om han försökte psyka den.

"Om det är John som sms:ar vet han att de ligger kvar i historiken. Han vet att om mobilen kommer i orätta händer kan det ställa till det för honom."

Jenny hade avslutat sin pizza och koncentrerade sig på vinet.

"Han tror att den är i säkert förvar hos Maud och att polisen inte skulle konfiskera hennes mobil. Robertson tror nog att hon inte klarar av att skicka ett sms."

286

Det lät logiskt och smart av Bermeer. Han hade säkert en egen mobil som var helt ren. Historiken borttagen. Jag tänkte belåtet på att Robertson bett oss jobba vidare. Nu hade vi något att komma med. Men hur bevisa att det var Bermeer och inte Maud som kommunicerat med Max. Det var faktiskt avgörande. Mobilen i sig var inget bevis. Jens var inne på samma tankegång.

"Tänk om Maud håller fast vid sin historia att det var hon som sköt. Då är det här inget värt."

Jenny drack ur sitt rödvin.

"Då måste vi få henne att ändra sig eller vi måste få henne att försäga sig." Hon gjorde en paus. "En annan sak. Maud är ganska taskig på svenska. Hon är tysk, Max är tysk. Om hon hade skickat meddelandena hade de säkert varit skrivna på tyska."

Jens lutade hakan i handen.

"Avtala en tid med henne. Så snart som möjligt så att hon inte hinner kommunicera med Bermeer. Han förstår direkt vad vi är ute efter."

Jag nickade instämmande och belåtet tills jag noterade att alla blickar vilade på mitt ansikte. *Just det, chefen*, läste jag i uttrycken. Sätt igång. Jag valde mellan alla mobiler, bestämde mig för min gamla knapptelefon och brydde mig inte om suckarna när jag tryckte fram det inprogrammerade numret till hotellet. Jag hörde mig be receptionisten koppla mig till familjen Bermeers residens.

Mitt tillgjorda leende dog ut när jag lyssnade till rösten i andra ändan. Det var inte Maud som svarade, det var Lilian. Ramsan jag tränat in fastnade i halsen och övergick i ett fånigt skratt, något jag också är bra på. Men jag behövde inte bekymra mig, Lilian babblade på i hektisk anda och sade att hon ville träffa mig snarast. Jätteviktigt. Jag förklarade att jag inte var ensam och sade att vi skulle vara på hotellet om en halvtimme.

Varför skall det vara enkelt

Medan vi rullade i minibussen funderade jag på det Robertson sagt om att Bermeer kunde komma undan. Hur var det möjligt? Han hade avlägsnat en kropp från en mordplats. Det borde vara både straffbart i sig och bevis för hans inblandning. Kunde rättssystemet vara så fyrkantigt att man kunde komma undan med sådant utan straff. Man hade ju hört talas om brottslingar som kommit undan genom att skylla på varandra. Eller hade han bara menat att han kunde komma undan själva mordanklagelsen? Jag hittade en parkeringsplats mellan hotellet och älven. Om Maud vidhöll sin historia var vi tvungna att spräcka den på annat sätt. Jag framförde synpunkten till Jens som gick bredvid mig. Jenny hade bråttom som vanligt och var redan framme vid hotellet. Jens nickade eftertänksamt.

"Vi måste få reda på alla tidpunkter och luska ut var alla befann sig just vid tiden för hennes påstådda dåd. Jätteviktigt."

Han använde samma ord som Lilian gjort i telefon. Jätteviktigt. Jag började ana att den närmaste timmen skulle bli avgörande för framgången i fallet. Men hur skulle vi få fram de viktiga uppgifterna? Vi hade planerat en frågestund med Maud. Var hade Lilian sin lojalitet? Hos Maud eller John? Eller hade det gått därhän att var och en måste tänka på sig själv.

Lilian väntade i lobbyn. Hon verkade upphetsad och skyndade före oss till hissen. Färden gick till sviten och inte till restaurangen som jag väntat. Men det fattades ingenting i sviten heller. Barskåpet var välfyllt och knapriga saker var framdukade på bordet i dagrummet. Vi slog oss ner, Jens i en av liggfåtöljerna som jag kallar dem, Jenny och jag på två bekväma stolar. Lilian serverade vin i eleganta glas, slog sig ner i den andra liggfåtöljen och önskade oss välkomna. Det hela var egendomligt formellt.

När vi skålat lät hon blicken vandra mellan våra ansikten. Den fastnade på Jennys men orden var riktade till oss alla.

"Bronsberg ringde för en stund sedan. John har tagit tillbaka allt och har återgått till den ursprungliga versionen. Max kidnappade honom. Skottet gick av under tumultet i snipan."

Jag noterade att alla ögon spärrades upp. Det ställde allt på huvudet. Jens återfick talförmågan först.

"Vad händer då med Mauds erkännande? Och vad händer med historien om transporten av kroppen?"

"Han lurade Maud att erkänna. Men han måste ha insett att polisen skulle spräcka hennes historia."

Jenny smakade på sitt vin.

"Det har de inte gjort ännu. Men ingen kan väl gå på skojet om kidnappning efter allt som hänt sedan dess?"

Det blev tyst en stund. Man kunde nästan se hur tankarna studsade omkring. Det var inte fråga om att tro på en historia, det handlade om att bevisa och motbevisa. Det visste Bermeer och han var van vid tuffa förhandlingar. Jenny fortsatte.

"Maud påstod att du var med om att flytta kroppen."
Lilian ryckte på axlarna.

"Jag var i Hamburg när de kokade ihop den historien. Till mig sade hon att John sagt att det var jag som skjutit Max och att han övertalade henne att ta på sig skulden för att skydda mig." Hon gjorde en hjälplös gest. "Hur skulle vi kunna bära en död kropp genom lobbyn med flera kameror och förbi receptionisten?"

Jens skakade sakta på huvudet.

"Polisen sade att kamerorna var ur funktion."

"Jag hörde också det så jag pratade med de anställda. Kamerorna fungerade hela tiden. Max finns inte på några bilder från den dagen. Och ingen som bär på ett lik."

Bluff alltihop från Bermeer. Men polisen måste också ha frågat om kamerorna och fått samma svar. Jag tog en salt pinne ur ett glas.

"Då är det viktigt att få Maud att ta tillbaka sitt erkännande. Tänk om hon inte gör det?"

Lilians blick försvann ut genom fönstret.

"Hon måste för sin egen skull. Hon tror att John alltid vet allting bäst och att hon bara skall få skyddstillsyn några månader. Ungefär som ett rapp på fingrarna när du varit olydig. När det går upp för henne att hon kan få ett hårt straff för att vara honom till lags ändrar hon sig."

"Men om han återgått till ursprungshistorien är hon väl ute ur bilden?"

"Man vet aldrig vad han kokar ihop härnäst. Han kan påstå att hon var i maskopi med Max för att röja honom – John – ur vägen och lägga beslag på pengarna som Max förvarade åt honom."

Jenny vred huvudet mot henne.

"Så pengarna tillhörde Bermeer?"

"Det var pengar som Maud tagit ut från ett konto hon och John disponerade tillsammans. Man kan säga att det var hennes pengar också."

"Men inte dina?"

Lilian gav henne ett misstänksamt ögonkast.

"Efter mordet på Max verkade det som om pengarna tillhörde den som kom först."

Jenny skruvade generat på sig. Det var hon som kommit först vid båda tillfällena. Hon förklarade att hon menat vem som var rättmätige ägaren. Lilian ryckte på axlarna.

"Pengarna tillhörde familjen."

Hon uttalade "familjen" så att det lät som om hela spektaklet var hämtat ur en maffiafilm. Jag sköljde bort en irritation i halsen med en klunk vin.

"Pengarna är inte det stora ämnet längre. Det är mordet. Vem sköt och när skedde det? Hur gick det till? Var skedde det?"

Jens skiftade position från liggande till sittande.

"Bra resonerat, chefen. Var skall vi börja? Hur skall vi börja? Vem skall vi börja med?"

Ibland vet jag inte om Jens larvar sig eller om han bara låter som en papegoja när hans analytiska sinne tar sats. Jag tittade ut genom fönstret. En jättelik kran på en pråm bogserades sakta uppströms på älven.

"Vi kan ju börja med uteslutningsmetoden. Lilian och Maud har inte med saken att göra. Mordet skedde inte på hotellet. Max har aldrig varit här. Det skedde inte ute vid holmen. Rättsläkarens utlåtande utesluter det."

Jens höll upp ett finger.

"Det är konstaterat att mordvapnet är det Jenny hittade ute vid holmen. Det är din pistol, Lilian. Hur förklarar du att den hamnade där?"

Hon gjorde en hjälplös gest.

"Om du menar hur någon kom över den så var det bara att hämta den i min nattduksbordslåda. Det visste både mamma och John."

Det blev tyst en stund. Jenny suckade.

"När upptäckte du att den var borta?"

"Långt senare."

"Vem misstänkte du hade tagit den?"

"John, förstås. Men jag hade fått den av honom så jag funderade inte mer på saken. Han kanske hade ändrat sig angående min och mammas säkerhet. Vi behövde den inte."

"Är det ett legalt vapen?"

Lilian ryckte på axlarna. Hon visste inte. Jens var den i sällskapet som visste mest om vapen och tillstånd.

"I Sverige är det nästintill omöjligt att få licens för handeldvapen om du inte är tävlingsskytt. Och då får du inte licens för en sådan pistol. Man tävlar inte med sådana."

Jag lade armbågarna på mina knän.

"Undrar om Max var inblandad i anskaffandet av den? Han fixade ju fram de falska pengarna. Har tydligen de rätta kontakterna."

Vi konstaterade att det inte spelade någon roll vem som varit hjärnan bakom anskaffandet. Den hade gjort sin tjänst även om svepskälet varit skyddsåtgärd för Maud och Lilian när de var ensamma på hotellrummet. Jens var inne på samma tankegångar.

"När skaffade han den?"

Frågan framställdes som om svaret inte var viktigt men vi insåg alla att det kunde vara avgörande. Om den köpts åratal tidigare hade avsikten knappast varit att använda den för att skjuta Max för en månad sedan. Lilian drog i en örsnibb medan hon försökte återkalla tidpunkten.

"Jag fick den på min födelsedag. Tredje oktober."

Jag såg på Jens och Jenny vad de tänkte. En illegal pistol till sin dotter i födelsedagspresent. Några dagar senare hade vapnet använts vid ett mord. Bermeer var slugare än vi anade. Hade han också planerat att skylla dådet på ägaren till vapnet eller på någon annan som lätt kunde komma över det? Jag tittade på Lilian som mötte min blick. Det bleka novemberljuset modellerade hennes ansikte på ett sätt som förde tankarna till målning av holländsk mästare. Frågan som lekte på min tunga gällde om hon hade ändrat uppfattning om sin far den senaste tiden men jag ställde den inte. Hennes attityd talade om att hennes bild av mannen hade spruckit som när en hammare träffar en glasyta. Den senaste tysta spekulationen var ytterligare en spik kistan. Hon sänkte rösten när hon tog till orda igen.

"När jag bad honom ladda den gav han mig en ask med patroner och instruerade mig noggrant."

Jens gjorde en grimas.

"Han rörde inte vid patronerna?"

Hon skakade på huvudet.

"De låg i en ask som han gav mig."

Nu ramlade slanten ner i alla huvuden. Bermeer ville kriminalisera sin arvtagare. Jag sträckte mig efter mitt glas.

"Vi måste ta reda på exakt var mordet begicks." Min blick svepte runt. "Några idéer?"

Vi insåg att det var en nästan omöjlig uppgift eftersom kroppen flyttats efter mordet. Vi hörde att någon prövade en nyckel i dörren, att vederbörande noterade att den var öppen och klev in. Tystnaden som följde kunde bero på att personen fått syn på alla ytterkläder i hallen.

Mauds kvittrande röst lugnade oss. Hon ropade Lilians namn. Ett ögonblick hade jag trott att det var Bermeer som lyckats slippa ur häktet genom att hota och trakassera polisen med allehanda påföljder eller att han hade fått permission. Maud kom in i rummet och såg glad ut när hon mötte alla vänliga blickar. Jag reste mig och erbjöd min plats. Kvittrandet tog slut när hon satt sig och grabbat tag i ett glas vin som råkade vara mitt.

"Han har tagit tillbaka anklagelsen mot mig." Blicken fladdrade runt en stund. "Nu påstår han att det är du." Hennes blick hade fastnat på Jenny som rätade på ryggen och stirrade skräckslagen på henne. Men blicken hade bara råkat hamna på det söta ansiktet. Lilian var måltavlan. "Det finns ett papper som bevisar att han inte är din biologiske far."

Den naturliga motfrågan *vem är det då* ställdes inte. Alla visste eller trodde sig veta. En annan fras ringde till i mitt bakhuvud. *Hon har redan ärvt sin far.* Just nu kom jag inte ihåg sammanhanget eller vem som sagt det.

Men vad förändrade det? Varför skulle Lilian skjuta sin riktige far? Fast då hade hon inte känt till det förhållandet. Trodde vi men vi skulle strax bli tagna ur den villfarelsen också. Maud gjorde en gest mot våra nollställda ansikten.

"Lilian har vetat att Max är hennes far sedan hon var femton."

Lilian fyllde i.

"Och varit glad och tacksam för det."

Jens min antydde avsmak. Men inte på grund av kommentaren. Hans tankar hade hamnat hos den iskalle finansmannen.

"Så då tycker John det är okej att försöka sätta dit dig för mordet? Du är inte hans dotter längre." Frågan var retorisk och han fortsatte på samma metodiska sätt. "Vet han att du var i Hamburg dagen det påstådda mordet skulle skett här i hotellet?"

Hon ryckte på axlarna.

"Jag har inte berättat det." Hon tittade på Maud. "Har du sagt något om det?"

Maud letade i minnet och kom fram till att den frågan inte varit aktuell. Visserligen hade Bermeer använt Lilian som svepskäl för att få Maud att erkänna. Och det hade lyckats. Tydligen hade han inte läst papperet med DNA-uppgifterna då. Det förvånade mig att polisen låtit Bermeer läsa det innan ärendet nått åklagaren. Maud tittade på sina händer med sorgsen blick. Hon talade så lågt att vi fick anstränga oss för att höra vad hon sade.

"Han kallade mig för hora och Lilian för horunge." Hon tystnade. Alla väntade spänt på en fortsättning. Den var inte heller trevlig att lyssna på. Vi förstod att det var ett citat. *"Ingen jävla bastard skall ärva mitt företag."*

Vi satt tysta en lång stund och smälte de hårda orden. Alla förstod att från och med nu skulle Bermeer inte sky några medel för att rädda sitt skinn. Jenny tittade på Lilian över kanten på sitt vinglas.

"Om han framhärdar och du har alibi, är inte det ett drömläge för polisen?"

Lilian nickade förstrött. Det var tydligt att chocken inte släppt. Hennes värld höll också på att rämna. Hon var inte arvtagare till finansbolaget längre, hennes egen firma var på fallrepet. Rösten hade en hård biton när hon svarade.

"Jo, och jag kommer att hjälpa dem på alla sätt."

Vi både såg och hörde beslutsamheten. Allt hade ändrats, hon behövde inte spela den vackra arvingen till en ondskefull människa längre. Hennes framtida liv såg helt annorlunda ut. Plötsligt var hon trevlige Max dotter, något hon inte hade något emot. Vi ville inte störa hennes tankar och väntade på att hon skulle bryta tystnaden. Hon slog ut med en hand.

"Jag har i åratal tackat nej till att bli redaktör för en tysk modetidning med hänvisning till mitt ansvar för firman. Nu kan jag tacka ja och äntligen få göra det jag verkligen vill göra. Kvinnan som äger vill att jag skall dubblera som modell. Jag älskar kläder och mode."

Vi nickade uppskattande och tyckte oss se en annan kvinna framför oss. Självförtroende och framtidstro tycktes lysa ur ögonen. Jens nick var också mer uppskattande. För att hon var på vår sida från och med nu, gissade jag. Nu var det hon som var mest angelägen att få klarhet i vad som hänt Max. Hon gav mig en snabb sidoblick.

"Står ditt erbjudande att sköta om snipan kvar?"

"Självklart. Jag kan åka ut i morgon och snacka med gubbarna."

"Får jag följa med?"

"Självklart. Det är din båt."

Plötsligt var det mycket som var självklart. För en stund sedan hade inget varit självklart. I morgon var det arbetsdag men det var bara Jens som behövde bry sig om det. Jenny anmälde sitt intresse och vi bestämde en tid. Maud tyckte inte hon hade med saken att göra och tackade nej. När vi åkte ner i hissen började något gnaga i mitt bakhuvud. Jag hade antytt att det var viktigt att ta reda på var mordet utförts. Om det var någon annanstans än på hotellet skulle Lilians alibi inte hjälpa henne. Bermeer kunde fortfarande påstå att det var hon som hållit i vapnet. Jag insåg att situationen var konstig. Vi hade ett mordoffer, vi hade en eller två misstänkta mördare men vi visste inte var mordet hade begåtts.

Flykt och undanflykt

När man förr i tiden såg en människa med ett tankfullt uttryck tog man för givet att vederbörande satt och funderade. Numera sitter de tankfulla framför en laptop och fonderar. Jag vet inte hur många aktiefonder det finns men det måste vara ett aktningsvärt antal. Och att det är lätt att flytta pengar via datorn vet alla. Lätt att förlora dem också men det talas det inte lika mycket om.

Men det som försiggick vid min dator den här morgonen var en variant som nog inte många varit med om. Jenny naturligtvis. Hon hade kommit långt tidigare än avtalat och bett att få låna min dator. Datakonsult som hon är vet hon allt om hur man plockar uppgifter ur filer och arkiv. Mina kontouppgifter och lösenord har jag lagt på en finurlig fil som jag kallar *släkthistoria* med baktanken att ingen skall bry sig om en fil som handlar om min ointressanta släkt. Jag hade ingen aning om vad hon höll på med och lade mig inte i. Hon såg mer koncentrerad än tankfull ut och det tog inte många minuter innan hon var klar. Ett muntert leende rundade av sessionen.

"Du får ge mig en smörgås. Jag hann inte äta innan jag var tvungen att sticka iväg."

Jag försvann ut i köket för att utföra ordern och återvände så snabbt jag kunde. Inte för att vara tjänstvillig utan för att hon gjort mig nyfiken. När hon hade tuggat i sig två smörgåsar och ett stekt ägg och druckit en stor mugg kaffe gav hon mig ett av sina finurliga ögonkast.

"Jag fick ett aktietips i morse. Jättehett. Det var därför jag skyndade mig hit. En nystartad fond som kan bli hur bra som helst."

Jenny satsar vilt på allt som är nytt. Hon har placerat i så många fonder att hon inte kommer ihåg vad de heter. Jag är ungefär lika intresserad av aktier och fonder som av integrala fusioner – om det finns något som heter så – och min respons blev en likgiltig axelryckning. Nyfikenheten svalnade och dog.

"Kul. Berätta när den första miljonen ramlat in."

"Jag kunde inte logga in på min internetbank. Det är därför jag lånar din dator."

"Nu förstår jag inte. Om du inte kan logga in på banken måste det väl vara lika svårt på min dator som på din."

"Jag loggade inte in på min bank. Jag loggade in på din."

"Du kan inte mitt lösenord och du behöver mitt bankkort."

Hon höll upp min kortläsare. Ett kort satt i. Jag tog fram min plånbok och kollade. Inget kort. Innan jag hann protestera sade hon att kortet suttit i kortläsaren. Jag ryckte på axlarna igen.

"Du kan fortfarande inte mitt lösenord."

"Behövs inget lösenord när jag har kortet och kortläsaren. Jag har satt in tretusen i den fonden."

"Du kan inte koden till mitt kort."

Hon gav mig den där sorgsna blicken jag kände så väl.

"*Släkthistoria.* Hur kan man döpa en fil till något så korkat när alla vet att du inte har någon annan släkt än mig och ingen annan historia än en tvåa på Kabyssgatan."

Dumt nog hade jag skrivit koden till mitt bankkort i den filen. Men det vara bara Jens och Jenny som visste att min släkts historia var så torftig. Jag gjorde en gest som kunde tolkas på många sätt. Min egen version blev *släpp bara Jenny i närheten av din dator om du får hjärnsläpp.*

"OK, du lyckades logga in på mitt konto. Men du kan inte flytta pengar utan min tillåtelse."

Hon svarade inte men blicken var talande nog. Ny tolkning och jag valde *'stackars farbror Freddy, när ska du lära dig'.* Det ringde på dörren innan jag hann tänka ut något dräpande och innan hon hann säga att om det blev vinst så skulle vi dela på den och om det blev förlust fick jag skylla mig själv.

På väg ut till hallen såg jag i andanom en sedelbunt med vingar flaxa iväg som i en tecknad serie. Tretusen borta och dagen hade inte ens börjat.

En blick på klockan innan jag öppnade talade om att Lilian anlände vid avtalad tid. Hon såg lugn och samlad ut. Jag hade väntat mig en stressad affärskvinna med andan i halsen. Jenny anslöt sig och log sitt sötaste leende. Hon stod bakom mig så jag kunde inte se det men jag förstod på Lilians reaktion att det fanns något angenämt att titta på. Jag hade också något angenämt att titta på, Lilians leende med de vackra tänderna. Jag hade lärt mig att det leendet var reserverat för Jenny. En liten lunchkorg som jag preparerat under morgonen väntade i hallen. Jenny tog hand om den när vi traskade ut och nerför trapporna.

Vädret hade till slut slagit om och blivit mer novemberlikt. En fuktig vind rufsade om våra frisyrer när vi rundade ett hörn. Det var en sådan där dag när man inte vet om det ena regnvädret avlöser det andra eller om det är samma regn som trummar på hela tiden. Vi samsades på bänksätet med Jenny som var minst i mitten. Jag låtsades inte lägga märke till att Lilian tryckte sig onödigt nära sin söta granne. Lår gneds mot lår när vi skumpade över spårvagnsspår och gropar i vägbanan.

Marinan hade gått i ide på allvar. Bara en handfull båtar låg kvar i sjön, bland dem snipan. Jag rullade mellan de stora tälten av presenningar. Få platser ger ett så dystert och övergivet intryck som en marina på hösten. Kanske för att den är så full av liv och rörelse på våren och för att det är så långt till den ljusare tiden.

Till min förvåning stod en bil parkerad vid byggnaden som innehöll färgbutiken och kafeterian där vi träffat Lilian första gången. Jag hade hoppats att förmannen för arbetslaget skulle vara där så att jag kunde avtala en tid om uppläggning. Men det lilla kontoret var tomt och mörkt. Bilen tillhörde någon annan. Jag skrev upp telefonnumret som stod på en liten skylt. Tanken att gå ut till snipan i busvädret var inte tilltalande och jag arbetade på en ursäkt att åka tillbaka till min varma mysiga lägenhet när Jenny helt sonika traskade iväg med Lilian tätt bakom. Regnet hade gett upp eller åtminstone bestämt sig för uppehåll. Jag gissade att himlen var tömd på vatten och måste bygga upp ett nytt förråd.

Vi drog tjocka stickade mössor över öronen och kompletterade med halsdukar och handskar. Vinden tilltog när vi kom närmare vattnet och byxorna klistrades mot benen. Åtminstone gjorde mina säckiga manchesterbyxor det. Tjejernas tajta jeans ser alltid ut att vara klistrade på benen.

En överraskning väntade när vi kom ut på bryggan där snipan låg och ryckte i förtöjningarna. Kapellet var upprullat och röster hördes inifrån kajutan. Jag nickade bekräftande. Bilen vid kafeterian hade fått sin förklaring. Mörkblå Volvo betyder myndighet på besök. Jenny ropade hallå och Bronsbergs huvud visade sig efter en stund. Vi skymtade en kropp till inne i dunklet. Bronsberg verkade glad att se oss.

"Det var bra att ni kom. Alla tre. Vi behöver prata med er."

Vi bänkade oss i sittbrunnen. Den andra personen var Lena, min gamla klasskamrat. Jag mindes hur sur Bronsberg varit när han blivit omplacerad och ersatt av henne. Situationen hade ändrats. Nu var han chef och hon var hans assistent. Han hade placerat gasolkaminen i sittbrunnen och satt den på högsta värme. Det var så varmt att det var befogat att hålla kapellet öppet i akterkant. Inte minst för att gasolen slukade mycket syre. Jag ställde korgen med termos och bullar på motorhuvslådan. Lena gav mig ett menande ögonkast.

"Alltid omgiven av snyggingar?"

Jag log ansträngt. Snyggingarna log också fast inte ansträngt. Bronsberg log inte.

"Vi har ett problem. Bermeer har återgått till sin ursprungshistoria."

Jag berättade att vi fått en kortversion av det nya scenariot av Maud.

"Men det kommer han inte långt med?"

Frågan blev hängande så länge i luften att det började kännas besvärande. Lena suckade.

"Då är vi inne på området rättssäkerhet. Ni har hört talas om den berömda svenska rättssäkerheten?"

Jag anade att hon skulle komma in på det jag funderat på tidigare. Bevisa och motbevisa. Bronsberg fortsatte på temat.

"Nu hävdar han att det var du som höll i vapnet, inte Maud."

Vi förstod att han menade Lilian. Hon skakade uppgivet på huvudet.

"Jag vet. Jag vet också att han hävdar att mordet skedde på hotellet. Men det finns inget blod, inga tecken på strid eller tumult. Är inte det konstigt?"

"Konstigt men det förklarar han med att kulan träffade kliniskt rent och att det gick så snabbt att det inte hann bli någon strid."

Jenny tittade frågande på honom.

"Om han håller fast vid ursprungshistorien så måste det finnas en kula till. Den som avfyrades mot den redan döda kroppen i båten."

Lena skakade uppgivet på huvudet.

"Det är det som är så konstigt. Det finns bara en skottskada. I tinningen. Kliniskt rent, som han sade."

Det fanns ingen logik i det resonemanget. Jag tog ett djupt andetag.

"Men Max hade varit död ett dygn enligt rättsläkaren?"

Ingen svarade. Jag gjorde min berömda slappa gest.

"Om han vådasköt honom i båten, hur kan han då skylla på Lilian?"

Uppgivna miner i alla ansikten. Bronsberg återtog kommandot.

"Han dog inte i båten, Larsson. Han hade varit död i ett dygn. Problemet är att det bara finns en kula i kroppen."

Lena tittade på mig igen.

"En annan konstig omständighet är att det inte fanns något blod i båten heller." Hon gjorde en konstpaus. "Vad läser du ut av det?"

Nu var vi där igen. Jag skulle läsa ut. Jag läste ingenting. Hon ryckte på axlarna och fortsatte.

"En kropp som varit död ett dygn blöder inte." Ny konstpaus. "Men någonstans måste han ha dödats och där måste det finnas blodspår."

Äntligen hade jag haft rätt. Hitta mordplatsen och utgå därifrån. Börja med brottsplatsundersökning. Bronsberg flyttade blicken till Lilians uttryckslösa ansikte.

"Det är där han kan komma undan. Och du får rentvå dig så gott du kan."

Jag trodde inte jag hörde rätt. Rentvå dig så gott du kan. Nu gällde plötsligt inte bevis. Du är anklagad, rentvå dig. Anklaga vem som helst för vad som helst och tvinga den anklagade att rentvå sig. Jennys bruna ögon skiftade nyans till svart.

"Menar du att Bermeer som är den huvudmisstänkte bara kan slänga ur sig en anklagelse så måste Lilian bevisa att hon är oskyldig?"

Bronsberg ryckte likgiltigt på axlarna.

"Det är en ny situation. Fingeravtryck på patronerna gör Lilian till huvudmisstänkt. Bermeer utnyttjar det."

Jag undrade om Bronsberg hade den kapacitet man krävde och förväntade sig av en ledare för en komplicerad utredning. Sunt förnuft sade att Lilian var oskyldig och att Bermeer försökte ett fult knep. Som om det var Lilians fel att hennes mor varit otrogen. Jenny berättade om hur pistolen kommit i Lilians ägo och hur laddningen av vapnet gått till. Hon avslutade med en svepande gest.

"Först anklagar han Maud för mordet och lurar henne att ta på sig skulden. När hon gjort det ändrar han sin historia och säger att det var Lilian. Men först efter att han blivit upplyst om att hon är Max dotter och inte hans. Luktar inte det hämndaktion lång väg? Han har redan hämnats på Max, nu vill han hämnas på Maud och Lilian." Hon gjorde en paus för att hämta andan. "Det går inte att ta honom på allvar längre. Hur skall Lilian bevisa sin oskuld? Skall hon också anklaga någon annan?"

Jenny var riktigt ilsken och jag kunde bara hålla med. Situationen var absurd. Lilian såg apatisk ut. Jag gissade att hennes tankar kretsade kring det värsta scenariot. Bermeer kom undan och hon hamnade bakom lås och bom. Jenny insåg att ilskan inte bet och bytte humör till eftertänksam.

Men hon hann inte formulera sina funderingar. Bronsberg och Lena tittade på sina klockor och reste sig. Plikten kallade och de ålade sig ut genom öppningen i kapellet. Bronsberg bad mig stänga av gasolkaminen innan vi gick. Min lilla fundering som inte heller formulerades gällde en protest mot det Jenny sagt om hämnd mot Max. I det skedet hade hämndmotivet varit ett annat. Pengarna.

Vi kände oss snopna och frustrerade. Och hungriga. Jenny packade upp kanelbullar och kaffetermos, fördelade kaffet i tre muggar och distribuerade. Lilian såg ut att ha lämnat oss och fladdrat iväg till den andra planeten igen. 'Rentvå dig' ringde nog som domedagsklockor i hennes plågade huvud. Vi åt och drack under tystnad.

Ingen av oss tyckte att båten var mysig längre så vi kortade av besöket. När Jenny och Lilian klev upp på bryggan bar jag in kaminen i kajutan. För att få den på plats var jag tvungen att flytta en av dynorna. Min blick föll på ett föremål som antagligen hade hamnat där av misstag. En spruta med någon vätska i. Bredvid låg en ask med tabletter av medicintyp. Jag anade att prylarna kunde vara inblandade i någonting och hämtade plastpåsen bullarna legat i. Det slog mig att jag höll på att bli lika misstänksam som Robertson.

Vi sade inte mycket i bilen heller. Jag erbjöd mig att köra Lilian till hotellet men hon ville hellre bli körd till en annan adress. Till en väninna upplyste hon med livlös röst. Vi lämnade av henne på en snofsig adress i Johanneberg, tog ett dämpat farväl och körde hem till mig.

På deckarkontoret slog jag mig ner vid datorn för att kontrollera Jennys transaktion och kunde slå fast att hon flyttat över tretusen i mitt namn till en fond med ett konstigt namn. Jag ryckte på axlarna. Går det så går det. Blir det vinst så stannar den på mitt konto. Jag förstod att i fortsättningen var jag tvungen att hålla ögonen på mitt bankkort och inte glömma det i kortläsaren.

Jenny hällde upp whisky i två glas och ställde fram lite knapriga nötter. Vi slog oss ner i soffan. Det var lunchtid men restaurangerna skulle hålla sina låga priser ytterligare två timmar. Jenny tog upp tråden hon tappat när hon blivit avbruten av polisernas sorti.

"Om kulan Bermeer sköt i båten träffade en död kropp och det inte fanns någon annan kula så måste Max ha dött av något annat ett dygn tidigare. Det är den nya springande punkten, chefen. Ta reda på dödsorsaken, inte leta efter platsen där det hände."

Jag smuttade på whiskyn, lade i en isbit till och medgav tyst att hon hade en poäng.

"Kanske ger det ena det andra. Förresten hittade jag en intressant sak under en dyna i kajutan."

Jag hämtade påsen med kanylen och tabletterna jag lagt på byrån i hallen och lät henne titta på dem genom plasten. Beteckningarna sade oss ingenting. Hon ryckte axlarna.

"Varför tror du att det har med saken att göra?"

"Det vet vi inte förrän vi vet vad de innehåller och vems DNA polisen hittar."

Den här gången tänkte jag vända mig till Robertson. Han var antagligen så sur på sin gamle skolkompis att han ville göra allt för att sätta dit honom. Det ringde på dörren och jag traskade ut för att öppna. Det var för tidigt för Jens, han brukar poppa in mellan tre och fyra.

Jag blev inte förvånad när jag tittade in i Mauds stora vackra ögon. Hon kvittrade sin vanliga hälsning och berättade att hon kommit för att träffa Lilian. Jag förklarade att Lilian var hos en väninna men att hon – Maud – var välkommen in och ta ett glas vin. Hon slog sig ner i soffan och hälsade på Jenny som om de var gamla vänner. Vad jag visste hade de inte träffats förut även om det varit nära förra gången hon varit på besök. Jag berättade att Jenny var min syster.

Säga vad man vill om Maud men när det gäller alkoholhaltigt är hon inte nödbedd. Jag hann nästan inte fylla ett glas med vitt vin förrän det var tomt. Jag fyllde igen. Hon fick syn på plastpåsen med kanylen och medicinasken. Vi förklarade och hon sträckte sig efter den. Jag hejdade henne och förklarade att den inte fick röras och varför. Hon såg ut som en olydig femåring som fått en tillrättavisning.

"Förlåt. Max hade svår hjärtsvikt och tog flera starka mediciner. Vattendrivande och blodtryckssänkande. Han hade två hjärtinfarkter. Den sista var nära att döda honom. Det kan vara hans."

Det plingade till i bakhuvudet och jag såg att något liknande hände med Jenny. Jag tittade in i påsen och tyckte mig se namnet Max Schaefer på asken. Om man tog medicin intravenöst istället för tabletter kunde det tyda på allvarligt tillstånd. Jag undrade om vi var någonting på spåren. Det visste vi inte förrän vi hade rättsläkarens fulla rapport. Robertson hade negligerat den men det hade inte Bronsberg. Patologens utlåtande kunde vara avgörande.

Frågorna började genast hopa sig. Den första var om kanylen innehöll något som kunde skada istället för att hjälpa, en kraftigare dos än rekommenderat. Ett annat intressant spörsmål var vems DNA som fanns på kanylen. Borde bara vara Max som rört vid den. Den var av engångstyp som alla kanyler för patientbruk torde vara. Jag sneglade på Maud som nästan tömt det andra glaset.

"När fick han den senaste infarkten?"

"Ett år sedan. Läkaren sade att han skulle vara försiktig med alkohol."

"Kände din man till att han hade problem med hjärtat?"

"Självklart."

Hon berättade att Max inte drack mer än de flesta vuxna män men att han rökte desto mer. Jag hoppade nästan till. Röka efter att man haft hjärtinfarkt. I mina öron lät det som självmordsförsök. Maud fyllde i med det som tydligen varit hennes stora frustration, hjärtsvikten gjorde att hon inte vågat egga honom för mycket och att de därför inte kunde ha sex. Hon tömde glaset och jag fyllde upp till kanten medan jag funderade på hur mitt vinförråd såg ut för tillfället. Hon suckade djupt och stjälpte i sig det tredje glaset.

"Tänk dig det. Inte kunna ha sex när man bara träffas ett par gånger om året. En kvinna som jag behöver mycket sex."

Hon tittade längtande på mig när den avslutande frasen uttalades. Jag råkade fånga Jennys blick samtidigt. Den var allt annat än längtande. Återhållen förtjusning är en bra beskrivning. Jag visste inte vad jag skulle säga så jag smuttade på min whisky som blivit ganska vattnig sedan isbitarna smält. Maud bad att få låna badrummet och lämnade oss en stund. Jenny gjorde en gest mot utgången.

"Skall jag gå? Jag vill inte förstöra något för dig. Har du bäddat ordentligt? Rena lakan ger ett gott intryck."

Jag gjorde gest mot taket som om jag bad högre makter om hjälp.

"Larva dig inte. Hon har druckit för mycket och vet inte vad hon säger. När hon kommer in igen har hon glömt det."

"Så lite du känner kvinnorna. Hon gick till badrummet för att göra sig klar för en lekstund med dig. Ta av sig allt som är i vägen när det hettar till. Trosorna till exempel. Och hon har bara druckit några glas av ditt blaskiga vin."

"Hon har druckit en halv flaska på mindre än tio minuter."

Jag tycker inte om när Jenny eller Jens kommer in på ämnet Freddy och kvinnor. I synnerhet tycker jag inte om att beröra det känsliga ämnet när jag är ensam med Jenny. Man pratar inte om sådant med sin syster.

"När jag arbetar med ett fall koncentrerar jag mig på det."

310

Jag hade tänkt lägga till att jag är omutlig när det gäller förhållandet till klienterna men då hade Jenny påpekat att Maud inte är en klient. Jag ställde tillbaka glaset jag hållit i handen och funderade på det Maud sagt i hotellrummet om ensam kvinna som längtar efter sällskap och den blöta kyssen som satt sina spår på min kind. Det slog mig att Maud var just den sortens kvinna jag kunde tänka mig att göra min debut med. Spontan och helt kravlös. Det enda hon väntade av en man var nog ett fungerande organ. Jag svalde ner ett oväntat överskott av saliv.

"Vad tror du om det här med Max dåliga hjärta?"

Maud kom tillbaka och satte sig innan Jenny hann svara. Skämtet att hon tagit av trosorna hade bitit sig fast och när hon reste sig och sträckte sig efter skålen med nötter tittade jag noggrant efter avtryck som trosor borde göra under tajta byxor. Hennes stjärt var bara trettio centimeter från mina ögon. Det fanns inga sådana spår. Jag kände att jag fick skärpa mig för att inte göra mig till åtlöje.

För att inte bli ertappad med att stirra på Mauds stjärt flyttade jag blicken demonstrativt. Den fastnade på Jennys ansikte igen. Den här gången följdes den muntra blicken av en menande nick. Hon hade gjort samma observation; det fanns två plagg, ett synligt och ett osynligt. Åtminstone fanns det osynliga i hennes fantasi precis som det fanns i min. Jag glömde Jennys blickar och insinuationer när Mauds kvittrande stämma studsade mot mina trumhinnor.

"Tycker du om sex, Freddy?

Om jag inte varit generad förut så blev jag det nu. Mitt svar blev inte vad jag tänkt mig men det skyller jag på Jenny som såg ut som om hon skulle brista ut i sitt famösa tokskratt när som helst.

"Sex är okej, men arbetet måste gå före."

Jag såg att Maud gjorde en grimas. Samtidigt såg jag att Jennys axlar började hoppa. *Sex är okej* var nog inte den ultimata kommentaren. Jag kom att tänka på den gamla historien om pigan som äntligen fått ihop det med drängen. Under pågående akt frågade hon upphetsat vad han tyckte om det. Svaret *det är alla tiders* var nog lika inspirerande som mitt korkade inpass.

Konstigt nog var jag inte särskilt upphetsad trots den tydliga inviten. Jag undrade om Maud haft i tankarna att hon och jag skulle dra oss tillbaka till sovrummet medan Jenny satt i soffan och lyssnade. Och fnissade. Skulle inte förvåna mig. Den spontana damen kanske tyckte att vi inte behövde dra oss tillbaka. Vi kunde leka i soffan medan Jenny tittade på. Jag hade läst på nätet att en del kvinnor får en kick av att ha en publik.

För att få in tankarna på ett annat spår plockade jag fram min mobil och pillade lite grand. Till min förvåning låg ett sms och väntade. Jag hade inte hört pipet.

Det var från Robertson, skickat en timma tidigare och löd: *vill prata med dig. Kommer hem till dig om en timma.* Jag kollade tiden en gång till. En timma efter avsändandet var precis i denna minut. Vad skulle jag ta mig till med Maud? Jag kunde inte bara kicka ut henne. Hon hade det påfallande bekvämt och såg ut att trivas med sällskapet. Jag hoppades att kommissarien fått förhinder.

Så får man inte tänka. Samma gamla troll i farstun plingade i bakhuvudet när dörrklockan ringde. En myndig signal hann jag tänka fast den lät nog som den brukar. På väg ut i hallen slog det mig att Freddys kontor blivit en av stadens centrala mötesplatser för allehanda brottsbekämpare och andra inblandade i kriminalfall.

Robertson var i alla fall ensam. Och han drack aldrig något annat än kaffe. När vi gick in till kontoret stod Jenny redan vid kaffekokaren och mätte upp kaffet. Hon hade förstått vem som kommit på besök. Han sken mycket riktigt upp när han fick syn på henne. Hon log sitt sötaste leende. Anblicken av Maud hade inte samma effekt men jag noterade ingen avoghet. Vilket hans ärende än var så störde tydligen inte hennes närvaro.

Han slog sig ner i en av de stora fåtöljerna på andra sidan soffbordet. Jag satte mig i soffan bredvid Maud. Kommissariens blick hamnade genast på påsen med kanylen. Jag räckte den till honom med beskrivning av fyndplats och lade till i ganska mallig ton att jag skyddat den från nya avtryck. Jag tydde hans nick som *icke utan beröm godkänt.* Det högsta betyg en amatördeckare kan få av den omutlige polismannen, gissade jag. Han drog fram sin tjocka anteckningsbok och bläddrade fram en sida.

"Du träffade Bronsberg och Lena ute vid snipan. Vad gjorde du där?"

Jag berättade att Lilian ville åka dit och att jag erbjudit mig att köra henne. Snipan skulle upp på land men personalen hade inte varit där. Han tittade på medicinerna i plastpåsen utan att öppna den. Det gick att läsa texten om man vred påsen lite grand. Han mumlade precis som jag brukade göra men i hans fall var det för att memorera.

"Furosemid 160 mg. Nitromex 0,5 mg."

Vi satt tysta medan han antecknade.

"Känner du till något av preparaten, Larsson."

Tack vare Maud kunde jag berätta att det handlade om hjärtmediciner. Där tog mina kunskaper slut. Jenny dukade fram kaffekoppar till alla utom Maud som skakade energiskt på huvudet. När Jenny hämtade kaffet slog den törstiga damen upp mer vin i sitt glas. Robertson knappade på sin mobil och satte den mot örat. Vi hörde honom fråga vilka sjukdomar de upphittade medicinerna brukade användas emot. Han satt tyst en lång stund och antecknade medan han lyssnade. En upplysning fick honom att rycka till. Ett ögonblick tittade han koncentrerat rakt fram innan han började anteckna igen. Personen i andra ändan verkade vara av den pratsamma typen och kommissarien behövde inte ställa många frågor. Samtalet avslutades med en butter grymtning och ett knappt hörbart tack. Mobilen åkte tillbaka till kavajens bröstficka. Tystnaden sänkte sig över rummet.

Som alltid när Robertson var tyst och tänkte satt alla andra också tysta. Inget fick störa den auktoritäre polismannen. Det var hans personlighet snarare än hans tjänsteställning eller attityd som hade den effekten.

"Kanylen innehåller en diuretika. Vattendrivande. Dosen är den starkaste man som patient kan få för eget bruk. Tabletten är ett nitroglycerinpreparat. Också en stark dos. Max var tydligen illa däran."

Jenny slog lite grädde i sitt kaffe.

"Han rökte mycket också."

Hon berättade även om hjärtinfarkterna. Robertson reagerade som jag gjort. Med förvånad min. Han sade ingenting. Jag ville ha en mer detaljerad förklaring. Varför vattendrivande? Han gjorde en slapp gest.

"Diuretika förhindrar vatten att samlas i lungorna. Lungödem skapar andnöd och är farligt för patienter med svår hjärtsvikt. Du får inte de medicinerna om du inte har svår hjärtsvikt, kanske kärlkramp dessutom. Därför nitroglycerin. Sannolikt hade han andra mediciner utöver de två. Blodtryckssänkande och kärlvidgande. Ingår i sjukdomsbilden."

Jenny smakade på sitt kaffe. Whiskyglaset stod bredvid men hon rörde det inte.

"Varför hittade inte polisen de här preparaten? De låg under en sittdyna. Bara att lyfta på den. Måste de ha gjort massor av gånger när de letade efter pengarna."

Robertson såg ut att vara inne på samma linje men den enkla sanningen att de slarvat vägdes emot kollegialiteten som drog det längsta strået. Kårandan väger alltid tyngst.

"De hade order att leta efter ett specifikt föremål och även om de såg de här sakerna fanns det ingen anledning att bry sig om dem. Det är preparat som togs av en avliden person. Hade ingen relevans på ärendet."

Det lät inte övertygande och jag gissade att Robertson skulle ha ett allvarligt samtal med brottsplatsundersökarna. Även om man letat efter pengarna hade ett mord begåtts ombord på snipan. Det var åtminstone förutsättningarna vid den tidpunkten.

Tydligen var fyndet av medicinerna tillräcklig bedrift för dagen. Han stoppade ner påsen i sin rymliga kavajficka och gav mig en kort nick. Jag kände mig stolt och anade att han kört fast i utredningen och bara sökt upp mig för att slänga ut en krok. Det hade blivit napp. Inte bara medicinerna, även upplysningarna om Max tillstånd var intressant. Jag undrade om hans tankar var inne på samma bana som mina, en överdos kunde ställa till det för en hjärtsjuk individ. Men för att bevisa krävdes förövarens fingeravtryck eller DNA på kanylen eller asken. Jag kände att det började gå runt och tog en klunk whisky istället för kaffe.

Om inte Jenny varit närvarande och blinkat med sina vackra ögon hade kommissarien nog tackat för sig och gått, nöjd med resultatet av sitt skott i mörkret. Men han gjorde inga sådana ansatser. Jag noterade att han kastade en blick på Maud och att han inte såg oberörd ut den här gången. Min gissning var att hennes närvaro hindrade honom från att säga vad han tyckte om hennes mans beteende och hur han tänkt sig fortsättningen. Kanske satt han och väntade på att hon skulle lämna oss och bege sig tillbaka till hotellet. Jag kom att tänka på att hennes ursäkt för att söka upp mig varit att träffa Lilian. Jag höjde mitt whiskyglas för att skåla med henne.

"Lilian är nog tillbaka på hotellet nu. Hon vill nog gärna träffa dig."

Till min förvåning fungerade det. Hon for upp och tittade på klockan och bad mig ringa en taxi. Jag brukar anlita samma kille när jag behöver snabb service. Numret var inprogrammerat på mobilen. Han svarade direkt och berättade att han var i närheten. Om fem minuter skulle han stå och vänta med motorn igång. Jag följde Maud ut på gatan. När bilen svängde in mot trottoarkanten böjde hon sig mot mig och gjorde om bravaden från hotellet. En våt kyss på kinden. Hon hoppade in i bilen, vinkade från baksätet och formade en slängkyss.

När jag gick tillbaka uppför trapporna torkade jag noga av kinden med en näsduk, men i min förvirring kom jag inte ihåg vilken kind hon tryckt sina läppar mot och torkade av fel kind. Det misstaget skulle jag strax få betala för.

Robertsons reaktion var en uppgiven axelryckning som om han ville säga att han inte väntat sig något annat. Den tolkningen gjorde jag en stund senare när jag blivit uppmärksammad på avtrycket. Jag hade inte tittat i spegeln i hallen på väg in. Som jag nämnt tidigare har jag en aversion mot att titta i speglar. Jenny reagerade på sitt typiska sätt.

"Varmt ute?"

Varmt? Jag skakade på huvudet och ignorerade. Hon fortsatte.

"När det flammar i ansiktet brukar det bero på en av två orsaker – det är varmt eller..." Hon avbröt sig och tittade på kommissarien. "...äsch, den andra behöver vi inte diskutera."

Jag förstod och skyndade mig ut till hallen. Deja vu-känslan pumpade i huvudet. En stor röd mun avtecknade sig på kinden jag inte torkat av. Jag gick in i badrummet för att ta bort den med en våt trasa.

När jag slog mig ner i soffan igen grabbade jag tag i whiskyglaset och muttrade ner mot vätskan.

"Jag önskar hon lät bli att göra så."

Jenny brydde sig inte om att Robertson lyssnade.

"Det du önskar att hon gjorde istället kräver nog lite mer avskildhet."

Jag suckade och ställde glaset på bordet.

"Undrar varför han ändrade sig?" Jag tittade frågande på Robertson. Han förstod att jag bytt ämne från den ena halvan av paret Bermeer till den andra. "Har det att göra med den nya vetskapen om faderskapet?"

Han sköt fram hakan på sitt typiska sätt.

"Det är nog ingen dålig gissning. Han var ordentligt irriterad när vi visade papperet med DNA-proverna." Blicken försvann i fjärran. "Han har ett blixtrande humör. Har han alltid haft. I skolan råkade han ständigt i trubbel. Fick massor av stryk. Han hade ingen känsla för när motståndet var övermäktigt. Kunde ge sig på dubbelt så stora killar."

Jag undrade om han fått reda på att vi snokat i hans förflutna eller om han bara gissade. Spelade ingen roll längre. Jag fick en känsla av att han tänkt fortsätta och säga att han tvingats rädda sin kamrat vid mer än ett tillfälle men han förblev tyst och fundersam. Jennys nyfikenhet var långt ifrån stillad.

"Så när han förstod att fabeln om Mauds inblandning inte skulle hålla hittade han på en ny med Lilian i huvudrollen?"

En kort nick bekräftade. Robertson höll upp påsen med medicinerna.

"Vi får se vad de här säger. Vore intressant att hitta andra avtryck än Schaefers."

Jag blev lite stolt igen när jag konstaterade att jag varit inne på samma tankegång som kommissarien. Jag undrade om Bermeer tänkt ut något mer detaljerat än bara en lös anklagelse som baserades på Lilians fingeravtryck på patronerna. Robertson svarade som om han läst mina tankar.

"Vid tidpunkten för Schaefers död var Bermeer fortfarande övertygad om att Lilian var hans egen dotter. Det borde innebära att han gjorde allt för att skydda henne."

Jenny protesterade.

"Lilian berättade att hon fått pistolen av Bermeer och att han var väldigt noga att inte röra vid patronerna när han instruerade henne hur man laddade. Borde inte det innebära att han redan då planerade att misstänkliggöra henne?"

Robertson nickade eftertänksamt. Det var tydligt att detta var nyheter för honom. Inte så konstigt, vi hade inte heller vetat det särskilt länge. Jag lade till detaljerna om födelsedagspresent och datum. Kommissariens ansikte mörknade under berättelsens gång. Bermeers aktier stod nog inte högt i kurs just nu.

"Kanske, men det kan också bara vara vanlig försiktighet från en man som har stor erfarenhet av mänsklig skröplighet." Han tömde sin kaffekopp och reste sig. "Jag hör av mig när jag vet mer. DNA på kanylen och asken är intressanta."

Vi följde honom ut till hallen. Jenny hade en fråga till.

"Hur är det med rättsläkarens rapport egentligen?"

Robertson svängde på sig sin rock och satte på sig den något tilltygade filthatten.

"Finns en del oklarheter. Bland annat påstår han att det inte finns något som tyder på en onaturlig död."

"Hjärtinfarkt?"

"Han påstår det. Vi får se vad han tycker när vi presenterar de här." Han höll upp påsen med kanylen och medicinasken.

Vi tittade på varandra en lång stund efter att dörren hade stängts bakom honom. Frågorna som dansade omkring var om rättsläkaren rapport fortfarande var ett infekterat ämne på mordroteln. Och vad skulle förändras om man hittade andra personers avtryck på medicinerna? Vi började bli hungriga. Min mobil ringde. Jens undrade var vi befann oss. Han ville också ha en rapport. Jag berättade att vi skulle gå ut och äta en bit men att vi tänkte börja med att titta in på puben.

Att förhålla sig till ett förhållande

Jenny behövde svänga hem till sin lägenhet för att se om ett viktigt brev hade kommit. Hon trampade iväg på sin artonväxlade mörklila herrcykel. Min gamla svarta hade jag fått tillbaka efter att hon lurat mig att köpa den mörklila till henne. Det var bara några minuters cykeltur till hennes etta i Linnéstaden. Jag tittade neråt Vasagatan efter Jens. Precis som Jenny brukar han cykla på gator och trottoarer istället för på cykelbanor. Han syntes inte till och jag traskade in på puben. Min vanliga plats längst till vänster vid bardisken var upptagen av en tjej i tjugoårsåldern. Jag satte mig två stolar bort och gjorde tecken till bartendern Jimmy att jag ville ha min vanliga whisky med mycket is.

Medan jag väntade kände jag att tjejen tittade på mig. Jag vände huvudet mot henne och nickade och log. Hon nickade tillbaka och snurrade ett tomt glas som innehållit juice mellan fingrarna.

"Så du är stammis? Jag har aldrig varit här förut."

Jag förstod att hon hade tolkat mitt tecken på rätt sätt. Jag var stammis. Jimmy kom med min whisky. Jag hejdade honom när han skulle gå och frågade tjejen om jag fick bjuda på en drink. Hon nickade så ivrigt att jag förstod att demonstrationen med det tomma glaset hade haft just det budskapet. Jag ignorerade Jimmys leende. En Dry Martini lät som om hon aldrig uttalat de orden tidigare, bara läst i böcker eller hört på film.

Och hon hade nog aldrig tilltalat en främmande man på en pub förut. Plötsligt såg hon ut som om hon var ute på äventyr. Ögonen glittrade okynnigt.

"Vad heter du?"

Jag berättade vad jag heter och frågade vad hon heter. Ida fick jag veta. Den enda Ida jag känt i mitt liv var min farmor som dött för många år sedan. Det var nog därför jag förknippade namnet med en gammal dam. Hon lade armbågen på disken och lutade huvudet charmigt mot handen.

"Hur gammal är du?"

Frågan var lite för direkt för min smak. Inte för att jag försöker dölja min ålder men hennes ålder gjorde att jag kände mig uråldrig när jag berättade att jag är fyrtiotre. Hon berättade att hon var tjugo och ett halvt men att de flesta trodde hon var äldre. Hon tittade vädjande på mig. Jag log och sade att hon gav ett mycket mognare intryck. Fast om någon bett mig gissa hennes ålder hade jag nog sagt tjugo och ett halvt. Ett halvår tidigare hade hon varit tonåring.

Jag satt med sidan mot bardisken för att ha bekväm ögonkontakt och såg utan att vrida huvudet att dörren öppnades och att Jens och Jenny äntrade lokalen. Då först slog det mig att jag satt och såg förtrolig ut med en obekant ung tjej och bjöd henne på drink. Jenny älskar sådana situationer. Hon klättrade upp på stolen mellan mig och Ida. Jens satte sig på min andra sida. I samma ögonblick kom Jimmy med Idas Martini. Alla kunde se att han gjorde en krumelur på underlägget framför min plats. Jag gjorde en gest mot min nya bekantskap och låtsades att jag inte lade märke till

Jennys min. Det gick inte så bra eftersom hon satt mellan mig och Ida.

"Det här är Ida. Hon har hållit mig sällskap i min ensamhet."

Ida verkade inte alls generad. Som jag gissade var det första gången hon tagit det djärva steget att gå in på en pub. Det berättade hon frejdigt. Hon ville inget annat än att få lite erfarenhet av vuxenlivet. Jens log vänligt mot henne.

"Snällt av dig att hålla ett öga på den gamle farbrorn. Du vet, i hans ålder är det lätt att somna och falla av stolen när det blir lite starkt i glasen."

Jimmy hade stannat kvar för att ta de nyanländas beställning. Han grinade med hela ansiktet. Jenny hade också roligt.

"Kommer du håg när vi firade in sekelskiftet här, Freddy?"

Jens kunde inte hålla sig.

"Kommer du ihåg vilket sekelskifte, chefen?"

Nu skrattade även Ida. Hon hade ett trevligt leende som förändrade hennes alldagliga ansikte som när solen tittar fram efter timmar av regn. Jag höjde glaset och förstod att det var första gången någon skålade med Ida på en pub. Lite stolt att det var jag.

"Du får ursäkta mina vänner. Deras missuppfattning av humor tar sig sådana här uttryck ibland. Farbror Jens är lärare. Matematik och fysik."

Till min förvåning utbytte Jens och Ida förtroliga ögonkast. Jag noterade att även Jenny såg förbryllad ut. Ida log igen.

"Jag vet. Jag hade honom i matte sista året i gymnasiet."

Jenny såg plötsligt mindre munter ut. Jag undrade förvånad om hon såg en konkurrent i Ida. Flickan kunde inte mäta sig utseendemässigt med Jenny men hennes ungdom och oskyldiga uppträdande kunde verka lockande på män. Jag noterade att Jens och Ida plötsligt var inbegripna i ett samtal som Jenny och jag inte kunde eller ville delta i. Det rörde sig om gamla klasskamrater och andra lärare. Jag funderade på det jag hört om skolflickor som blir förälskade i sina lärare.

Eftersom jag satt mellan två förmodade deltagare i den leken trängde tankegången sig på. Jens var utan tvekan typen som flickorna drömde om. Snygg och charmig. Plötsligt ändrades stämningen och jag förstod att det inte var en tillfällighet att Ida sökt upp just den här puben. Någon hade tipsat. Hon tittade så allvarligt på Jens att Jenny och jag slutade vårt samtal och betraktade läraren och hans före detta elev. Hennes meddelande lättade inte upp stämningen.

"Jag skall hälsa från Anna-Lena. Hon är med barn."

Jag förstod att Anna-Lena var en annan tidigare elev. Jens såg lätt besvärad ut men han tappar aldrig fattningen.

"Skall jag gratulera eller beklaga?"

"Det får du bestämma själv. Hon påstår att du är far till barnet."

Tystnaden som sänkte sig var laddad som en granatkastare i en krigszon. Jag tittade inte på Jens men jag kände att just nu var han skakad på ett sätt jag aldrig upplevt tidigare. Jenny tittade stint rakt in i raden av flaskor framför oss men jag visste att hennes sinnen var lika spända som Jens.

Jag sneglade också mot flaskorna men bara för att det fanns en spegel där jag kunde iaktta både honom och Ida. Jimmy kom förbi med Jens öl och Jennys

324

White Lady. Han noterade förändringen i våra attityder och lämnade oss genast. Jens svarade motvilligt.

"Varför tror hon att det är jag? Hon är inte precis oskuld."

"Hon är i tredje månaden. Det stämmer med när ni två var ihop."

Jag ägnade mig åt min drink och såg att Jenny gjorde likadant. Vetskapen att hennes favorit gjort en tjugoåring med barn var antagligen både en chock och en bitter kalk. Jag visste fortfarande inte om Jens och Jenny hade legat med varandra. Däremot visste jag att de låg med andra när de hade lust och tillgång till attraktiva partners. Jenny hade nog fler erbjudanden än någon annan tjej i centrala staden men som jag nämnt tidigare måste killarna spela i övre divisionen om de skulle ha en chans.

Jens avslutade med en axelryckning.

"Hälsa från mig och be henne ringa så skall vi reda ut det här."

Ida såg ut som om hon ångrade sig. Bristen på social erfarenhet och ivern att samla poäng hos kompisen låg bakom det ogenomtänkta beteendet. Sådana ämnen väntar man med att diskutera tills man är i enrum med objektet för chocken. Det var kanske den lärdomen hon sög i sig just nu.

"Jag lovade framföra det. Nu har jag gjort det." Hon gled av stolen och tittade skyggt på mig. "Tack för drinken."

Jag nickade och tittade på den dyra drinken som stod nästan orörd på disken. Jenny skulle ta hand om den. Vi följde den plötsligt osäkra flickan tills hon försvunnit utom synhåll. Jenny såg förvånansvärt oberörd ut.

"Hoppas du lärde dig något nu, Farbror Freddy. Tjugoåringar blir väldigt lätt med barn. Bad hon dig följa med till ett hotell eller var ni på väg hem till dig?" Hon tog ett djupt andetag och blåste ut luften mellan sammanpressade läppar. "Det är andra gången idag jag förstör det för dig. Ber om ursäkt."

"Det är andra gången idag du larvar dig."

Jag gjorde en gest mot Jens för att avsluta det känsliga temat och övergick till att redogöra för dagens händelser. Det tog ganska lång stund. Då och då fyllde Jenny i med detaljer. Vi kände oss som psykoterapeuter och undrade om han var kapabel att ta in informationen efter smällen han fått av Ida. Smällen efter att ha gjort Anna-Lena på smällen.

Men han lät oberörd när han ställde följdfrågor och resonerade vidare om fallet Bermeer. Vi rundade av med att svepa i oss resten i våra glas. Jenny återgick till det tidigare, mycket intressantare ämnet efter den paus som uppstått. Jag förstod att hon höll på att spricka av nyfikenhet.

"Låter konstigt att en modern tjugoårig tjej inte skyddar sig. Hon kanske ville bli med barn?"

Jens log snett.

"På spiken, Jenny. Hon ville bli med barn. Om hon är med barn. Kanske en bluff det också." Han gjorde en konstpaus och tittade en stund på raden av flaskor innanför disken. "Hon kom hem till mig oanmäld. Vi tog ett par glas vin och utan att fråga om jag hade lust att leka klädde hon av sig. Hon var väldigt angelägen utan att vara vad jag kallar pilsk. Nu förstår jag att det låg beräkning bakom."

Han gjorde en hjälplös gest. "Alltid lika svårt för en man att tacka nej till en inbjudan från en ung snygg tjej. Inte minst med tanke på hennes självkänsla." Han sneglade på Jenny som inte besvarade blicken. "Hur skulle du reagera om du stod naken framför en kille och han bad dig ta på kläderna?"

Jenny svarade inte men det berodde på att den tankekonstruktionen inte fanns i hennes sinnevärld. Som hon antytt tidigare tackar ingen nej till Jenny. Jag kände att detta inte var mitt ämne men lade mig i ändå.

"Om hon inte skyddade sig får hon väl skylla sig själv."

Jens log snett igen och tecknade till Jimmy att han ville ha en öl till.

"Killen kan också skylla sig själv om han inte frågar om hon skyddar sig. Men ännu bättre, han kan skydda sig själv så behöver han inte skylla sig själv."

Jenny förstod att det fanns ett budskap.

"Så om tjejen inte har vett på att skydda sig själv så bör hon skyla sig själv annars får hon skylla sig själv?"

Om jag inte varit van vid Jens och Jennys språkliga akrobatkonster hade jag nog famlat efter stöd.

"Så du tror att någon annan gjorde henne med barn?"

Jens fick sin öl och tog snabbt en klunk som om han behövde skölja bort en dålig smak i munnen.

"Hon hade säkert fått beskedet att hon var med barn samma dag eller dagen innan men fadern var nog inte till belåtenhet så det var bråttom att skaffa en annan. För tidsaspektens skull."

Jenny var inte nöjd med förklaringarna.

"Vad menar du med att du skyddar dig? Hann du fumla på en kondom på den stunden? Min erfarenhet av killar är att det blir tvärstopp i huvudet när tjejen drar ner trosorna."

327

"En man kan skydda sig på olika sätt. Och få intyg på det. Jag kan inte göra någon med barn."

Där slutade han på ett sätt som meddelade att ämnet var uttömt. Resten blev spekulationer. Till och med jag visste att män kunde opereras men jag ville inte ställa den frågan. En annan teori var att han hade något medfött fel som gjorde honom steril. Jag ställde inte den frågan heller.

Men det slog mig att jag för första gången stött på svaghet hos Jens, den orubblige. Eller åtminstone sett honom i försvarsställning under några hisnande minuter. Det slog mig också att han och jag levde i helt olika världar fast vi träffades nästan dagligen under någorlunda förtroliga förhållanden. Lika tydligt var att han och Jenny levde i likartade världar. Ljusår ifrån min torftiga tillvaro. Jag hade varit stolt om en ung snygg tjej hade anklagat mig för att ha gjort henne med barn. Ett ögonblick funderade jag på att ge tillbaka för *gamle farbrorn* men i skenet av det inträffade vore det att skjuta på sittande fågel.

Vi återgick till ämnet Bermeer och Max med viss lättnad. Efter faderskapspärsen var ett enkelt mord en lisa för våra nerver. Jens gjorde en frågande gest.

"Vad tror ni skall komma ut av det här med avtryck på medicinerna? Jag tror att de låg där de låg för att det var huvudsidan av kojen Max låg i när han sov ombord. Praktiskt ställe att ha dem. Alltid till hands."

Det kunde naturligtvis vara så enkelt och fanns det inga andra avtryck så var det naturligtvis så Robertson skulle resonera. Jag kände mig lite dum som byggt upp förväntningar kring fyndet.

"Men om Bermeer är inblandad i det också så var han tvungen att gömma undan grejerna innan polisen kom ombord. Inte mycket tid och inte många ställen att välja på."

Jens och Jennys samtidiga huvudskakning tydde på att de tyckte resonemanget var långsökt. Vi kom att tänka på att vi fortfarande inte hade ätit och samtalet växlade till val av restaurang. Haga, Skanstorget och Annedal var på förslag. Ingen av oss hade varit i Annedal på länge så en stund senare traskade vi åt det hållet.

Jag vet inte vad de andra funderade på under promenaden men mina tankar kunde inte släppa unga Ida och hälsningen hon framfört från sin väninna. Nu hade hon en hälsning till samma väninna. Jag tyckte det var dumt av Jens att inte skicka med budskapet om hans sterilitet. Skulle avsluta ärendet innan det blivit ett ärende. Men det var inget som angick mig.

Antiklimax

Det tog flera dagar innan Robertson hörde av sig. Och när han gjorde det sökte han naturligtvis upp mig vid en bardisk. Jag hade inte varit på någon av de irländska pubarna på länge och när mobilen pep hade jag just beställt en Guinness som man känner sig tvungen att dricka på sådana ställen. Jens som är inbiten öldrickare vägrar dricka den sorten. För mycket tuggmotstånd, säger han.

Det var flera år sedan jag drack en stout och jag var benägen att instämma i det danska omdömet när vätskan rullade runt i gommen. Mäktigt, protesterade smaklökarna.

Jag tittade mig om efter ett bord att sitta vid. Mest för att slippa kommentaren om Freddy vid bardisken men det var fullt överallt. En affisch meddelade att det skulle bli live musik framåt kvällen men det var fortfarande eftermiddag. Dyster gråmulen novembereftermiddag med regnet hängande i luften. Jag noterade att längst till vänster vid bardisken var två stolar lediga. Vänsterback var min standardplats på min stampub så det passade bra. Vänsterback hade jag varit under min korta fotbollskarriär så det passade ännu bättre. Jag var nog bättre på passningar på puben än jag varit på gamla Majvallen, påminde mitt minne. Jag hade bara hunnit sätta mig när dörröppningen fylldes av Robertsons gedigna kroppshydda. Jag har lärt mig att när han ringer är han alltid nära, ibland får jag en känsla av att han tittar på mig under samtalet. Kanske en inbyggd polis-GPS i hans mobil som håller reda på var irritationsmoment som privatdeckare håller hus.

Som alltid när han gör entre – oavsett var – blev det tyst och blickar vandrade mot honom. Ingen i lokalen utom jag kunde veta vem han var men den massiva auktoriteten som alltid omger honom hade den effekten. När han satte sig bredvid mig såg jag att blickarna studerade min person också. Ingen hade lagt märke till mig tidigare. Robertson beställde sitt eviga kaffe. En av hans egenheter är att han aldrig trevar sig fram till rätt ögonblick att presentera sina fakta. Rakt på sak är en bra beskrivning hans samtalsmetod.

"Inga andra avtryck eller DNA än Schaefers. Patologen gjorde en ny undersökning och koncentrerade sig på överdoser av läkemedel. Fanns inga tecken på sådant."

Jag tog en försiktig klunk av det mörka ölet.

"Slutsats?"

"Mycket enkel. Schaefer dog en naturlig död. Hjärtdiagnosen gjorde sitt. Kunde hänt var och när som helst men nu råkade det hända i skarpt läge."

Jag undrade vari det skarpa läget bestod. Den enda spända situationen jag kände till var händelsen i snipan men då hade Max redan varit död i ett dygn. Jag ryckte på axlarna.

"Så fallet är avslutat?"

Robertson fick sitt kaffe och smakade på det.

"Den delen av fallet är avslutat."

Som så ofta när kommissarien gör sina uttalanden kändes det som om han slutade mitt i en mening. Ordet "men" med stort frågetecken dunkade i mitt

332

huvud. Tungan vägrade formulera det. Vilka delar bestod fallet av? Påstådd kidnappning, iscensättande av fejkat mord, falska anklagelser, anskaffande av falska pengar, hot och mordförsök och tillgrepp av väska med pengar under pistolhot. Jag märkte inte att jag hade börjat mumla. Trots stimmet i lokalen nådde mina ord Robertsons öron. Han slog ut med handen.

"Du glömde undanhållande av bevis och innehav av olagligt vapen. Vi har hur mycket som helst men jag hade gärna satt dit honom för mord."

"Han sköt Schaefer i tinningen när han redan var död. Varför gjorde han det?"

"Han påstår att det var ett misstag att pistolen gick av."

Jag tyckte jag skymtade ett ironiskt leende i granitansiktet. Om man sitter ensam i en båt med en död kropp går inga pistoler av om man inte vill att de skall gå av, läste jag i uttrycket.

"Finns det någon brottsrubricering?"

Nu log han ironiskt igen men den här gången åt min fråga.

"Mordförsök på död person? Likskändning?"

"Han flyttade kroppen."

"Det ingår i undanhållande av bevis och försvårande av polisutredning. Oavsett vilket åklagaren väljer kommer det att bli en omfattande rättegång."

Han var tyst en stund och tittade rakt fram innan han satte ögonen på mig igen, den här gången med mer skärpa i blicken.

"Han fortsätter att hävda att den gula väskan innehöll tvåhundratrettiotusen. Påstår att ni stal trettiotusen ur den."

Jag gjorde en slapp gest.

"Hur skulle det gått till? Han lade beslag på väskan i samma stund han kom upp ur ruffen. Vid det laget hade vi inte haft den mer än stunden det tar att tuffa över från Känsö till Brännö brygga. Han kan påstå att det fattas hundratusen och anklaga oss för att ha stulit den summan. Det är ändå bara påståenden. Vi öppnade den bara för att se att den innehöll pengar, försäkra oss om att det var rätt väska."

Jag tolkade hans axelryckning som att han insåg att det inte fanns någon substans i Bermeers anklagelse och förstod att det bara handlade om att göra sin plikt som samhällets tjänare. Han såg ut som om han fått nog av Bermeers fabler och insåg precis som jag att bevisbördan vilade på den förorättade finansmannen. Omöjligt uppdrag.

"Jag vill tacka dig och din syster för all hjälp. Vi hade inte kommit långt i det här ärendet utan den hjälpen." Han drack ur kaffet. "Hälsa henne och tacka."

Jag lovade att göra det och följde honom med blicken när han gick mot utgången. Han svängde runt ett hörn och traskade bort mot Kopparmärra. Eller den öppna plats där kungastatyn som kallas Kopparmärra står. Undrar varför göteborgare aldrig lär sig de rätta namnen på platserna i staden?

Det kändes snopet att Max hade dött av sin sjukdom. Som en antiklimax efter allt jobb och alla teorier. Jag kallade till mig bartendern och betalade både min öl och kommissariens kaffe. Han hade glömt eller inte tänkt på det. När jag kom ut på gatan kunde jag inte bestämma mig för färdriktningen. Det var fredag och mycket folk i rörelse. Jag hade inte ätit men det kändes inte skojigt att äta ensam. Trots allt fanns det något att fira, ett avslutat fall och beröm från kommissarien att dela med Jens och Jenny.

Jag halade fram mobilen och tryckte fram Jenny bland kontakterna. Hon svarade genast och frågade var jag höll hus. Jag frågade var hon var fast jag anade att hon satt framför min dator och letade efter fonder som kunde försnilla mina pengar. Men nu hade jag bankkortet i plånboken. Jag redogjorde för dagens händelser och talade om att jag var hungrig. Vi kom överens om att träffas i saluhallen. Jag hann inte stoppa tillbaka telefonen innan den ringde. Displayen sade Jens. Han mottog samma meddelande som Jenny. Jag var nästan framme vid Kungstorget när jag avslutade samtalet.

Jag bestämde mig för att fördriva väntetiden med att strosa omkring och titta på läckerheterna bakom glasen i montrarna, känna dofterna och låtsas att jag vill köpa en bit korv eller ost för att få en smakbit. Ofta köper jag något hekto av godsakerna.

Naturligtvis finns det ställen där man kan slå sig ner och äta eller dricka någonting. Jag gjorde så och beställde en lättöl. Det satt en person lite längre bort vid disken och åt en korv. När han bet i den sprack skinnet och det kom lite vätska på hans tröja. Hans *fan också!* fick mig att titta åt hans håll. Tröjan var vit så fläcken syntes förfärande tydligt.

Jag visste inte om jag skulle ignorera fadäsen eller om jag förväntades nicka beklagande då han plötsligt tittade argt på mig. Men han var inte arg på mig utan på korven. Ett försök att tvätta bort fläcken med servetten gjorde saken värre. Fan byttes ut mot *jävlar!* Flickan bakom disken tittade förvånat på honom. Hon hade inte noterat korvens oförskämda beteende. Jag anade att han var den sorten som aldrig gör eller har fel och fick det bekräftat när muttrade mellan tänderna.

I samma ögonblick som hans anklagande *vad är det för jävla korvar dom serverar i den här jävla stan?* fyllde luften kände jag en hand på min axel och strax därpå en frisk andedräkt på min kind. Jens och Jenny tittade på korvmannen med blickar som gick från förvånade till roade.

Jens missar aldrig chansen till ett gott skratt. Han gjorde ett tecken till flickan som kom fram och log vänligt.

"Kan jag få en likadan korv som han där borta. Men en som kan uppföra sig."

Jag sneglade på mannen och kände plötsligt igen honom. Det var ingen mindre än *inkognito* från restaurangen på Södra Vägen. Jag kom inte ihåg vad han hette men det gjorde Jenny. Åtminstone en del av namnet.

"Hej, Carl Gunnar. Eller var det Carl Bertil? Är du ute och rör dig inkognito?"

Han var inte på humör att prata med oss utan reste sig demonstrativt och lämnade platsen och saluhallen med knyckiga rörelser som en förnärmad skolflicka. Han snörpte ihop munnen när han passerade oss.

Jag gjorde reflektionen att de kungliga korvarna i kungliga huvudstaden säkert har mycket bättre hyfs än arbetarkorvarna från bondhålan på västkusten. Flickan bakom disken försökte låta bli att dra på munnen men lyckades inte så bra.

Jag hade satt mig på min vanliga vänsterkant. Jenny satte sig bredvid mig och Jens till höger om henne. Jag visste inte att det var strategiskt uttänkt från hennes sida. Hon ville sitta i mitten av en speciell anledning. Jens beställde sitt danska öl till korven och Jenny nöjde sig med ett glas mineralvatten. Jag svepte i mig resten av min lättöl och beställde en ny innan jag lämnade min rapport. Flickan ställde våra drycker framför oss och sig själv vid arbetsplatsen en bit bort.

De lyssnade uppmärksamt och såg resignerade ut när jag berättade att vi ägnat all vår dyrbara tid åt ett mord som var en vanlig hjärtattack. Trots det höjde vi våra glas och skålade för fallets snopna lösning. En stunds tystnad följde. Jenny rotade i sin lilla handväska. Hennes sätt att utföra vardagliga saker väcker uppmärksamhet. Snabba blickar och menande leenden beledsagar rörelser med händerna. Hon hade blivit en utmärkt aktris i det pantomimiska facket.

Vi förstod att det fanns ett budskap och kommenterade inte. Inte ens när det låg tre likadana kuvert på disken sades ett ord. Det behövdes inte, hennes söta leende när hon gav oss varsitt och behöll det tredje var budskap nog. Jens såg lika tveksam ut som jag kände mig. Hon ryckte på axlarna och tittade på mig.

"Varför ser ni griniga ut? Sade du inte alldeles nyss att Bermeer inte kunde bevisa att det var hans pengar? Och hur var det med skatteskulden? Ingen kommer någonsin att få veta om ingen pratar bredvid mun."

Jens tittade också på mig som om det var jag som bestämde hur lagligt det var och om det inte var lagligt så var det i alla fall smart att hålla pengarna utom räckhåll för Bermeer och polisen. Jag nästan såg hur ursäkterna dansade runt i huvudena. Pengar luktar inte och varför inte passa på när du har chansen. Jag gjorde en gest som avslutade funderingarna. Det räckte för att kuverten skulle försvinna ner i respektive ficka eller väska. Utan oss – eller Jenny – hade pengarna legat kvar under en sten på Känsö tills arkeologer om tretusen år hade grävt fram dem och förundrat sig över att det funnits så konstiga betalningsmedel i forntiden.

Den nya rikedomen förde med sig att vi kände att det behövde firas. Vi var någorlunda propert klädda och bestämde oss för att traska över till Avalons bar och dela på en flaska bubbel. Min mobil pep när vi kommit ut på torget. Robertsons röst lät dämpad när han meddelade att Bermeer hade kommit över en pistol under en bevakad permission från häktet. Jag lyssnade med andan i halsen och frågade om han skadat någon. Svaret att han gjort det gjorde att jag fick svälja ner en klump i halsen. Jag hörde mig fråga vem det var när samtalet oväntat bröts. Vi hade stannat vid Kopparmärra. Jens och Jenny förstod att drama utspelade sig. Det syntes på deras spända anletsdrag. Jag berättade vad jag visste och hade knappt tystnat förrän mobilen pep igen. Jag trodde det var Robertson som fått ordning på sin mobil och ville fortsätta samtalet och svarade bara "hallå".

Men det var inte kommissarien utan Lilian. Innan jag hann berätta vad jag visste bad hon mig komma till hotellet så snart jag kunde. Hon lät nervös på gränsen till hysterisk. Men det var mer upprymdhet än oro skulle vi få lära oss en stund senare.

Jens och Jenny hade konstigt nog inte cyklat till saluhallen och jag hade inte heller trampat hit på min tolvväxlade. Regnet hade hängt hotfullt över centrala staden hela eftermiddagen. Vi hejdade en taxi och bad chauffören skynda sig. Det var inte mer än en kilometer till Lilians hotell. Hon väntade i lobbyn precis som förra gången men till min förvåning såg hon helt avslappnad, nästan glad ut. Vi skulle inte till hennes svit utan till restaurangen.

Känslan av deja vu var nog lika påtaglig i allas sinnen – utom Lilians – när vi slog oss ner kring ett bord med en öppnad flaska champagne och fyra glas. Jag kunde ju inte gärna berätta att vi varit på väg att fira fallets upplösning på ett liknande sätt så jag sade inget annat än att det var en trevlig överraskning och undrade vad som föranledde elegansen. Hon gjorde det som hennes mor gjort två gånger, kysste mig på kinden.

"Tack snälla Freddy, Robertson berättade att utan dig hade det här fallet aldrig blivit löst."

Jag noterade Jennys ironiska blick i samma ögonblick som Lilian tackade även henne och Jens. En gest bjöd oss att sitta ner. En servitör dök upp och fyllde våra glas med den bubblande drickan. När han gått lutade sig Lilian över bordet och sänkte rösten till förtrolig.

"För en stund sedan ringde Robertson och berättade att John fått tag i en pistol under en permission." Hon gjorde en paus och hennes ögon smalnade. "Polisen som beledsagade honom fick syn på den och försökte vrida den ur hans hand."

Vi höll andan. Jag kände hur saliven samlades i munnen. Hon samlade sig med ett djupt andetag.

"Pistolen gick av och träffade honom i bröstet."

Jenny kippade förskräckt efter andan.

"Han sköt en polisman?"

Lilian skakade våldsamt på huvudet.

"Han vådasköt sig själv i bröstet. Det finns gott om vittnen. Det hände på öppen gata. Han dog innan ambulansen hann fram."

"Var kom pistolen ifrån?"

"Låg i hans bil som han bad att få titta i för att hämta ett papper i handskfacket. Laddad och klar."

Frågorna dunkade mot pannbenet. Hennes far eller styvfar hade skjutit sig själv. Vad fanns det att fira? Svaret blev inte vad vi väntat.

"Äntligen är vi fria. Mamma och jag. Han har förpestat våra liv i nästan trettio år." Hon höjde glaset och klirrade det mot alla våra i tur och ordning. "Skål för att rättvisa skipades till slut."

Jag kände mig både obehaglig till mods och en smula upprymd. Det senare för att hennes upprymdhet smittade, gissade jag. Jens ställde tillbaka sitt glas.

"Då kan man väl säga att cirkeln är sluten. Det Bermeer anklagade Max för att vilja göra med honom i snipan sköttes till slut om av ödet. Fast tvärtom. Det är aldrig roligt när någon dör men det känns inte alltid orättvist."

Jenny tittade försiktigt på Lilian.

"Hur kommer Maud att ta det, tror du?"

"Hon har redan tagit emot beskedet. Hon är just på banken och hämtar ett dokument i bankfacket." Hon sänkte rösten ännu mer. "Det är egentligen det vi egentligen firar. Han dog så plötsligt att han inte hann ändra testamentet."

Jag försökte le men kände att det tog emot i mungiporna. Det här var det märkligaste firande jag varit med om. Jag skulle vilja veta mer om själva händelsen. Att polismannen försökt vrida pistolen ur Bermeers händer måste betyda att han känt sig hotad. Ganska naturligt i situationen men jag undrade om finansmannen riktat pistolen mot honom. Skulle jag aldrig få veta men det betydde det att Bermeer tog med sig ännu ett åtal till graven. Mordförsök på polisman i tjänst. Kanske den allvarligaste av alla punkter.

Jens såg också allvarlig ut. Kanske kände han precis som jag att champagnen bubblade konstigt i munnen. Fira att en man dog utan att hinna ändra sitt testamente vilket alla tydligen förutsatte att han varit på väg att göra? Jag sneglade på Jenny och konstaterade att hon såg helt neutral ut. Det brukar betyda att hon inte känner sig väl till mods. Hon kände att jag tittade på henne och gav mig någonting jag tolkade som ett mellanting mellan frågande uttryck och leende.

Men detta angick inte oss. Bermeer var borta och därmed var fallet avslutat för vår del. Avslutat på riktigt. När jag fattade mitt glas och höjde det i en tyst skål var det den saken jag firade. Inte ett testamente som inte speglade vad ett testamente borde spegla, en avliden persons sista vilja. Han hade önskat något annat.

Samtidigt slog det mig att kuvertet med pengarna som bränt i min ficka inte kändes som syndapengar längre. Lilian och Maud skulle leva i lyx och överflöd resten av sina dagar precis som de gjort hittills. Ägaren till pengarna i min ficka var död. Det vill säga, den tidigare ägaren. Orosmolnen skingrades i takt med att bubbeldrickan snirklade sig ner genom ventrikeln eller vad champagne brukar snirkla sig genom. Det enda som bekymrade mig just nu var hur jag skulle förklara tiotusen euro i kontanter när jag satte in dem på mitt konto. Jag såg på Jens och Jennys ansikten att de också hittat den ljusa sidan. Jenny höjde sitt glas och plötsligt var den okynniga glimten där igen.

"Skål för Freddy. Ingen annan deckare är som du."

Jag höjde mitt glas och log stelt samtidigt som jag undrade om dubbelmeningen var lika tydlig för Lilian som för Jens och mig. Tillägget *tack och lov* ringde i min fantasi och ackompanjerades av återhållna skratt.

Just i det ögonblicket bröt en sen eftermiddagssol igenom novemberdiset och påminde mig om att jag bestämt mig för att se saken från den ljusa sidan. Vilket i sin tur påminde mig om något en av Jens filosofer kläckt ur sig och som illustrerade det cyniska i situationen som den utvecklats.

Det finns alltid ett val. Även om du väljer att inte välja har du gjort ett val.

Andra böcker av G A Lorén, utgivna eller under utgivning på BoD förlag:

Freddys Agentur
Sista Valsen
Kraschblandning
Åt Skogen
Förbaskade Tjej

Läs mer på www.galoren.se